大成通识书系

朱刚 著

ZHONGGUO
WENXUE
CHUANTONG

中国文学传统

高等教育出版社·北京

图书在版编目(CIP)数据

中国文学传统 / 朱刚著. —北京：高等教育出版
社，2018.5(2023.8重印)
ISBN 978-7-04-049291-0

Ⅰ.①中… Ⅱ.①朱… Ⅲ.①中国文学－文学研究－
高等学校－教材 Ⅳ.①I206

中国版本图书馆 CIP 数据核字(2018)第 013259 号

策划编辑 刘晓旭		**责任编辑** 刘晓旭		**封面设计** 张文豪		**责任印制** 高忠富	

出版发行	高等教育出版社	网　　址	http://www.hep.edu.cn
社　　址	北京市西城区德外大街 4 号		http://www.hep.com.cn
邮政编码	100120	网上订购	http://www.hepmall.com.cn
印　　刷	浙江天地海印刷有限公司		http://www.hepmall.com
开　　本	787mm×1092mm　1/16		http://www.hepmall.cn
印　　张	13		
字　　数	225 千字	版　　次	2018 年 5 月第 1 版
购书热线	010-58581118	印　　次	2023 年 8 月第 3 次印刷
咨询电话	400-810-0598	定　　价	32.00 元

本书如有缺页、倒页、脱页等质量问题，请到所购图书销售部门联系调换

版权所有　侵权必究
物 料 号　49291-00

引言　文学经验与文学传统

　　唐代的百丈怀海禅师,有一次跟他老师马祖出行,正好有一群野鸭子从旁边飞过,马祖便问:"那是什么?"怀海答:"野鸭子。"马祖又问:"哪去了?"怀海随口又答:"飞过去了。"于是马祖用力扭住怀海的鼻子,怀海疼痛失声,马祖道:"你还说飞过去了?"怀海突然开悟,回去哀哀大哭。[①]

　　这是一个禅的故事。我们可以说,禅在一切日常事物上都有体现,但你要用心,才能从事物中抓住禅机。起初,怀海并不用心。那是什么,那是野鸭子;野鸭子怎么了,野鸭子飞过去了——完全无动于衷。马祖是个善于随机启发弟子的导师,针对弟子不痛不痒的状态,他使劲扭疼怀海的鼻子,让怀海知道痛痒。知道痛痒就拥有了切身的经验,对事物不再无动于衷。野鸭子当然还是飞过去了,但看到野鸭子飞过的人,有没有感悟,感悟有多深,却完全不同。怀海由此入道,后悔以前不曾用心,原来周围都是宝,却不知道去捡一下,那么多日子都白活了,生命徒然流失,当然要哀哀大哭。从这一哭开始,百丈怀海逐渐成长为马祖之后的一代宗师。

　　我们常说禅与文艺相通,对经验的重视,便是最基本的相通处。我们周边存在着很多事物,发生着很多事件,你漠不关心,无知无觉,不痛不痒,那就无法获得经验。禅家讲求禅的经验,我们讲文学,也从文学经验讲起。

　　日常生活中,我们都有许多经验,但文学经验与日常生活经验有所区别,这里面有一种文学感知力在起作用。大诗人李白在长江上乘舟东下,有一句很好的诗:

　　　　仍怜故乡水,万里送行舟。[②]

他以蜀中为故乡,而长江从西蜀流向东方,与他的行程一致,所以他说这水还是故乡的水。这当然是自然现象与李白旅程的巧合,但在李白的感知中,是故乡的水如此多

[①] 《五灯会元》卷三,百丈怀海禅师章,中华书局 1984 年,第 131 页。
[②] 李白《渡荆门送别》,《李太白全集》卷十五,中华书局 1977 年,第 739 页。

情,不远万里送他旅行。在长江上坐过船的四川人应该不少,可是这样高度文学性的经验,有多少人会拥有?

有人说,李白是天才,感知力太好,我们普通人怕是比不上。对的,李白确实超越常人,这一点无可怀疑,不必否认。不过,任何经验,都是可以学习、积累的,文学经验也不例外。我们学习了李白这句诗,把他表达出来的这种文学经验体会一下,在心中复制一下,今后碰到类似的情景,便能联想及此。这样的经验,我们学习得多了,积累得丰富了,便能融会贯通,就有希望传承创新。至少,不会让我们的生命跟着逝水白白流失,而毫无感动。

正因为经验是可以学习的,所以,从长时段来看,我们视野里就会出现一个绵延不绝的传统。比如,两千多年前的宋玉,在一个秋天感到了悲伤,写道:

> 悲哉秋之为气也,萧瑟兮,草木摇落而变衰。[1]

他说秋天是个悲伤的季节。一年四季自然轮换,凭什么说秋天是悲伤的,没有道理。若谓草木摇落容易引起悲伤,那我们不是也经常说秋天是收获的季节,应该喜悦吗?可是,在宋玉以后大约千年的杜甫,却说这有道理:

> 摇落深知宋玉悲,风流儒雅亦吾师。怅望千秋一洒泪,萧条异代不同时。[2]

杜甫不但理解宋玉在秋天里感到的悲伤,还表示深深地理解。这就是文学经验在诗人之间的传承,哪怕相隔久远,也可以"怅望千秋一洒泪",感受到同样的悲伤。我们知道,这个"悲秋"的传统,在中国文学里可谓源远流长。杜甫之后再过大约一千年,我们可以读到《红楼梦》中林黛玉的葬花辞,她为落花而哀伤流泪,情怀与"悲秋"相近。

林黛玉是个痴情的女孩,其泪流满面的形象,我们比较容易接受。但杜甫呢?据说,初次学习杜诗的西方学生经常感到疑惑,这杜甫怎么也像个女孩子,老是爱哭?除了"怅望千秋一洒泪"外,还有"感时花溅泪""双照泪痕干""少陵野老吞声哭""初闻涕泪满衣裳"等名句,哭得还不比林黛玉少。男儿有泪不轻弹,伟大的诗人老哭鼻子

---

[1] 宋玉《九辨》,洪兴祖《楚辞补注》卷八,中华书局 1983 年,第 182 页。
[2] 杜甫《咏怀古迹》其二,《杜诗详注》卷十七,中华书局 1979 年,第 1499 页。

干什么？其实，在中国的诗歌传统中，为了表达悲伤的经验，诗人不论男女都是可以哭的，放声大哭、流泪暗泣都无妨。而且，"将军白发征夫泪"，为了要写诗，连将军也哭；上面我们提到的怀海禅师，感悟以后也哀哀大哭。将军该是硬汉子，和尚该是通达人，但他们想哭便哭，一点不用害羞，何况诗人？大抵中国的诗人，不论男女，无关身份，都痛痛快快地用哭来释放悲伤，在他们看来，"人生有情泪沾臆"是一件再正常不过的事。这也形成了一个传统，而且是令初次接触中国传统诗歌的外国人感到奇怪的，可以说是具有民族性的一个传统。

综上所说，文学首先是以某种具有诗意的感知造成的经验为基础；经验是可以学习积累的，故容易形成一种传统；传统绵延良久，便会带有民族性，即中华民族的特点。这三层意思连贯起来，就解释了我们这门课程的名称：中国文学传统。

当然不能不提及的，还有一个表达的问题。作者把经验表达出来，就是创作；但同样的经验，有人表达得出色，有人就一般化，这便牵涉评论的方面；我们学习的时候，也通过前人表达的文字去重新获得他（她）的经验，那首先就要找到这些文字，确定其正确的文本，读懂其表达的内容，这便又牵涉整理和研究。创作、评论、整理、研究，看上去是一个流程，以前的人经常一身兼之，而现代社会分工细密，倾向于各司其职。无论怎样，为了说明中国文学的传统，这四个方面的成果都要兼顾，其中最重要的，可能是研究者的成果。不是说其他方面不重要，作为一门课程，我们主要吸收研究者提供的各种结论，来组织讲授的内容。把许多种文学经验在历代作家的反复表达中形成的一个个传统梳理勾画出来的，有两部书最值得推荐，就是钱锺书先生的《谈艺录》和《管锥编》。此二书大名鼎鼎，听说过的人远比阅读过的人多，其实，虽然它们达到了我们不可企及的高度，但就阅读而言，困难并不太大。下面从《管锥编》取一条例子。

《管锥编》第一册《毛诗正义》部分的第二九则①，目录标为"暝色起愁"，就是黄昏时分让人产生愁绪。这黄昏的愁绪，与秋天的悲伤一样没有道理，你要愁，任何时间都可以愁，不一定选择黄昏时分去愁。可是，"暝色起愁"确实在古诗里蔚然成一个传统。按钱先生的梳理，最早的作品是《诗经》的《君子于役》篇：

　　　　鸡栖于埘，日之夕矣，牛羊下来；君子于役，如之何勿思？

---

① 钱锺书《管锥编》，生活·读书·新知三联书店 2007 年版，第 173—174 页。

这大概是个女子的口吻,时值傍晚,家禽、家畜都归来了,而丈夫还行役在外,引起女子的思念。这里字面上没有说"愁",但"愁"正因思念而起,这思念到了黄昏时分尤其难以打发。清代许瑶光有诗云:

鸡栖于桀下牛羊,饥渴萦怀对夕阳。已启唐人闺怨句,最难消遣是昏黄。

钱先生认为许氏"大是解人",理解得不错。愁情愁绪在黄昏时"最难消遣",这一点历代诗人几乎都接受了。钱先生所引,汉代如司马相如《长门赋》:"日黄昏而望绝兮,怅独托于空堂。"六朝有潘岳《寡妇赋》:"时暧暧而向昏兮,日杳杳而西匿。雀群飞而赴楹兮,鸡登栖而敛翼。归空馆而自怜兮,抚衾裯以叹息。"唐代有孟浩然《秋登兰山寄张五》:"愁因薄暮起。"白居易《闺妇》:"辽阳春尽无消息,夜合花开日又西。"皇甫冉《归渡洛水》:"暝色起春愁。"宋代有赵德麟《清平乐》:"断送一生憔悴,只消几个黄昏。"诸如此类,皆承《君子于役》的遗意,绵延为一个传统。

当然,阅读多了,我们可以发现,也有些诗人会有意识地加以变化,比如南宋戴复古有诗云:"江湖好山色,都在夕阳时。"①他偏要撇开愁情,去欣赏夕阳下的风景,但中国诗歌的一切景语皆是情语,这个"景"跟"情"分不开,夕阳西下时,不光是晚霞的光芒熏染着山色,与这个时间段相对应的思人愁情,也一起融入了山色,这才是"好山色"。明清之际的钱谦益有一联名句:"埋没英雄芳草地,耗磨岁序夕阳天。"②讲年轻时有志于成为英雄,但在游春踏青与欣赏夕阳之中,时光流逝,渐渐老去。这个消磨岁月的"夕阳天",大概也综合了愁情与景色而言。相对于"暝色起愁"的传统来说,无疑有些变化,但也还是跟传统有关。

在《谈艺录》和《管锥编》中,我们可以读到好多类似的例子,不过,这门课程不拟一项一项地具体介绍。钱先生做这项研究,有个宗旨,揭在《谈艺录》中:

欲从而体察属词比事之惨淡经营,资吾操觚自运之助,渐悟宗派判分,体裁别异,甚且言语悬殊,封疆阻绝,而诗眼文心,往往莫逆暗契。③

---

① 戴复古《淮上寄赵茂实》,《全宋诗》,北京大学出版社 1991 年,第 33551 页。
② 钱谦益《牧斋初学集诗注汇校》卷二十,上海古籍出版社 2012 年,第 1092 页。
③ 钱锺书《谈艺录》,商务印书馆 2016 年,第 346 页。

这里的"诗眼文心"就是杰出的文学感知力所获得的文学经验，从前代作者们惨淡经营的表达中，可以体察到他们的文学经验往往"莫逆暗契"，超越了语言和国别的差异。这种体察的结果，当然有助于启发自己的写作，但从鉴赏、学习的角度说，钱先生还提到两个重要的方面，就是"宗派判分，体裁别异"。前一个方面就作者而论，由不同的身份、主张而形成了各种流派；后一个方面就作品而论，有许多不同的体裁。两方面综合起来说，就是我们做文学史研究时最基本的内容：作者、作品。

也许有人会问：我们从作品中读出了"诗眼文心"，体会到文学经验了，为什么还要关心它的作者是谁呢？上面已经提到，对于形成了传统的某种经验、表达，有些作者会有意识地加以变化，而促成变化的，往往是作者个人的特殊经历、遭遇。中国的文学批评，从来都讲"知人论世"，有时候，几乎完全一致的表达，出自不同作者之手，其被接受和传播的效果就不一样。唐代诗人薛能写过一句诗："当时诸葛成何事，只合终身作卧龙。"几乎没有影响，后来宋代的王安石在自己的诗里复述了此句[①]，却使它成为名句。王安石当然比薛能地位高、名声大，但接受效果相差悬殊的主要原因在于，当一位作者表达出"一生努力都白费了"这样的意思时，读者一定会联想到他的生平，曾经领导了一场毁誉任人评说的政治改革的王安石，表达出这个意思，就令人印象深刻，而薛能似乎缺乏那么厚重的经历来撑托如此沉痛的感慨。相似的例子还有大家都熟悉的《满江红》（怒发冲冠），此词是否真为岳飞所作，其实颇具争议，但我们一句句读下来，脑子里浮现的都是岳飞的形象，我们对这个"作者"经历的了解，自动地融入了词句，使我们感动。如果作者并不拥有"三十功名尘与土，八千里路云和月"的经历，并非一位立志收复故土而怀抱未酬的将军，那这一份感动就要消减许多。实际上，离开有关岳飞生平的基本信息，去体味这个作品，几乎是难以想象的事。在"知人论世"的传统下，读者习惯于利用他所了解的有关作者的信息，填满作品文本中所有的缝隙、凹槽，使之浑然一体。不同的作者给相同的文学经验带来了特殊的内涵，正是这些特殊内涵丰富了传统。

至于作品的体裁，应该是我们学习文学传统时最需要掌握的内容。每一个作品都以特定的体裁为其存在的方式，了解体裁的特点才能正确地阅读作品。作者也会按体裁的基本要求而采用特定的表达方法，如诗歌的押韵、近体诗的平仄格律、骈体文的对仗等。当然有些作者比较"尊体"，有些则更强调个性，倾向于"破体"，但无论

---

① 王安石《题定力院壁》："思量诸葛成何事，只合终身作卧龙。"《全宋诗》，北京大学出版社 1991 年，第 6780 页。

如何总以对体裁的了解为基础。这个道理至为浅显，不必多谈。

因此，我们这门课程的讲授内容分为作者论和作品体裁论两个部分。作者论考察民国以前的作者在表达方面的基本特点，作品体裁论则说明表达成文的各种样式。在这里，我们有意避开了关于"什么是文学"或者"什么是中国文学"这类问题的讨论，它们看似基础，实际上过于复杂。由于每个时代、每个民族乃至每个作者对"文学"的理解都难免有所差异，导致我们很难用一个简明的标准来框定"文学"的范围，即传世的文献中有哪些部分属于文学作品。但归根到底，文学作品总是作者对其文学经验进行表达的结果，那么表达者的情况和表达的各种载体样式，便是我们必须考察的对象。通过这两方面的考察，我们把握了"表达"的内容，然后可以还原出被"表达"的"经验"，以及"经验"演变的历史，即"传统"。

第一章　士大夫及其表达方式

从身份的角度,我们可以把中国传统的作者分成两类,加以宏观的考察。

绝大部分诗、词、文言文的作者,都具有官员的身份,即所谓"士大夫"。还有少量接近或附属于"士大夫"的乡绅、幕僚、门客、闺阁等,其表达方式与"士大夫"也基本一致,可以归为一类。这是中国文学作者在身份上的一个显著特点,因为太少例外,以至于我们通常都不太意识到这是一个特点。"士大夫"有比较高的身份,这使他们明确地对所写的作品主张其个人的作者权,一般情况下,读者也完全可以通过考察其生平、思想来解释其作品。

与此相对,另一类就是通俗文学的"作者",往往无名,或者如《西游记》《水浒传》的"作者"那样,虽然有个姓名,但他们并不拥有对作品的完整的作者权,在他们之前,已经有许多无名的"作者"加入过创作队伍,以"世代累积"的形态完成我们眼前的这些作品。他们不是"士大夫",而是"庶民",是民间的艺人和低层的文人。这一类"作者",实际上是群体性的,与"士大夫"作者所具有的明确的个人性,情况非常不同。

这当然只是很粗略的区分,但对于中国文学传统的把握来说,我们相信这种区分是基本的、必要的。比如,我们都认为文学创作必定跟思想传统发生关系,一旦要考察这种关系,便很容易看到以下两种情形,与以上区分相对应。

第一种情形是,作者本人既是文学家,也是思想家,或者即便称不上"家",也多少能说出些独自的见解。在这种情形下,文学抑或思想方面的深厚传统,都经过了作者主动的吸收和独特的酿造,以富有原创性的面貌呈现在作品中。具备这种能力的作者在历史上并不罕见,而且一流的作者如庄子、孟子、韩非子、贾谊、司马迁、陶渊明、韩愈、王安石、苏轼等,莫不如此。他们的作品其实已经成为文学史和思想史的共同的研究对象,我们可以通过对作者的考察来把握文学与思想的关系。

第二种情形,便是我们在《西游记》里看到的那样,思想传统以非常世俗化的形态浑然地渗透在作品中。它的故事来源是一个佛教徒的取经历险记,而现在通行的百回本肯定经过道教徒之手,道教的寓意已经被织入文本之中。从学理上看,它谈道教牵强附会,涉及佛教之处又充满常识性的错误,但我们又不能对这些思想因素视而不见,因为离开佛道二教对中国社会的影响,《西游记》的产生便不可想象。所以,跟上述的第一种情形不同,世俗化的形态是需要另外对待的。这些世俗化形态乃至错误,本身也具有思想性内涵,只是不能返回到佛道二教的哲学体系中去认识其含义,而须另有方法。

如果把文学和思想交融的结果笼统地称为"文化",那么第一种情形基本上属于士大夫的精英文化，第二种则属于庶民的通俗文化。当然不能过于绝对地看待这样的区分，因为很多士大夫对佛道的认识也只停留在世俗化的水平。在科举制度成熟后，庶民到士大夫的身份转化有了较大的可能，因此，有必要灵活地看待这个区分。但总体上，中国文学的作者可以从身份上区分为具有个人性的"士大夫"和属于"庶民"的群体性"作者"这样两类，是没有疑问的。

作者的身份不同，其表达方式、表达倾向、表达特点也随之有差异。我们先来看士大夫的情况。

除了可以照抄汉字的语言如日语外，要把汉语的"士大夫"一词翻译成其他语言，是比较困难的。但看一下翻译的结果，即颇能说明问题。下面是英语中的几种译法：

> scholar-official（学者-官员）；
> scholar-bureaucrat（学者-官僚）；
> literati and officialdom（文人和官员）。

我们很容易发现这些译名的共同点，就是都由两个词拼合而成。换句话说，译者需要把英语世界中两个不同的社会角色合而为一，才能表达出传统中国的这一种特殊身份。所以，有的历史学家把中国的士大夫称为"二重角色"[①]。

造成这"二重角色"的主要原因，首先当然是中国在官僚选拔方面很早就形成了考试制度，国家通过考试把读书人吸收到官僚队伍中，相应地，读书人也通过这条途径去践履他的社会责任。这样，至少一部分"官员"就与"学者""文人"的身份重合起来。其次，在纸的发明和普及使用后，大约魏晋南北朝时期，中国的政治运作过程就呈现了高度"文书化"的面貌。有关政策的提案、讨论、决定、颁布施行及纠正偏颇等大都通过文书来进行，而且历朝都倾向于使用高水平的、美文化的文书。文书当然有各种类别、各种不同的写法，所以这种"文书行政"对传统的文体分类造成了重大影响。其另一个结果就是，我国传统的政治家，不需要去大庭广众演说拉票，也不需要去出席重要会议发表讲话，但一定要会写文章，就算自己不写，也得请一位师爷代笔。甚至可以说，政治家最重要的工作，就是写各种类别的文章，所以在我国被誉为鞠躬尽瘁的领袖，多是"伏案工作"的形象。这"文书行政"的方式加剧了乃至于固化了"官

---

① 参阅阎步克《士大夫政治演生史稿》第一章第一节"关于士大夫的二重角色"，北京大学出版社，1996 年。

员"与"学者""文人"的身份重合。从而形成了知识分子和国家官员合一的特殊的士大夫阶层,这样的阶层是许多国家的历史所不曾拥有的,而中国却拥有了至少两千年。政治活动、经济决策、法律裁断、军事指挥、文化创造……在中国社会的几乎所有领域,士大夫都是当仁不让的主角,文学创作也不例外。

对于"二重角色",我们怎么看? 从肯定的方面来说,它保证了国家指导者具备较高的学识水准,能体现出文化价值与政治权力的结合;但从消极的方面说,这也使政治的影响过于深入地干涉各种文化门类的演变,这是常被现代人诟病的一点。确实,当一个士大夫的学养、兴趣、特长和他领导的行业、工作不甚一致时,他经常显得不够专业或者不务正业,对于社会来说,也不免造成"外行领导内行"的结果。当然,就理想状态而言,为了完成社会赋予自己的职责,每个士大夫都必须努力使自己成为通才式的精英,虽然也可以有自己的兴趣特长,但各方面都要了解到平均水准以上,才能胜任各种工作。所以,从总体上说,士大夫阶层确是个当之无愧的精英阶层,事实是,不但文学史上被提及的作者多数属于这个阶层,各种专门史所涉及的专家也都属于这个阶层。由此我们相信,对颇具中国历史之特色的这个士大夫阶层进行综合的考察,意义也不仅仅在文学方面。

一、从封建士大夫到帝国士大夫

首先,我们按照中国历史的顺序,来考察各个时代的士大夫。从字面上说,"士大夫"一词来源于古籍记载中西周官僚的"卿、大夫、士"之序列,如《礼记·王制》所云:

> 王者之制禄爵,公、侯、伯、子、男,凡五等。诸侯之上大夫卿、下大夫、上士、中士、下士,凡五等。[①]

这可能只是春秋、战国时代的儒家所提供的关于西周政治秩序的一种理想化记述,但封建(中文"封建"一词的"分封建国"之义,下同)时代的大领主、小领主依次排列其等级,按其实力的高低来确定其在中央或地方政府中的相应地位,大致就是这样的情形,而"士"和"大夫"的称号便表示了这些等级地位。就此而言,"士大夫"一词指的是

---

① 《礼记正义》卷十五,十三经注疏整理本,上海古籍出版社 2008 年,第 449 页。

"士"以上的世袭领主，也就是封建贵族阶层。有时候，只用一个"士"字就能表示这个阶层，比如从《尚书》就可以看到的"四民"之说，将所有社会成员分为"士、农、工、商（贾）"四种，这个时候"士"表示贵族统治阶层，其他三种表示平民庶人。

文化史上，最早出现的一批典籍往往决定后世知识人的表达形式，"士大夫"一词被历代沿用，但其实，随着社会历史情况的变化，同样的名称所指的对象有所不同。从上述封建时代的情形来看，确定士大夫身份的因素有两个方面：一是其实际拥有的领地、势力，二是来自君主的加封任命。很难相信这两种因素随时随地都能配合恰当，实际上，君主的授命与其实力不相称，乃至其实力与国家权力发生激烈冲突的情形，是并不少见的。所以，士大夫身份大致可以视为自身实力与国家权力之间的一种平衡，但这个平衡点偏向哪一头，是因时因地变化的。到了中央集权的帝国时代（秦朝以后），国家权力所发挥的作用越来越大，甚至倾向于不顾对象的自身实力如何，完全由国家来决定士大夫身份。实际情形不可能如此彻底，各级政府的权力都会对各地豪强（他们拥有经济实力、言论影响乃至人际关系等各种社会资源）有所妥协，但就总体上看，自身实力起主导作用，或国家权力起主导作用，会使士大夫阶层具有决然不同的性质。

若从理论上加以设想，极端的情形有这样两种：一是完全由各自拥有实力的人物来分割国家权力，此时的君主很容易被架空，而实力者之间如果用协商的方式解决矛盾，那就接近古代共和政治的状态，但实际上也很可能出现军阀割据，或者实力最雄厚者掌控朝廷的"僭主"局面；二是官员们自身全无实力，纯粹是君主用来管理国家的工具，这便是君主独裁的局面，其前提是有一支直属国家的强大军队，足以压服所有企图自我主张的实力者，使他们不得不服从君主的各级代理人。处在这两种极端的情形下，同为士大夫，即便其表达的形式相似，实际性质却完全不同：前者表达的是自身的意志；后者则只能传达君主的意志，或者主动站在国家的立场进行表达。而且，这两种表达的倾向往往相反，因为后者的实现就是对前者的取缔。

如果相信现存史料的记述，周公、召公似乎在相当长的时期内既拥有自己的封国，也分掌着西周中央政府的执政权，而且一度出现"周召共和"的局面。但无论如何，春秋时代的鲁国国君（周公后代）显然不具有这样的双重身份，他至多能领导自己的封国而已。此后出现的所谓"霸主"，乃是诸侯混战的结果，却也没有贸然取代周天子，反而打出"尊王"的旗号。长期的分裂引起处士横议，百家争鸣。这诸子百家中，对待周天子的态度确实有所不同，但即便不尊周天子，也未必等于取消天子。对后世影响最大的入世学说，要数儒家和法家，他们所描绘的政治蓝图，都是以一个天子为中心的。至于是否维护原来的周天子，则另当别论。所以毋宁说，意识形态方面是在呼唤强大的皇权，而且后世的"士大夫"在这个方面口径几乎全部一致。也就是说，即便封建时代的士大夫，在表达自身意志的同时，也有站在国家立场发言的一面。如果用"知识分子＋官僚"，也就是"二重角色"的说法来严格地限定士大夫的内涵，那么文化水平较低的军阀、土豪就要除外，这也就意味着，纯粹自我主张的声音将被排除，国家立场倒成为士大夫表达的总体特征。在上述两种极端的情形中，应该说封建时代接近于第一种情形，但作为士大夫，多少仍要兼具其站在国家立场的表达。同时，在后一种情形下，当然也不可能做到对自我意志的完全取缔，但站在国家立场的表达显然会具有优势。那么，从抽象的意义上说，后者代表国家发言，才是士大夫的本质属性。这种属性在封建时代的士大夫身上已开始酝酿，而到帝国时代的士大夫身上则充分地表现出来。

秦始皇"废封建，立郡县"，使中国进入帝国时代。与此相应，此前的"封建士大夫"，也就演化为此后的"帝国士大夫"。其实，我们前面说的"二重角色"，主要就是针对帝国士大夫而言的，"封建士大夫"只是我们追溯其来源时才进入视野的对象。鉴于他们留下的经典和圣贤形象对帝国士大夫的持续影响，我们当然不能忽视封建士大夫，但严格说来，封建士大夫具备以上双重身份是由于贵族对教育和政治权利的双重垄断，并不是根据知识选拔官僚的结果，当然不能保证大部分官僚具备相应的知识水准。而且，与其他国家历史上的贵族相比，中国古代的封建士大夫也未必具有多少独特性。更为重要的是，真正具有中国特色的帝国士大夫，在某种意义上正是对封建士大夫的否定。

假使一个帝国士大夫完全认同于自己的身份，那么他的所有力量只来源于皇帝的委任，即对国家权力的分有，而不是依靠自己的家族势力。与此相应的一系列非常重要的道德标准也会随之出现。比如，他应该只依靠俸禄维持生活，不经营私人产业；在执法的时候，他不应当顾虑私人关系，国法面前应该六亲不认；等等。这未必只是理想，在士大夫文化的鼎盛时期，难保没有这种清教徒式的士大夫出现，而且他们应该是当代士大夫文化的中坚和脊梁。直到今天，中国百姓依然在使用类似的道德标准来要求政府官员，其有效性超越了时代。然而，在传统士大夫的精神世界里，不置私产，不认六亲，这两条简直就是佛教的戒律，它们将使一个士大夫的生存状态几乎接近僧人！在宋代以降的批评者笔下，会说这样的做法"不近人情"，而对于更早时期的社会一般观念来说，这无疑严重违反了产生于封建时代，以宗法制为背景的原始儒学的"亲亲"原则。换句话说,这样的道德标准是与帝国秩序相适应的意识形态,而并不符合传统的儒学。于是,以"大义灭亲"之类的说法为代表,学者们不断地强调帝国秩序对于经典教条的优先性,继而便直接对经典提出质疑,要求重建儒学,以适应帝国秩序。这方面最为显著的成果便是唐宋以后"新儒学"的确立。由此我们不难发现,帝国意识形态对封建意识形态的否定,就是帝国士大夫对封建士大夫的否定,尽管在表达方式上似乎展示了更多的继承性。

问题的复杂处,在于士大夫并不是只懂行政管理技能("吏能")的帝国事务官僚,其作为知识分子的一面,使他身具深厚的古典教养,而这种教养使他更愿意认同古代的前辈,即封建士大夫。许多帝国士大夫真诚地相信古老的学说和道德理念是救世的良药,以身体力行这些学说和道德理念为人生的价值。在周围没有"先进"的外国可供参考的情况下,中国的士大夫只要不是纯粹的功利主义、事务主义者,就只能向古代的圣贤求取价值理想。当那些被他们奉为经典的、产生于封建时代的古老教条与帝国秩序发生矛盾时,我们可以想象他们的内心会多么彷徨。不妨夸张地说,他们以毕生精力追随的,是大抵不适于其自身性质的东西。经过改革的儒学,无论如何也不会完全洗刷掉其与生俱来的封建性痕迹,与帝国所需要的意识形态并不能完全契合,而后者才是帝国士大夫的天赋使命。所以,士大夫文化的内在需求,使中国知识分子迟早要去寻求一种比儒学更合适的、彻底以"国家"为本位建构起来的理论武器(比如列宁主义),这当然是后话了。作为帝国士大夫,他们一般还不能抛弃儒学,那么,对封建意识形态的继承和否定,是帝国士大夫身上更为深刻的双重性。

把上面粗略的论述更简单地归纳一下,就是:所谓"二重角色"的士大夫,是以帝国士大夫为标准的,如果他自觉认同自己的身份,那么其表达的立场是近乎国家主义的;但是,作为知识分子,他所拥有的古典修养却使他更容易认同封建士大夫的价值观。不过,自秦汉以来,中国延续了两千多年的帝国时期,士大夫的生存状态也随着帝国形态的演进而发生变化,难以一概而论。至少,有两种类型的士大夫值得重点关注,一是由血统门第确定的所谓"士族",即门阀士大夫,二是从科举考试出身的进士,即科举士大夫。

二、从门阀士大夫到科举士大夫

魏晋南北朝是士族门阀的时代。"士族"又称"世族""华族""贵族"等,是东汉以来逐渐形成的世家大族,其经济基础是大土地所有制,即庄园经济。由于大量土地集中在这些家族,国家的最高统治者也不能不对他们有所依赖,允许他们在各方面享有特权,所以,尽管这个时期王朝更换频繁,但每个王朝大抵都需要一些"士族"拱卫,任由他们占据政府的重要职位。我们只要稍微翻阅一下《南史》《北史》的列传部分,就不难看到数量有限的"门阀"甚至比皇族更为稳固地生存在统治核心。

比如《南史》的卷十九和二十,就是为谢氏家族所作的列传:

> 谢晦,兄子世基,兄瞻,弟曒,从叔澹;
>
> 谢裕(谢晦从父),子恂,孙孺子,曾孙璟,玄孙徽,裕弟纯、述,述子综、约、纬,纬子朓,朓子谟;
>
> 谢方明(谢裕从祖弟),子惠连;
>
> 谢灵运(谢方明从子),孙超宗,曾孙才卿、几卿;
>
> 谢弘微(谢裕从子),子庄,庄子朏,朏子谖、谭,谭子哲,朏弟颢,颢弟瀹,瀹子览,览弟举,举子嘏,举兄子侨。①

这些人全是西晋太常卿谢衡的后代,谢衡的儿子谢安、孙子谢玄(谢安侄),在东晋的历史上颇著盛名,上面的谢澹就是谢安的孙子,而谢灵运则是谢玄的孙子。史书的列传大抵只列出政治上比较重要的人物,但仅从上面的名单中,我们就可以找到五个有作品入选昭明《文选》的"文学家":谢瞻、谢灵运、谢惠连、谢庄、谢朓。至少谢灵运和谢朓是文学史上举足轻重的大诗人。在那个时期,正是像谢家这样的"士族",为文学史源源不断地"输送"作家。产生于南朝的《世说新语》一书记录了这些世族子弟的风度言谈,而论及当时的"玄学"或佛学时,也离不开这些人物。比如谢灵运就是把佛学思想与诗歌创作相结合的一大典范。这些世家大族代代相承,虽处帝国体制之下,性质上却接近于世袭的封建士大夫。不妨说,这是封建势力在帝国时期的延续,或者说,他们是植入帝国体制的封建士大夫,而帝国体制要真正将他们消化,还需要漫长的时间。

强大的门阀势力也催生了根深蒂固的门第观念,这也成为士族们选择婚姻对象时最重要的考虑因素。这样一来,婚姻关系可以把最繁荣的几个家族联结为一个集

---

① 以上据《南史》,中华书局 1975 年,第 521—568 页。

团,使他们更牢固而长久地占据政治核心的地位。按照陈寅恪先生对中国中古史的阐释,南北朝以来的统治阶级往往就是一个相对封闭的婚姻集团,比如北周、隋、唐三朝的皇室,就同属他所谓的"关陇集团"。北周宇文氏开始造就这个集团时,隋之杨氏、唐之李氏,都是其重要成员。另一个重要成员,北周八柱国之一的独孤信,他的长女嫁给了周明帝宇文毓,七女嫁给了隋文帝杨坚,就是隋朝著名的独孤皇后,还有第四个女儿,跟一个叫李昞的结婚,他们的孩子起名李渊,就是后来的唐高祖。独孤氏三姐妹把北周、隋、唐的皇室都串成了一家人,其间政权交替,可以看作"关陇集团"的内部调整。李渊是独孤皇后很器重的、花了心思培养起来的后辈,李唐的建立其实根本不是《隋唐英雄传》描写的那样,像一场多么艰难的革命。

门阀士大夫在政治上也部分地继续着封建士大夫的自我主张,虽然在他们上面还有一个皇帝存在,但门阀士大夫不会对皇帝唯命是从,因为他们首先要维护的是家族、集团的利益。反过来,皇帝虽有至高无上的地位,但为了维持统治基础的稳定,在面对拥有巨大的庄园经济和其他社会资源的贵族时,也必须以理智的方式与他们妥协,照顾到各方的利益,才能占稳他的宝座。这一点,在史书上表现为皇帝虚心"纳谏",最典型的例子就是唐太宗很善于纳魏征之谏,留下美好的名声。实际上,按陈寅恪先生的分析,魏征的背后有北齐以来"山东士族"的巨大势力存在,魏征是其政治上的代言人,唐太宗不得不妥善处理他与魏征的关系问题。等魏征死后,唐太宗把魏征的坟墓也刨掉了,可见皇帝作为国家权力的操持者,在与门阀势力的妥协过程中,其实很不开心。比唐太宗表现得更没耐心,乃至有"暴君"之名的隋炀帝,则发明了"进士科"的考试制度,开始培植后来取代门阀士大夫的科举士大夫。这个办法后来也被唐太宗所继承,史书上说,唐太宗看到进士们就很开心。其实,比唐太宗更喜欢进士的,是女皇武则天,她以骇人听闻的残暴手段摧毁了"关陇集团"。

总体上说,唐朝社会还是贵族势力和贵族意识遗存很严重的社会,崔、卢、郑、王、李是唐朝最有名的贵姓。不过,唐朝政府曾比较认真地执行均田制,二十世纪初从敦煌藏经洞传出的户籍账簿可以证明这一点。在相当大的程度上,均田制可以抑制门阀士族势力的发展,使集中的土地分散开来,被重新分配。当然土地兼并的现象不会断绝,但即便产生新的大地主,也有利于打破旧贵族垄断一切的局面,使社会阶层发生流动。另一个重要的方面是,科举制度获得了长足的发展,"进士科"越来越成为唐朝政府"取士"的主流,出身于进士的政治家逐渐受到皇帝的重视和信赖。于是,真正的帝国士大夫——进士走上了历史舞台,他们中的相当一部分并没有显赫的家世,得不到家族实力的支撑,其荣辱沉浮全听朝廷之命,只能与帝国同呼吸、共命运。此时距帝国体制在秦朝的初建,已近千年。盘踞于千年帝国的门阀世族,也就随着大唐帝国的崩溃而风流云散了。

唐末五代的长期战乱,确实扫荡了旧贵族,同时却也将均田制破坏无余,加上中央政府统治力的软弱,以及商品经济的发展,社会财富重组,未免使各地的乡村、城市出现新兴的地主、富民。接下来的统一王朝——北宋政府,如果直接任用这批地主、富民,那么他们一旦跟政治权力结合起来,就会又一次形成豪强门阀的阶层。所幸北宋政府另有主意,就是大力发展科举考试制度,以年均百余人的速度录取进士,让他们成为文官,来管理国家。这批人考上进士,称为"天子门生",受到皇帝委任,是"朝廷命官",虽然他们事实上也可能来自地主、富民,但至少在理念上,从"天子门生"到"朝廷命官",其力量完全来自对国家权力的分有,而并不依靠家族势力。长此以往,一个作为国家权力分有者的士大夫阶层占据了中国社会的主流地位,而且科举制度不断为这个阶层换血,保证其活力。从此时起,帝国体制终于拥有了与自身性质相协调的士大夫来承担各方面的重要事务。就文学领域而言,我们也不难发现,自北宋以后(实际上从唐代中期以来),中国文学史上正统的诗词古文作家,核心成员大致都是进士,或者还有些屡试不中的人,终生走在迈向进士的途中。

士大夫性质的变化,即其主体部分从门阀士大夫转为科举士大夫,应该是历史学界所谓"唐宋转型"的一大内容。自中唐起,唐王朝能够依赖的统治力量,大致就以进士为主。北宋完善了科举制度,成为高级官员几乎唯一的来源。据史家统计,北宋开科 69 次,共取正奏名进士 19 281 人[①],平均每科 280 人,每年 116 人,这个数字至少是唐代的五六倍。相应地,从高级文官的顶端即宰相的情况来看,北宋宰相共计 71 人,其中进士出身者 63 人(包括状元 5 人、进士第二名 3 人、进士第三名 1 人),占 89%,再加上制科出身 1 人、辟雍私试首选 1 人,通过考试入仕的宰相就超过了九成,剩下的 6 位无科第者,多是开国时的功臣[②],其他重要职位的情况,也大致如此。司马光就说过:"国家用人之法,非进士及第者,不得美官。"[③]就最著名的一批文学家来说,我们熟悉的欧阳修、王安石、曾巩、苏轼、苏辙等人,就都是进士出身的高级官僚。但就他们的血统而言,没有一个是大富大贵的家庭出身,没有一个不经过艰辛苦读的少

---

① 参张希清《北宋贡举登科人数考》,北京大学中国传统文化研究中心《国学研究》第 2 卷,北京大学出版社,1994 年。
② 参李裕民《两宋宰相群体研究》,漆侠等主编《宋史研究论文集》,宁夏人民出版社,1999 年。
③ 司马光《贡院乞逐路取人状》,《温国文正司马公文集》卷三十,四部丛刊本。

年时代。科举士大夫阶层在北宋政坛和文坛的绝对优势地位,可谓一目了然。

雕版印刷术的及时出现,使我们至今仍可读到北宋士大夫的大量文集,从中可以发现,这个刚刚形成的阶层,马上就获得了自觉,发表了一系列认同自己身份的言论。最著名的代表就是范仲淹、欧阳修,他们倡导士大夫"先天下之忧而忧""以天下为己任"的精神,主张"以通经学古为高,以救时行道为贤,以犯颜纳说为忠"①,与君主"共治天下"。我们之所以说此类言论是对其身份的自觉,首先就是因为其明确的帝国立场。从现实上说,士大夫是考上进士做官的人;但从精神上说,他们应该是超越个人视野、家族视野,而主动地以"天下"(实即帝国)为出发点进行思考的人。同时,这种站在帝国立场的"救时"精神,又与"通经""行道"的文化传承意识相结合,非常确切地对应着知识分子和帝国官僚合一的"二重角色"身份。在范、欧的周围,还有一大批与他们志向接近的年轻官僚,由于他们曾在宋仁宗庆历年间掀起一场政治波澜,从而彪炳史册,故我们称之为"庆历士大夫"。"庆历士大夫"的崛起,可以视为帝国(科举)士大夫阶层身份自觉的标志。紧接着他们登场的一代,在各方面都比他们有过之而无不及,像司马光、王安石、程颐那样绝对清教徒式的士大夫,无论是自律还是律人,都称得上严厉乃至苛刻,像苏轼那样在经学、史学、诗词、文章、书画、医学、宗教、政治、水利等几乎所有领域都达到一流水准的"通才",亦堪称士大夫文化极盛的象征。可以说,这一种精英文化,形成不久便迈向了高潮。

确实,王安石的政治学说、程颐的哲学、司马光的史学和苏轼的文学,足以使北宋士大夫文化雄视千古。像这种高素质的士大夫,有一个特殊的称呼,叫作"名臣",南宋朱熹编纂的《名臣言行录》就记载了他们的言行。此书与《世说新语》可谓前后辉映,展示了两种不同的士大夫形象。

三、士大夫政治

除了早期的封建士大夫外,中国文学的作者以进入帝国时代以后的门阀士大夫与科举士大夫为主,而士大夫的文学,必然跟政治关系密切。

在比较的视野里,我们可以议论门阀士大夫与科举士大夫这两类士大夫的同异。他们都非常深入地介入政治,但其在政界存立的主要依据却并不相同。门阀士大夫

---

① 苏轼《六一居士集叙》,《苏轼文集》卷十,中华书局 1986 年,第 316 页。

是某个家族、集团、地域利益在政治上的代言人，可以被视为社会上某个实际势力的"代表"，依靠背后的这个实际势力，他们跟皇帝讨价还价。所以，"代表性"是他们主要的存立依据。但科举出身的官员，其地位和权力仅来自皇帝的一纸任命书，一般来说并没有实际势力在背后支撑，也就是说，缺乏"代表性"。从消极方面看，他们似乎只能依靠皇帝，看皇帝的脸色做事，谋得信任和富贵。从积极方面看，则其优点是拥有知识，以及伴随知识而来的"合理"观念，或者对意识形态的把握。如果一定要说"代表"，他们能够"代表"的就是"合理"观念、意识形态，或者如他们经常宣称的那样，"为民请命"，抽象地"代表"所有的民众。但他们实际上很少做民意调查，不大可能真正去"代表"民众，多数见解只符合被个人知识结构和思考能力所限定的"合理性"，而对"合理性"的主张，才是科举士大夫在政治上存立的主要依据。宋朝开国皇帝赵匡胤曾问："世间什么最大？"其预设的答案，可能是皇帝最大，但宰相赵普的回答却是"道理最大"。当然，凭道理去跟皇帝争议是非，就非常需要为道理献身的勇气。

把某种言论、意见归结为某个实际势力的代言，也就是按"代表性"的思路来作政治分析，是现在比较习惯的方法。这种方法起源于欧洲，对封建贵族制社会是非常适合的，而在封建贵族制结束后很快进入近代民主制的欧洲，贵族的"代表性"被转移到议员的身上，因此这个分析方法可以说依然有效。但用于分析中国历史，则只能大致地适用于门阀士大夫所主导的政治，而对科举士大夫政治却很难说明。因为科举士大夫在身份上并不是某一实力集团的代表，所以这种政治也并非各种社会势力及其利益、愿望之间的妥协调和，而是首先表现为对"合理性"的论争、实施和维护，并且这种"合理性"的获取途径，经常是从抽象理论出发延伸到实际事务，而不是相反。每个时代每个士大夫所主张的"合理性"，当然都有一定的局限，但与现代中国最为接近，能够直接延续下来的，不是"代表性"的政治，而是"合理性"的政治，这一点需要强调。

"代表性"的政治，在科举士大夫看来，是缺乏公心的。陈亮就曾批评："六朝何事，只成门户私计！"①贵族门户的利益凌驾于国家之上，他不能接受。其实，反过来由国家或者皇帝权力统制了一切，也会令士大夫陷入不幸。门阀的力量对君权是一种抑制，比如曹操可以逼死政见不同的荀彧，但荀彧的女婿陈群后来依然成为曹丕的重臣；谢灵运也是被杀的，这也不妨碍谢氏家族继续保持其政治地位。换句话说，君权最多能撤换门阀势力的某个"代表"，却必须容忍该势力产生新的"代表"。这跟南宋

---

① 陈亮《念奴娇·登多景楼》，《陈亮集》，中华书局 1987 年，第 511 页。

的秦桧能把李光一族连根拔掉，明成祖能将方孝孺诛灭"十族"，情况完全不同。当然，为了应付如此危殆的局面，科举士大夫也形成了特别的政治结盟方式，同一榜及第的进士们，结成了"同年兄弟"关系，他们跟主考官之间，则是"座师—门生"关系，通过这种关系结为"朋党"，自唐代后期起，就成为非常突出的政治现象。相比于门阀士大夫天然拥有的父子兄弟关系，这是一种后天的、模仿的"父子兄弟"关系。北宋前期有几届进士，在这方面表现得极为典型。比如太平兴国五年（980）进士李沆，在宋真宗即位时即担任宰相，当时任其副手的参知政事向敏中、枢密副使宋湜，就是他的"同年兄弟"。李沆去世之后，由这一榜进士中最年轻的寇准入朝，继为宰相，主持了著名的"澶渊之盟"。后来寇准被人攻击罢相，但继任的仍是其同年王旦。王旦不仅自己做了十几年宰相，且令他的同年向敏中也一起当宰相，在他死后仍掌握朝政，而在向敏中去世之前，寇准又及时复相，这时已经到了真宗朝的末期。所以，这个由同年进士组成的政治集团，几乎完全主宰了宋真宗一朝。接下来，仁宗朝参与和拥护"庆历新政"的范仲淹集团中，欧阳修、蔡襄、石介都是天圣八年（1030）进士，富弼在此年制科及第，余靖和尹洙登此年书判拔萃科，广义地说都算"同年"，而元老重臣中对他们起到有力保护作用的，不是别人，正是欧阳修他们的"座师"晏殊。范仲淹本人虽不是同榜进士，但也一直对晏殊自称"门生"。再接下来，神宗朝主持"新法"实施的，前后有王安石、韩绛、王珪三任宰相，而这三人，正是庆历二年（1042）的同年进士。像这样的"朋党"政治，可以说是科举士大夫政治的一个重要实施途径。

从贵族的同宗兄弟，到进士的同年兄弟，我们可以看到一种变化，也看到一种模仿。相似的模仿其实不限于士大夫范围，当时的僧人们也热衷于缔结"嗣法兄弟"，而武将们乃至民间的江湖、绿林之间，也开始盛行"结义兄弟"。《三国演义》中刘、关、张结为异姓兄弟的故事，就是在唐宋之际逐渐形成的；此后的《水浒传》故事，结义人数大量增加；接着《西游记》故事也为保护唐僧取经的"猴行者"添加了两位"师弟"；《金瓶梅》中的西门庆也结有十兄弟。这"四大奇书"，无不以非血缘的"兄弟"关系为重要元素，并非巧合。实际上，我们要了解唐宋以降的中国社会，这是很重要的方面。

四、士大夫的精神世界

提起中国传统文化的时候，我们最先想到的，往往是儒、佛、道"三教"。确实，它们可以被视为中国传统思想和士大夫精神世界的三大支柱。

称为"教",是沿袭传统的说法,不能理解为严格意义上的"宗教",所以不如说三种思想。当然道教和佛教确是宗教,但在"三教"的归纳中,"道"包含了道教与道家思想,"佛"也包含了不太像宗教的禅宗,至于"儒"之一教,其实包含许多历史形态,至少唐宋以后的儒学经常被称为"新儒学"。所以,"三教"本身就极其复杂,士大夫们从中汲取的成分又各不相同,难以一概而论。

不过,在考察个别士大夫的思想时,现代学者们都自觉或不自觉地使用"三教还原法":即把"三教"视为相对固定的容器,将士大夫的各种思想性论述分别归入这三个容器,以此完成初步的清理工作。其实,士大夫的历史长于"三教"的历史,即使只就帝国士大夫而言,其产生也早于佛法东传和道教建立。他们依自己的思想追求和现实需要塑造了"三教"的各种历史形态,而不是每个人都故意去杂取各种现成的思想观点,去从事类似于拼图的游戏。但由于"三教"包含了几乎所有重要的思想性因素,故作为现代人的分析手段,通过"三教还原法"将任何一个士大夫的思想映现为这样的拼图,大抵都是可能的。问题在于,如此分析而得的拼图形态,往往颇为类似,除了少数特色鲜明的思想家外,大部分士大夫都是:自然观近"道",社会观近"儒",人生观近"佛"。

人生短暂是无可奈何的事实,很少有人真相信道教的长生术,而儒家对死的问题常取回避态度,正视个体生命的必然灭亡,以此为基本前提来展开的学说,只有佛教。即便总体上不信佛教的士大夫,在人生观方面也必须面对被佛教反复强调的虚无感,而精神上坚强到能抵抗这虚无感的人并不多,大部分未免被其俘虏,或者至少受到影响。与人生短暂相对,自然就容易被视为长久,乃至于永恒。一般人不愿去悬想佛教所谓的"劫"(世界生灭一次)那样超大的时间单位,对自然的有限性理会得不多;也未必都能从自然的运行中体会到《周易》所谓生生不息的刚健之道,那种对自然赋予价值的做法在很大程度上不合于直感。通常情况下,自然是作为人生的对照:人生有限而自然无限,人生现实而自然超越,人生执着于一定的价值追求,而自然包容一切,或者就是无价值。所以,庄子的自然观是最容易被接受的。然而,佛、道毕竟是出世、忘世之说,处理社会问题当然还要靠儒家圣人的治术,这一点也是无须赘言的。

那么,就拼图形态而论,我们不可否认上述的拼法是最合理的一种,而且也不妨认为,"三教"之所以长期并存,就是因为它们在思想的某些基本方面各自展现了特长,以至于彼此都无法相互替代。不过,思想体系被清理出来的面貌越是整饬可喜,便越可能远离思想史的实际。就士大夫的思想表达而论,毕竟任何言说都是内在精神追求和外在环境需要的产物,故同样的说法乃至同样的拼图,其包含的实际意义可能大不相同。且不说每个士大夫面临的具体处境,仅就门阀士大夫与后来的科举士大夫这两大类型来说,他们的思考方式就有差异。一般情况下,贵族知识分子更忠实于自身的思想追求,而进士们考虑现实需要会更多一些,即便他们都允许各种思想成分并存于自己的精神世界中,但思想的纯杂程度其实很不同。比如,在唐代"三教兼容"的风气下,王维、李白、杜甫三位大诗人分别呈现了偏佛、偏道、偏儒的思想倾向,以至于被称为"诗佛""诗仙""诗圣",宛然是唐诗与"三教"关系的最佳例证。但比较之下,河东王氏和博陵崔氏所生的贵族子弟王维,其佛教信仰达到了相当纯净的程度,远高于李白、杜甫对道教和儒教的认同。后两位奔走一生,迄无归宿,当然没有条件像王维那样追求纯净的思想,其中身世来历不明的李白,思想的驳杂程度更甚。这绝不是贬低李白,因为对一个诗人来说那也许并非坏事。但可以肯定的是,一个贵族士大夫虽然也未免令自己的思想体系包含矛盾,却至少不会像后来的进士们那样,一边在家里大做佛事,一边在朝廷上力主排佛。造成这个现象的,当然是贵族和进士的不同处境,后者不得不更多地对外在环境做出妥协,或者更自觉地去理会"天下"事务的复杂性。但从历史上的先后关系来看,这便显示出从"纯"到"杂"的走向。回过头来看"三教"的说法,本身就是"杂"的一种表现。社会之广,自可兼容"三教",但同一个人怎能兼有三种信仰? 如果他们不是帝国的士大夫,而是自由知识分子,是不是可能表达出更纯净的思想,而不必在那么多互相冲突的思想因素之间进退维谷?

日本的禅宗史研究者柳田圣山,曾提出一个颇具启发性的观点,他说日本的禅是一种"纯禅",日本人的思想追求比中国人纯一。中国的那么多佛教宗派,乃至于禅宗内部的各种小派别,传到日本后,都有一代一代的僧人为之坚守门户;而在中国,还没过多久,便与其他派别混同。中国创派人提出的主张,有的实在非凡人能为,连其本人都未付诸实践,而在日本会有纯正的信徒,舍身去做,终生坚持。日本人经常比中国人更忠实于某一个中国思想家的教导,满足于一种纯一的思想体系,而中国民族似乎总有些大气,喜欢把其他因素综合进去。

柳田的话在相当程度上符合事实。在历史长河中,中国并非不曾产生追求纯一的思想家,有些人即便杂采各种思想因素,也苦苦思索着如何将它们归结统一,但总体而言,与其他民族相比,中国知识人的思想芜杂确实是非常惊人的。士大夫的"杂"还情有可原,和尚又何苦如此不"纯"? 排除动机不纯的情况,或者也可以解释为,他们深受士大夫文化的影响,无法满足于单纯的信仰。不过,与其归结为思想习气,不如探求现实的原因：如果世俗政权是出于纯正信仰之外的复杂缘故而扶持佛教，那么僧人也只能与世俗文化妥协，否则不能保证其被长久扶持。也就是说，如果不能对帝国有所贡献，其自身的存在便会产生问题。推而广之，为了生存，谁都必须变得"杂"些。

成功地将各种庞杂因素统一组织为某种体系的士大夫，会在思想史上脱颖而出，自成一家，但就士大夫文化的一般样态而言，更为普泛地存在的、未经统一的"杂"的状态，可能尤为重要。"杂"的实际情况还不是"三教"一语可以完全概括，比如先秦时期产生过的墨家、名家、法家、兵家、阴阳家等理论，有些成分也会被后世的士大夫采纳。故"三教"之外尚有"九流"，那便更为混杂。唐人就曾经把道家、儒家、法家综合为"皇帝王霸之术"，认为三皇五帝用的是道家之"道"，夏商周三代则用儒家之"礼"，而春秋五霸用法家之"刑"，白居易就曾云：

> 圣王之致理也，以刑纠人恶，故人知劝惧。以礼导人情，故人知耻格。以道率人性，故人反淳和。三者之用，不可废也。……故刑行而后礼立，礼立而后道生。始则失道而后礼，中则失礼而后刑，终则修刑以复礼，修礼以复道。[1]

如此说来，三者本身并无优劣，关键在于如何综合运用。后来，也有人试图借产生于较早历史时期的那些"杂学"，来超越"三教"鼎立的格局，如明人吕坤注释《黄帝阴符经》时，交代自己的立场如下：

> 余注此经，无所倚著，不儒不道不禅，亦儒亦道亦禅，而总归之浅。非有意于浅，言浅即言深也。[2]

所谓的"浅"可能包含了对理论本身通畅纯净的追求，但既然牵涉"三教"，虽说无所依著，实际上还是会多方取资，呈现出"杂"的面貌。

"杂"是一种丰富性，也是复杂性，丰富固令人喜悦，复杂也会令人痛苦。一个社会鼓励思想的多元化，并不妨碍每个个人各自追求纯一的思想；反过来，以强大的帝国权力树立某种标准思想，反而会促使每个个人的思想变得混杂，因为他必须在忠实

---

① 白居易《刑礼道》，《白居易文集校注》卷二十七，中华书局 2010 年，第 1544—1547 页。
② 吕坤《阴符经注序》，《吕坤全集》，中华书局 2008 年，第 1395 页。

于主流价值、抵制其他思想的自觉性与自我对种种思想的切身认同之间犹豫彷徨。对于思想传统本来极其丰富，而帝国秩序又最受强调的中国来说，情况就尤其严重。本来应该平行地铺展于社会的思想多样性，现在被纵深地折叠到士大夫内在的精神世界中，使士大夫在表现出渊博知识的同时，也未免显得紧张。

确实，与深刻的内在矛盾引起的痛苦相比，满足于纯一信仰的人是幸福的，甚至没文化的村夫愚妇，有时也值得羡慕。所谓"人生识字忧患始"，也许算不得夸张，因为知识越多，体验到的思想矛盾也就越多。仅就"三教"来说，互相冲突的思想因素便大量存在，如果取为行动的准则，几乎任何行动都可以寻得理由，但那理由往往经不起追问。举个简单的例子说，北周武帝是中国历史上第一个"灭佛"的皇帝，当敦煌慧远质问其理由时，他搬出了儒家的"夷夏之辨"，说佛是印度人，中国人不必尊印度之教。慧远就问："那么孔子是山东人，你陕西人为什么尊山东之教？"周武帝答："山东与陕西都在中国，所以同尊孔子。"慧远应声大喝："中国与印度都在天下，为什么不能同尊佛教！"如果对这场辩论做学究化的分析，那么这里呈现了三种立场：地方、国家、天下。站在任何一种立场，都可以取得与此立场相应的思想，以为行动准则。站在国家立场尊儒排佛，似乎振振有词，但既然国家立场已经是对地方立场的超越，那么为什么不可以继续超越，以至天下立场？与此相似的还有一个故事，说楚王丢失了一张弓，但他不觉得惋惜，因为一定有个楚国人捡到这张弓，那么"楚人失之，楚人得之"，也就不必在意其得失。孔子听说后，肯定楚王的想法，但又进一步要求，"去楚而后可"，就是不要只局限于楚国。老子听说后，又进一步要求，"去人而后可"，不要局限于人。这里的三个层次是：从国家立场超越得失、从人本主义立场超越得失、无立场地（或者说"自然"的立场）抹杀得失观念的本身。看来，优秀的思想都被形容为对局限性的超越，问题似乎呈现为：这样的超越应达到或停留在什么层次，才比较合适？如果理论上不能确定，则现实的需要便容易占据优位，既然什么都是合理的，功利主义就能大展用武之地，只要对思想传统具备足够的知识，为任何做法寻找理由都不算太难。但这种左右逢源的情况并不令人一味地乐观，且不说一个认真探求学术、构建学说的士大夫对此难以忍受，即便他能忍受，那也会严重地损害人们（包括皇帝）对知识的信任，而知识正是士大夫阶层在中国社会存立的根据，使人们怀疑知识，等于在摧毁自己的立身之地。

所以，无论从士大夫对学术本身的兴趣，还是从他们在帝国社会中的长远利益出发，都必须抗拒纯粹的功利主义，而建树一种确定的理论。实际上，中华帝国从汉代以来就树立标准思想的做法,与其说是皇帝的主张,还不如说出自士大夫的强烈要求,标准思想经常能帮助他们说服或限制皇帝,从而确立自身的存在根据。然而,为了使自己确信这种理论,他们也必须付出各种努力,自觉抵制标准思想之外的思想资源的诱惑。这并不容易做到,即便在如此漫长的中国历史中,要找个思想上完全清白的"醇儒",也是相当困难的。士大夫似乎注定要承受精神上内在的煎熬,作为其拥有"知识分子+帝国官僚"双重身份的代价。

中国士大夫的人格张力是个突出的问题,它表现在许多方面,比如对高雅趣味的追求与对世俗娱乐的喜好,对物质享受的欲求与对清高名誉的迷恋,对真纯爱情的寻求与对声色犬马的沉溺,等等。虽然我们也可将这类对立归结为普遍人性,但至少"知识分子+帝国官僚"的双重身份加剧了这种张力。相对来说,贵族士大夫比后来的进士们大抵显得思想纯净一些,他们的表达更为任情;作为标准的帝国士大夫的进士,虽然自认为社会精英,其思想却充满矛盾,表达上也复杂多变,游移不定,复杂的程度甚至令他们索性想放弃表达,所谓"饱谙世事慵开眼,会尽人情只点头"。不过,到此为止也只是士大夫的自我表达,借助诗词文章等比较高雅的文学体裁来实现,其中虽反映出思想的芜杂,却也见其负荷之重、思虑之远,未免令人对这批社会精英肃然起敬。然而,在社会的另一层面,即更为宽广的大众层面,还流行着小说、戏剧、说唱、歌谣等庶民的文学,这些样式众多的通俗文学中也会出现士大夫及其预备队读书人的形象,那形象却大抵不易引人敬重:他们貌似这个社会的主人,实际上却如客盗劫掠主人的财富,把社会资源变成私家利益;他们身为文官,却大抵尸位素餐,一心只想陷害真正有本事的武将;他们中大多数是贪官污吏,瞒骗皇帝而欺凌百姓,少数的清官往往孤立无助;他们号称要治国安邦,其实并不理解民众的愿望,只会背书作诗;他们作诗的目的经常是显露自己而揭他人的短处、向权势者献媚,或者用来应付娼妓、勾引妇女;他们趴在墙头偷看人家的小姐,买通或要挟婢女去传递情书;他们口称伦理道德,却到处发生婚前或婚外的性关系,而且偷偷服食增强性能力的丹药,七老八十还要娶个小老婆;他们与兄弟争夺父亲的遗产,为此行贿赂、打官司,还要谋害妻舅,以便去继承岳父的遗产;他们读书是为了升官发财,考上科举大抵是凭运气,考上后就把读过的书全然抛在脑后,没考上的则一生迂腐,不懂生计……应该指出,通俗文艺作品中如此描绘士大夫的形象,倒未必全出于批判指责的立场,毋宁说多半带有善意乃至钦羡之情的。其中也许包含了庶民对士大夫的误解之处,但其与士大夫自我表达的距离之远、差别之大,可谓一望而知。士大夫自己的心声固然值得倾听,但我们目前能够读到的士大夫文集已经过历史的选择淘汰,剩下来的称得上精英中的精英了,不能代表这个阶层的普遍水准,而通俗文学中呈现的士大夫形象,倒是庶民对他们全体的印象。

五、士大夫文学

考试入仕制度和"文书行政"模式,使中国的士大夫大都具备足够的书面表达能力,这使他们多能进行文学创作,但反过来也使传统的文学带上深刻的士大夫烙印。那么,在士大夫的精神世界里,文学占据何种地位呢?

既然是考试入仕,那么考试的内容就很重要。考什么,立志成为士大夫的人就必须学什么。汉代以来,征贤良、举孝廉,上殿对策,都可以算广义的考试,不过历史上影响最大的入仕考试,应该是隋唐科举制度中的进士科。这个科目的创立者是历代皇帝中颇具创造力的隋炀帝,唐太宗一边努力败坏炀帝的名声,一边却在完成炀帝的许多未尽之业,对进士考试的重视就是其中之一。由于宋代以后,它几乎成为高级文官"名臣"的唯一来源,所以我们不妨把它看作帝国士大夫的伟大摇篮,但应该注意的是,它的产生是在贵族占据绝大部分政治资源的时代。这也就是说,创立者的远见卓识固属非凡,起初却也不可能对它抱有如此伟大的期待,而只是搜罗人才的许多途径之一。通过这个科目,当然是要提拔官员,但未必就是执政官,也许只为了录取那些有文才的士子,为武力夺取的政权增添些文化气息;或许炀帝个人颇为杰出的文学感悟力也起了些作用,反正进士科的考试内容,一开始就与它后来要担负的伟大使命不相符合:考的是诗赋,也就是我们说的"文学"。

终唐一代,进士越来越受到重视,对此科的考试内容也不无议论,但"诗赋取士"(或称"文学取士")的局面基本上保持不变。这当然对唐诗的繁荣起了很好的作用,但随着进士科逐渐发挥出帝国士大夫摇篮的功能,对考试内容的质疑就不能避免:旨在录取政治方面人才的考试,考的却是文学,怎么说也是一件文不对题的事。时至北宋,终于有一个大手腕的宰相对此加以改革,他就是王安石,其"变法"的一大举措,就是进士科取消诗赋考试,改考"经义"和"策论"。在一般意义上讲,"经义"是经学论文,"策论"是施政提案。看起来,这样的考试内容更符合进士科要担负的使命。由于"经义"一体后来演变为"八股文",而"八股取士"是明清科举的特征,故从历史上看,王安石变法导致了"诗赋取士"向"八股取士"的一大转折,可以视为科举领域的一大革命。妙处在于，领导了这场革命的王安石，正是一流的文学家，而当初司马光虽然反对他的变革举措，却也并不以"诗赋取士"为然，真正坚持为"诗赋取士"制度辩护的，是另一个一流的文学家——苏轼。

不过，与其检讨王安石与苏轼的意见如何对立，还不如思考另一个问题：大唐帝国人才辈出，许多人敢作敢为，既然明知"诗赋取士"是文不对题，为何一直不予改变，而要等王安石来做这件事？其实，这文不对题的现象却具有更深刻的合理性，正是它保障了唐代社会阶层的流动。试想，在世家大族占据大部分教育、文化和政治资源的时代，广大的寒门子弟如何能在经学论文和政策提案上与世族子弟竞争？唐人的经学，大多是关于各种礼仪制度的烦琐讨论，而政策提案也须以熟悉当前的行政体系为前提，寒门子弟未进入上流社会的交际圈，如何能获取这些知识？诗赋则不然，在识字的基础上，学习了基本技巧后，接下来就凭个人才华见高低了。所以，寒门子弟显然欢迎诗赋考试，他们在群体上构成巨大的力量，有效地阻止了对"诗赋取士"加以改革的任何企图。这文不对题的现象一直培养着新生的政治势力，对帝国士大夫性质的转变起了重大的推动作用。文学在中国历史上所起的社会作用，可能莫大于斯。至于王安石的改革，则在士大夫性质转变已经完成之后，此时的"诗赋取士"只是一种沿袭而已了。

既然"诗赋取士"已失去合理性，何以苏轼还要为此辩护？我们读了他的《议学校贡举状》就会明白，他并不主张"诗赋"如何合理，而是担心"经义""策论"之类的弊端更甚。这些文章与文学作品不同，要阐述明确的意见，而且在判断高低的时候，意见本身的重要性显然高于写作技巧，那么，朝廷一时所倾向的意识形态，执政者个人所持的观点，就一定会影响他对文章价值的判断，也会引起应试者的迎合之风。果不其然，在放逐了诗赋之后，科举领域的思想交锋才真正开始。王安石自己主持编写了《尚书》《周礼》《诗经》的标准文本及注释，谓之"三经新义"，规定"经义"考试以此为准。这当然颇有思想专制的嫌疑，但既然是考试，总须有个标准，也是无可奈何的事。问题是，经典的解释原本就有许多不确定处，若引申到与目前政治的关系，学者们更是各有千秋。可以说，只要本人追求自成一家之学，就断不会完全赞同王安石的一家之学，这个标准必然招来非议，是可想而知的。而且，即便朝廷能压制非议，推行王学，结果也只能使所有文章都谈论统一的观点，在苏轼看来，就是遍地的"黄茅白苇"，哪里还能见到乔木？

苏轼的批判确实击中要害，同情其意见的大有人在，于是"诗赋"在科举领域的存在得到了局部的延续，宋代的进士考试曾经拥有"经义"和"诗赋"并存的历史，一场考下来，既有"经义"进士，也有"诗赋"进士。这样区分专业的方法原本也不错，但这只是一种过渡形态。从后来的结果看，"经义"终于还是取得了统治地位，只是它的标准从王安石的"三经新义"变成了朱熹的《四书集注》。换句话说，科举领域的革命，最后的赢家是道学。

与苏轼对抗王学的方法不同，道学家对传统的"诗赋取士"并无好感，他们不反对"经义取士"，而是就"经义"本身的是非问题与王学相争，比如杨时就写过专门批判"三经新义"的著作，谓之《三经义辨》。这倒也不意味着他们从一开始就准备为自己的学派夺取科举阵地，毋宁说，他们的批判锋芒曾指向科举制度本身。他们认为科举是一条利禄之途，它败坏了读书人的心术。读书本来是为了追求真理，获悉圣贤的教导而身体力行，现在因被科举所诱惑，大家都奔着考试内容去用功。科举考诗赋，大家都去追摹苏轼的诗风，希望被赏识；科举考经义，大家都去背诵王安石的"新义"，希望能通过。总之都是随风转舵，侥幸一中，哪里还有真正的学问？孔孟之"道"之所以不明，罪魁祸首就是科举！所以，道学家经常发表厌恶科举的言论。所谓的"北宋五子"中，只有程颢和张载两位进士，其他三位都不是。邵雍可能并未参加过科举考试，周敦颐则根本看不起科举，而且据程颐的说法，在跟周敦颐交往的时候，心中一定会感到科举是鄙俗的东西。当然，离开了周敦颐后，程颐还是去参加了考试，大概由于主考官欧阳修不喜欢他的文章，没有考上，后来程颐也就鄙薄科举，还鼓励他的弟子们鄙视科举。程颐在这方面的态度最典型，他说一个人年纪轻轻就高中科举，简直是不幸，他晚年的弟子须在从事科举和追随老师之间做出选择。到了南宋，情况也相似，虽然科举本身并没有排斥所有的道学家（朱熹很年轻就成为进士），但道学家往往傲视科举。不过很有意思的是，道学从鄙视科举开始，最后却占据了科举"经义"之标准的地位。

科举固然是一条通向利禄之途，但从选拔官员的角度说，几乎没有比此更公平合理的办法。范仲淹、王安石曾经设想学校是比科举更好的办法，后来蔡京尝试了以学校代替科举的方案，却归于失败。近代废除科举制度时，也以大学代替科举为理由，但两者其实各有侧重，大学重在教育研究，而科举要担负选拔官员的几乎全部任务，不可能由大学完全代替。而且前者倾向于学术自由，后者则须有统一标准，未免凿枘不合。选拔官员是否需要这样统一的途径，当然是另一个问题，但只要是科举制度存在的时期，考试的内容对士大夫的教养必然产生重大的影响。西安的碑林有北宋释梦英书《篆书目录偏旁字源碑》，其碑阴有北宋至和元年（1054）所刻的《京兆府小学规》，记录了当时小学生的日常功课：

> 一，教授每日讲说经书三两纸，授诸生所诵经书文句、音义题，所学书字样，出所课诗赋题目，撰所对属诗句，择所记故事。
>
> 一，诸生学课分为三等。
>
> 　第一等，每日抽签问所听经义三道，念书一二百字，学书十行，吟五七言古律诗一首，三日试赋一首（或四韵），看赋一道，看史传三五纸（内记故事三条）。
>
> 　第二等，每日念书约一百字，学书十行，吟诗一绝，对属一联，念赋二韵，记故事一件。
>
> 　第三等，每日念书五七十字，学书十行，念诗一首。

由此可以观察王安石科举改革之前，小学生基础教养的内容，大约有经义、书法、诗赋与史传四项。必须注意，这里的经义是听老师照着课本解释后背诵出来而已，阅读史传的目的则是为了记些故事，在写作诗赋时可以派上用场，书法方面的要求对三个等级的学生都是一致的，可能主要是学字。这样，唯一对学生的创造性有所培训的，就是诗赋。按理说，与背经义、记故事对等的文学方面的培训，应该是赏析名篇，如"念诗一首""看赋一道"之类，但当时的小学却马上要求创作。诗赋在基础教养中占据如此重要的地位，当然不是因为那时候的人们特别风雅，而是由"诗赋取士"的科举制度决定的。到了"八股取士"的时代，情形就大不相同，我们在《红楼梦》中可以看到另一番景象：贾宝玉被他的父亲斥责为不求上进的逆子，只因为不肯苦读"四书"，而实际上他的诗赋修养至少超过那些受他父亲尊重的清客。若生在唐宋时期，贾宝玉便是个优秀的学生。

为了科举而进行的培训至少决定了小学生的基础教养，这些小学生通过科举而成为士大夫，其精神世界内各种元素的消长也应当跟科举领域的革命过程相关。也就是说，文学在士大夫教养中原本占据核心地位，后来不得不让位于道学。士大夫必须担负的社会责任广及所有领域，这使他们不得不去掌握各方面的知识，在基础教养、个人兴趣、工作需要或师友传承等种种因素的影响下，他们会在某一个或几个方面展现特长，有些人擅长文学，这是非常自然的事。但必须注意的是，在科举改变其考试内容的前后，从事文学活动在正当性上会有极大的差异：此前吟诗作赋是值得骄傲的正业，此后则未免成为"余事"，甚或带上异端色彩。一个擅长文学的人，本来仅凭这个特长就足以立身士林，后来却必须另有正业，低者精于吏事，高者能讲出一套学术思想。这也就意味着，即便被今人视为纯粹"文学家"的士大夫，当初也会被要求在各种有关学术思想乃至政教民生的问题上发言，因为那样他才无愧于一个士大夫的身份。当然道学虽成为基础教养，倒也并不是每个士大夫都终生严格地忠于道学立场，一般情况下，帝国对他们也无此要求。

总的来说，先秦的封建士大夫，还并未意识到他们写作的内容中有哪些部分可以算是文学；自汉魏六朝以来，诗赋盛行，文学的观念逐渐明确，而贵族士大夫也非常自得地展现其文学方面的特长；到了唐代，出身低微的士人可以凭借文学才能，通过进士考试走上仕途，这便引起一部分贵族的敌视，把擅长文学的人看成"暴发户"，攻击他们作风"轻薄""浮躁"，连杜甫那样被后人视为"诗圣"的人，生前都不免此讥；宋代的科举士大夫基本上改变了这个形象，但这个时代开始出现将文学逐出科举的努力；在道学成为科举考试的核心内容后，文学写作能力对士大夫来说，就成为"余事"了。

六、科举士大夫文化的发展困境

传统士大夫的最后一个类型，是科举士大夫，相对而言，他们跟现代中国的关系最为密切，所以我们有必要再加一点考察。

上面说过，宋代以来的高素质士大夫，被称为"名臣"，南宋的朱熹就编有《名臣言行录》。或者也因为是朱熹所编的缘故，此书在后世拥有不计其数的读者，从而让人觉得宋代的"士风"特别淳正，比如顾炎武的《日知录》中就有"宋世风俗"一条，对此颇为肯定①。不过，像《名臣言行录》这样的读物，其实一望就知其有美化之嫌，因为从结果来看，由这些"名臣"们所引领的两宋政治，不能算怎样成功。可见，虽然强烈的身份自觉、道德自律使"名臣"们体现了士大夫文化的较高水准，但他们身上也存在许多问题，使科举士大夫文化的发展整体上面临困境。

首先是意识形态的问题。以产生于封建时代的儒学为思想指导，其实与帝国秩序并不完全合拍。虽然"新儒学"可以被视为使儒学适应帝国秩序的一种改造，但在

---

① 见《日知录集释》卷十三，上海古籍出版社 2014 年，第 298—301 页。

改造的过程中,各家各派产生了各自的方案,北宋时期就有王安石的"新学"、二程的"洛学"、张载的"关学"、三苏的"蜀学"等流派,互相不服,形成纷争,也延伸为政治上的党争。直到南宋中期朱子学出现后,才算有了个比较权威的思想体系,可是等朱子学获得此权威地位,赵宋王朝的历史也接近尾声了。而且,朱子学所阐述的主题,上至天地宇宙之本体,下至个人心性之修养,于社会制度、政权建设方面反不如北宋诸家所论的更为务实,故其是否适合作为国家的指导思想,当代和后世实际上都有不少人持怀疑态度。至少,以朱子学为科举衡文之标准,从而产生的"八股"经义文,对于科举考试制度的发展来说,显然是弊大于利。

其次,与意识形态和科举制度密切相关的是士大夫的知识结构问题。科举士大夫是以知识立身的,但在总体上,应科举之需而学习的他们延续着封建士大夫、门阀士大夫的知识结构,大抵只适合做官,与宋元以下社会各行业所需的实用知识差距甚远。这当然使那些考运不佳、当不上官的读书人很容易沦为一无所长的"腐儒",也使官场履历不深、经验不足的官员经常被狡猾的胥吏阴夺事权。每个人当然都希望做自己擅长的事,所以除总揽政务的宰执外,对士大夫们最具吸引力的职位就是谏官御史、翰林学士之类,宋人称之为"言语"和"文学"之臣,这两条路上真可谓人才济济,竞争激烈,而此外如财政、法律、军事等方面,乃至州县地方官,就相对缺乏人才,且受轻视,于是形成"重内轻外""重文轻武""重文轻法"等种种偏颇。此类偏颇貌似令"文学"领域特别繁荣,但终究损害着科举士大夫阶层存在的依托——国家。应该说,从北宋便开始出现的以学校代替科举选拔人才的设想,进而在学校里分年级、分专业的做法,有利于改变上述局面,但这种近代意义上的大学,直到清末还停留在萌芽状态。

第三,是经济基础的问题。科举士大夫不像以前的贵族那样自有雄厚的经济实力,虽然朝廷为官员们发放俸禄,但这并不能充分满足其物质需求。"名臣"们可能具有较严格的道德自律,像王安石、司马光那样出骑瘦驴、卧拥布衾的宰相,确实被视为模范,但若以这样的标准去规范众人,便未免被视为"不近人情"。至于退休之后的养老之地,更需要提前关心。所以,科举士大夫在俸禄之外寻求经济资源,势必难以避免。于是,他们贪污腐化、与土豪富商勾结,遂成为最便捷的获利途径。从这个角度说,科举士大夫阶层在社会上越具优势,其士风便将越趋堕落,那程度大约与经济发展同步,故历朝历代都是开国之初问题较轻,此后愈益严重。可以说,士大夫政治的内在痼疾——腐败,必然会随着他们所服务的帝国一起成长,并且在最后将它葬送。

第四,是士大夫的数量问题。具备应考能力的人都想成为士大夫,而经济与教育的发展使越来越多的士人拥有这种能力。但士大夫是官,官的数量总是有限的。所以,从北宋中期起,便出现士大夫过剩的现象,一个职位有几个人等着上任,谓之"候阙"。可想而知,这将使士风更趋败坏。对于国家来说,官僚阶层的膨胀带来双重压力:"纳税人"减少,而俸禄负担增大。长此以往,酿成一个致命的困境:科举士大夫阶层自身的发展超越了其所依托的国家的需求和承受能力! 为了走出这个困境,宋朝想了很多办法,除增加税种、税额外,还有大量发放纸币(国债),国家做东来经营获利(如王安石"新法"中的一些项目)等,最后甚至想出"公田"政策,即国家剥夺或收买地主的土地,直接雇人耕种以收取巨额田租。这个政策的危险性显而易见,它将使赵宋政权失去地主阶层的支持。

　　第五,还有特权问题,即不符合士大夫政治运作规则的,从皇权延伸出来的特殊权力。在具有严重封建性的门阀士大夫占优势的时代,皇帝曾是国家权力的象征,但在科举士大夫按他们心目中的"合理性"规则来运作政治时,皇帝又反过来显示出封建性,因为他毕竟与士大夫不同,未经考试而世袭权力。虽然宋代的士大夫经常表现出限制皇权的勇气,但皇帝身上的特权成分还是会蔓延开来,如宗室、外戚、宦官、近侍等,都具备破坏规则的能力。时间越久,蔓延的范围就越大,逐渐形成了一个"特权阶层",某些高级士大夫的家属也会参与进去,这严重干扰士大夫政治的正常运作机制。上文提及的"公田"政策,其实与此特权阶层的存在和需求有很大的关系。士大夫们很难抵御特权的压迫或腐蚀,他们当中依靠特权的帮助而获选拔、晋升的人不在少数,这也令这个阶层本身走向败坏。

　　以上只是科举士大夫阶层形成后,在宋代尤其是南宋就已暴露出来的问题。自王国维、陈寅恪先生以来,许多学者推崇宋代文化,许其为中国传统文化发展的顶峰①,但我们也应该看到另一个方面,即此文化的创造主体——科举士大夫阶层身上存在的诸多难以解决的问题,将必然导致文化的发展陷入困境。当然,这也可能反过来证明了"顶峰"之说,因为接下来的元明清三朝,也并未有效地解决这些问题,有的只是在新朝建立之初稍显缓和,然后便照例出现,愈趋严重。可见,改朝换代也不是根本的解决办法。在世界史上,科举士大夫确实是近代以前的中国最具特色的东西,但自其成熟的时期——宋代起,其发展的限度便可预见了。换句话说,宋朝已经展示了科举士大夫文化发展的极限状态,与此同时,对此文化具有挑战性(即改变士大夫

---

① 参王水照主编《宋代文学通论》绪论第一节,河南大学出版社 1997 年。

阶层对文化的独占）的现象，也逐渐出现，仅就文学领域来说，就是非士大夫作者的逐步涌现，也就是作者身份的分化。

七、文学创作者的身份分化

上面已经提及，科举士大夫在俸禄之外寻求经济资源，是难以避免的。从另一个角度说，为了实践士大夫所信仰的古老礼教，也有必要重新建立家族经济。如果家人不能同居，怎能实践孝道？如果同族的人互不相关，哪里存在什么"丧服"之制？所以我们不难看到，从"庆历士大夫"开始，就着力经营家族生计。欧阳修、苏洵都热心于编纂族谱，范仲淹为苏州范氏宗族建立了"义庄"。总之，他们希望家族的繁荣不会及身而止，既然帝国需要进士，他们就要为自己的家族建立培养进士的经济基础。简单地说，就是士大夫要变成地主、富民；反过来，地主、富民为了获得政治地位，也必须培养自己的子弟成为进士。

应该说，这种现象与严格的国家主义立场是有所冲突的。比如在王安石眼里，地主、富民的存在都是"兼并"平民的结果，他们与国家"争利"，是危及国家的因素，必须利用各种"不近人情"的政策加以摧破。他的反对者苏辙曾云：

> 州县之间，随其大小皆有富民，此理势之所必至，所谓"物之不齐，物之情也"。然州县赖之以为强，国家恃之以为固。非所当忧，亦非所当去也。能使富民安其富而不横，贫民安其贫而不匮，贫富相恃，以为长久，而天下定矣。王介甫，小丈夫也。不忍贫民而深疾富民，志欲破富民以惠贫民，不知其不可也。[1]

显然，苏辙说出了多数士大夫的心愿，与其做王安石那样彻底的国家主义者，他们更愿意与地主、富民结合为一体。大概从北宋后期起，士大夫的地主、富民化，与富民、地主的士大夫化，越来越成为不可阻挡的趋势，到了南宋，两者差不多已完全融合[2]。

如果一个家族能连续培养出进士，那么这个家族就很像六朝的"世族"。太宗朝状元宰相吕蒙正，其侄子吕夷简是仁宗朝宰相，夷简的儿子吕公著是哲宗朝宰相，公著的儿子吕希哲是哲宗朝御史，也是程颐的最早弟子，希哲的儿子吕好问是南宋高宗

---

① 苏辙《诗病五事》，《栾城集·栾城三集》卷八，上海古籍出版社 1987 年，第 1555 页。
② 参宫崎市定《宋代的士风》，《宫崎市定全集》第十一卷，岩波书店 1992 年，第 339 页。

朝的执政，好问的儿子吕本中官至中书舍人，也是著名诗人，以《江西诗社宗派图》闻名，本中的侄孙吕祖谦则是与朱熹齐名的思想家。吕氏家族比起东晋南朝的谢家，也并不逊色。这样的官宦兼文化世家，宋代以降不算太罕见，他们与六朝贵族的区别，在于没有世袭特权，必须不断培养进士，如果三四代不出一个进士，大抵就要走向败落。当然，进士不容易考上，而与地主、富民的融合，使他们拥有了一定的经济基础，维持两三代子弟"耕读传家"，尚无问题。于是，非士大夫身份的文化人——"乡绅"出现了。

实际上，随着时代的推移，绝大部分士大夫的家族会无可避免地变成"乡绅"。在宋代历史上，这"乡绅"的文化绝不可忽视。比如，从北宋后期延续到南宋的福建"道南"之学，即"杨时—罗从彦—李侗—朱熹"一系的道学，后来成为权威意识形态，而严羽的《沧浪诗话》，也差不多成为明清诗学的圭臬。罗从彦、李侗、严羽都未考上进士，只是"乡绅"。朱熹考上进士，使道学进入士大夫社会；严羽的再传弟子黄清老考上了元朝的进士，开始搜集和刊刻严羽的著作，推向士大夫社会[①]。由此看来，"乡绅"文化可以与士大夫文化相联结，成为社会基础。另一方面，"乡绅"经常会充当地方政府中的胥吏，而且很可能世代担任，他们与士大夫的合作，使国家立场、地方意识与个人利益获得一定程度的调和。

除乡绅胥吏外，跟士大夫比较接近的文化人还有幕僚、馆客、门生之类。为了建立自己跟政界新人的良好关系，宋代官僚往往愿意接待应考的举子，指点或帮助他们获取科名。所以，有些士大夫在考上进士之前，曾寄身于"先辈"的门庭，他当官后，跟原来的东家依然会关系密切；至于考不上进士的应举者，充当门客的时间就会更长。比如曾巩在考上进士前已是深受欧阳修眷顾的门生，陆佃也曾处馆于高邮傅氏家[②]，李廌追随苏轼、苏辙的时间更久。曾巩、陆佃后来都考上了进士，李廌却终身未第，现在看来，在北宋现存有别集的作家中，除了几个"隐士"和僧人外，李廌是很少见的非士大夫文人了。

宋代的所谓"隐士"大抵可以归为"乡绅"，僧人另当别论，李廌的情况却值得进一步关注。此类情况事实上不少，因为从科举制度产生的不光是士大夫，更有大量的落第者，其写作上的水平和名声未必低于及第者。要不是得到有力人物的推荐而勉强入仕，苏洵、程颐和陈师道也将与李廌属于同类。与乡绅不同的是，他们并无"归隐"

---

①　关于严羽《沧浪诗话》的编刻流传过程，参考张健《〈沧浪诗话〉非严羽所编》，《北京大学学报》1999 年第 4 期。
②　陆佃《傅府君墓志》，《陶山集》卷十五，文渊阁四库全书本。

的意识,不愿安居家乡,即便对科举之途已经绝望,也仍流连于京师周围,出入士大夫之门,从事跟士大夫相仿的写作活动。这当然使他们有可能得到特别推荐的机会,但也不仅仅如此而已。《宋史·李廌传》载:"中年绝进取意,谓颍为人物渊薮,始定居长社,县令李佐及里人买宅处之。"①可见,已经"绝进取意"的他,依然要选一个"人物渊薮"之地去定居。实际上,颍昌府长社县处于离开封不远的中心地区,确实有许多士大夫在此安家,晚年的苏辙就住在相邻的阳翟县。李廌如此选择定居之地,肯定含有置身"文坛"核心人物的身边,方便交流,并容易获得关注,维持其文名的目的。很显然,地方官和当地有经济实力的人物,也以这样著名的文人住在本地为荣,故不吝施以援手。我们不太清楚李廌定居长社后的经济来源,或许他可以靠写作来获取资助,维持生计。

被目前掌握的史料所限,我们不得不承认李廌这样非士大夫身份的著名文人,在北宋可谓特殊现象,但到了南宋,这种情况就不算特殊。1994 年,日本著名学者村上哲见出版了《中国文人论》②一书,强调南宋以后非士大夫文人崛起的现象,应该引起学术研究者的重视。村上先生本人擅长词史研究,上述思路使他获得了对南宋词坛的全新把握,在近年出版的《宋词研究·南宋篇》③中,他放弃了以豪放派、婉约派二分法贯串词史的传统方法,而将南宋词区分为"士大夫词"和"(非士大夫)文人词"两种,且明显侧重于后者。除综论外,该书的主体部分由四个个案研究组成,其中"士大夫词"的个案只有辛弃疾一位,而"(非士大夫)文人词"的个案却有姜夔、吴文英、周密三位。确实,南宋非士大夫文人的文学业绩,在词的领域表现得最为突出,与辛弃疾等士大夫词人相比,他们的特点在于精通音乐,能够凸显词作为歌辞文艺的本色。所以,村上先生也把他们称为"专业文人":

> 到了南宋,与官僚文人性质相当不同的文人,开始作为文学的接班人闪亮登场。他们一方面与仕途几乎无缘,另一方面不仅精通文事、诗文,也广泛擅长书画、音乐等各种艺术,就文人这一面来说,超越了通常的官僚文人,也可以说是纯粹文人或专业文人。在无缘仕途这一点上,他们与所谓隐士相同;但他们与权贵交往密切,以文事进行热闹的社会活动,这与隐士有决定性的区别,他们可以说

---

① 《宋史》卷四百四十四,文苑传六,中华书局 1985 年,第 13117 页。
② 村上哲见《中国文人论》,汲古书院 1994 年。
③ 村上哲见《宋词研究·南宋篇》,创文社 2006 年。有金育理、邵毅平译本,上海古籍出版社 2012 年。

是进入南宋后才出现的新生阶层。……正因为词是歌辞文艺，所以依靠这些精通音乐的文人，词成就了不同于官僚文人阶层作品的新的辉煌。[1]

我们知道，词原来就是一种"歌辞文艺"，北宋以苏轼为代表的士大夫词人突破了乐曲的束缚，"以诗为词"，取得了令人耳目一新的效果，被称为"豪放词"。从文学史的角度，我们也充分肯定他的成就，但这样的词不久就被李清照指责为"句读不葺之诗"，而南宋词向强调与音乐密切配合的本色回归的倾向，也宛成主流，正如村上所说，成就了"新的辉煌"。这是一种专业化的趋向，依靠许多非士大夫文人毕生精力的倾心投入，而推进到事务繁忙、心思旁骛的士大夫所不能兼擅的境地。值得注意的是，像李清照那样的闺阁文人，在这个问题上明显站在"专业文人"一边。实际上，闺阁文人也是非士大夫文人的一种，虽然身为士大夫的妻女，创作上的观念和趣味却跟"专业文人"相近。

如果说北宋的李鹰在创作上基本追随士大夫，那么南宋的姜夔等人却已形成士大夫所难以具备的专业特长，展示了自己的独特价值。不过，无论是"专业文人"还是闺阁文人，其对于"专业"的全神贯注，仍得益于权贵、士大夫在生活上给予的有力支持。虽然出于对文化和才华的尊重，许多士大夫愿意与他们平等交游，但这不能改变他们依附于士大夫的生存境况。不过，到了南宋中期以后，临安的一位出版商陈起，却为非士大夫诗人提供了另一条出路：通过作品的商品化来求取生计。他策划出版的《江湖集》，包含了许多非士大夫诗人的别集，中国文学也由此而出现了一个新的作者群体——"江湖诗人"。

"江湖"一词有多种含义，其最为核心的意思，应当如范仲淹《岳阳楼记》所示，是与"庙堂"对举的。就此而言，《江湖集》收录的作者应该全非士大夫。但实际上，它也收录了一些士大夫的诗作，这是因为士大夫们也喜欢把他们不当官的时期形容为身在"江湖"，尽管这可能只是他前后两任官职之间的间歇。更有甚者，"重内轻外"的观念使州县地方官尤其是低级官员也自视为"江湖"人士，至于安居一方的"乡绅"，当然也可参与其中。这使《江湖集》作者群的身份呈现出复杂的面貌。然而，值得重视的是其中确实包含了标准的"江湖诗人"。如戴复古《春日》诗云："淹滞江湖久，蹉跎岁月新。……山林与朝市，何处著吾身？"[2]这表明"江湖"既非"山林"也非"朝市"，其《都中书怀呈滕仁伯秘监》描写了"江湖诗人"的生存境况：

①　村上哲见《宋词研究·南宋篇》，上海古籍出版社 2012 年，第 382 页。
②　戴复古《春日》，《全宋诗》，北京大学出版社 1991 年，第 33480 页。

北风朝暮寒，园林日萧条。自非松柏姿，何叶不飘摇。儒衣历多难，陌巷困箪瓢。无地可躬耕，无才仕王朝。一饥驱我来，骑驴吟灞桥。通名丞相府，数月不见招。欲登五侯门，非皓齿细腰。索米长安街，满口读诗骚。时人试静听，霜枝唱寒蜩。倘可悦人耳，安望如箫韶。①

"无地可躬耕"表明他不是"乡绅"，"无才仕王朝"表明他不是士大夫，他依靠干谒求取生活资助，而干谒的手段无非是写诗。为了达到目的，他的诗要写得"悦人耳"，但尽管如此，还是会遭受冷遇。可见，"江湖诗人"主要还是靠士大夫的欣赏和资助来维持生计，陈起为他们提供的新出路，大概只具有辅助性的作用，还不足以支撑"职业作家"的生存。不过作家与出版业的结合，应该说预示了这样的方向。

按宋人的用语习惯，"江湖"是包括僧道的，《江湖集》也收入僧人的作品。不过，宋代的僧道尤其是禅宗僧人的文学创作，实在足以自成一个系统。目前出版的《全宋诗》中，禅僧诗数量约占全部的十分之一，而有诗歌作品现存的禅僧，也在一千名以上。可见，以禅僧为主的僧道作者，构成了宋代非士大夫作者的主干部分。虽然人们经常指责宋代的僧道与士大夫的交往过于密切，但我们应该理解，与士大夫交往并不全是趋炎附势之举，毕竟士大夫占据着"文坛"的中心地位，任何作者都不能让自己离开"文坛"太远。宋代的禅僧文学还东传日本，直接开启了彼邦的"五山文学"，那也是日本文化史上一个时代的名称。

综上所述，乡绅胥吏、馆客门生、"专业文人""江湖诗人"乃至闺阁、僧道等非士大夫作者，都能使用与士大夫文学相似的体制进行创作，在南宋之后，日益成长为不可忽视的一支作者队伍。不过，由于他们都在不同程度上依靠士大夫而生存、活动，故只能被视为士大夫周边的文人，其作品在广义上仍可纳入"士大夫文学"的范围，尚不具有现代"职业作家"那样的独立性。当然，此外还有姓名不见于史料的更下层的民间作者，从事着与士大夫文学体制完全不同的通俗文学的写作。

---

① 戴复古《都中书怀呈滕仁伯秘监》，《全宋诗》，北京大学出版社 1991 年，第 33455 页。

第二章 庶民文学的群体性「作者」

我们讲中国文学的作者以士大夫为主,并不否认士大夫之外还有数量庞大得多的"庶民"存在,也不是要抹杀"庶民文学"的价值,不过谈到"庶民文学"的"作者"问题时,必须注意其与士大夫不同的情况。

"庶"是众多之义,它比"百姓"一词更早地确指广大的普通民众,在自古以来习用的"士庶"一词中,它正好包含士大夫以外的所有平民。而且,这"众多"之义还具有思想史意义。庶民作为个人的生存是一点不受关注的,可谓毫无价值,但他们合为众多之民后,却成为最高价值。《尚书·泰誓中》说:"天听自我民听。"《孟子·尽心下》也主张:"民为贵,社稷次之,君为轻。"其价值是比天、国家、君主还要高的。这是我们经常引用的有关古代"民本主义"思想的资料,在那么早的时期说出那样的话确实很了不起,但问题也就来了:无价值的个体如何合成最高价值的群体? 在数学上这就是个难题。现在我们不去解答这个难题,只想指出,庶民文化的存在方式客观上确实以群体性为特征,并不像士大夫那样强调个人的著作权,从庶民中产生的歌谣、演剧、说唱、白话小说等文学作品,也不像士大夫的诗、词、文言文那样拥有明确的个人作者。

实际上,在晚清以前的人们看来,"文学"大抵就是诗、词、文言文,小说、戏剧等只供娱乐,并不被视为文学。乾隆年间编《四库全书》,志在收罗所有现存古籍,但白话小说、戏剧作品则弃而不录。把它们视为文学作品,是二十世纪以后的事。因为受了西方文学观念的影响,我们把《水浒传》《西游记》等白话小说确立为文学经典,除此之外,我国就没有与西方的长篇小说相对应的东西。但接下来,以对待西方长篇小说的态度去研治这些作品,却碰到了许多问题。既然是文学经典,那么首先就要确定标准文本,其次要确定作者,然后才能讨论作家、作品和时代社会的关系。为此,学者们花了九牛二虎之力,校订考证,结果却无法尽如人意,对所谓标准文本和"作者"的确定都十分勉强。这几乎可以说是方法论上的重大问题,导致的严重后果是,今天的一般读者不知道那标准文本和"作者"是勉强被确定的,容易被错误地引导,以对待伟大作家笔下经典名著的方式去"精读"手头的文本,以诗词遣词造句的"推敲"功夫去分析字句,并在所谓的"作者"和文本之间建立子虚乌有的精神联系。事实上,那只是从有关故事不断被修改、重构的历史流程中截取的一个最符合长篇小说观念的文本,其真正的"作者"应该是庶民的群体。而且,在它们获得文学经典地位的同时,那活生生的历史流程也被打断,使拥有千年寿命的它们基本上失去了继续生长的可能。所以,对庶民文学的群体性"作者"加以认识,目前看来是刻不容缓的事。

庶民社会当然自古存在,通过士大夫的转达和记录,早期庶民的声音也有很小一部分能够被我们所倾听,比如《诗经》和乐府诗中的民歌成分。但庶民文化能在整体上进入后人的历史视野,毕竟需要庶民自身对表达工具的亲近和掌握,那就要等候诸多历史条件的形成,比如教育的普及、出版技术的进步、城乡人口的流动和娱乐设施的建设等。但就中国社会的情形而论,最为重要的是"士庶"关系的历史转变。在依血统来确定士庶身份的时代,两者之间界如鸿沟,庶民很难接触到被士大夫所专有的表达工具;而按考试来确定士庶身份,则使两者间的转化成为可能,如果社会上有许多庶民家庭培养出了士大夫,又有许多士大夫家族无奈地沦为庶民,同时造就许多处在士大夫和庶民之间的低层文化人,那么种种表达工具就能有一部分为庶民所用。这也就意味着,庶民文化在中国历史上的绽放,将与帝国士大夫性质的转变同步,当科举制度产生了真正的帝国士大夫——进士时,庶民与表达工具就建立了曲折的联系,从而能使庶民文化进入我们的历史视野。科举士大夫阶层的确立和庶民文化的兴起,令中国历史的面貌有很大的改观,有些学者认为,应该据此来定义一个新的历史时期,叫作"近世"。下面,我们先介绍这"近世"的说法。

一、"近世"论与庶民文化

"近世"之说,创自日本著名汉学家内藤湖南(1866—1934),他把近代以前的中国历史划分为"古代""中世""近世"三个阶段,汉朝以前为"古代",经三国时期的过渡,魏晋以降至唐朝为"中世",又经五代时期的过渡,至宋朝以后便是"近世"。

这里的"古代",相当于英语中的 ancient times,作为历史时期则与欧洲史的古希腊、罗马时期相对应,跟目前中国以"古代"一词广指晚清以前所有时代的用法大不相同。当然内藤学说的重点不在这里,他的重点在"中世"与"近世"之分,主张唐代为"中世"的结束,宋代为"近世"的开始。所以,内藤学说又被称为"唐宋转型"或"唐宋变革"论。其理由当然不止一端,但最主要的便是贵族门阀政治的结束,君主独裁下的科举文官体制的确立,和庶民文化的兴起。这个观点对民国时期的中国史学界曾有一定的影响,但中华人民共和国建立后,因为要按苏联斯大林五个社会历史阶段的说法来划分历史时期,把战国以来直至清末的两千数百年一概归为"封建社会",所以内藤的意见差不多被大家忘却了。

应该说,对历史阶段的划分本来就会因标准的不同而异,但这里的"封建"一词实在太不尊重汉语中该词的实际含义,当初秦始皇建立的帝国政权正是对封建制的否定,如今却要视其为"封建社会"的第一个皇帝,不免有些错乱。当然,如果这样的划分真的有利于历史研究向深入具体的境地拓进,那倒也不妨让这两个汉字受些委屈,但将两千数百年归为一个阶段,如此囫囵的划期,究竟能有什么用处?这两千数百年几乎包含了有确切记载的全部中国史,那就等于并未给中国史划分阶段。所以,"封建社会"的说法只尊重某种理论标准,对汉语、对中国史的实际都不尊重。相比之下,内藤的意见,无论其合理性如何,至少他真正给中国史分了几个阶段,足供参考。所以,近年的中国学界又开始回忆这个说法。至于海外汉学界,内藤史学的影响一直广泛深远,乃至许多大学都依他划分的阶段来设置学科专业。虽然关于中国史的"近世"始于何时,多少有些争论,但"近世"作为一个历史时期的名称,是被普遍接受了。

事实上,在中国传统文化发展的历程中,唐宋之际确是一个重要的分水岭,此前和此后的文化面貌呈现出很大的差异。古今学人在论述唐宋时期的社会政治、学术思想及文学艺术时,心目中早就隐然有了这道分水岭。在社会政治方面,对门阀制度和科举制度的起盛衰亡作研究时,唐代就会被认作这两种制度更替的时期,而宋代则意味着更替的完成;在学术思想方面,所有的论著都会把汉唐经学与宋明理学区分开来;在文学艺术方面,情形也极其明显,我们所谓"国画",是从宋代算起的,宋诗与唐诗形成了风格上的对立,骈文与古文之间主导地位的更替,也在中唐至北宋期间完成,词及通俗文学的全面兴起,也从宋代开始。几乎在所有文化门类上,唐前与宋后都存在这样直观的区别。这一道客观存在的分水岭,中国的历史学家也曾对它加以思考,还是以陈寅恪先生的论述为例:

> 　　唐代之史可分为前后两期,前期结束南北朝相承之旧局面,后期开启赵宋以降之新局面,关于政治社会经济者如此,关于文化学术者亦莫不如此。退之(按韩愈字退之)者,唐代文化学术史上承先启后转旧为新关捩点之人物也。[①]

所谓"南北朝相承之旧局面"和"赵宋以降之新局面",与内藤湖南的时代划分正好符合,但陈寅恪并未明确论定其性质为"中世""近世"之别,而这一点,却正是内藤学说的特征所在。

系统地继述和发展内藤学说的,是他的弟子宫崎市定(1901—1995)。据宫崎自

---

① 　陈寅恪《论韩愈》,见《金明馆丛稿初编》,生活·读书·新知三联书店2009年版,第332页。

述,他对于内藤的这一观点,原先曾抱怀疑的态度,但经过认真思考和研究,后来不遗余力地宣传和证成其说,成为乃师学说的"护法神",并明确宣称:"我的宋代史研究是以内藤湖南先生的宋代近世说为基础的。"宫崎氏的宋史研究范围广泛,内涵丰富,政治史(《北宋史概说》《南宋政治史概说》)、制度史(《以胥吏的陪备为中心——中国官吏生活的一个侧面》《宋代州县制度的由来及其特色》《宋代官制序说》)、教育史(《宋代的太学生活》)、思想史(《宋学的论理》)等领域均有涉足,成绩斐然。而且,以唐宋之际的"转型论"为核心,他又进一步推导出"宋代文艺复兴说""宋元文化世界第一"等观点①。

值得注意的是,既然如宫崎氏那样把宋代与"文艺复兴"相提并论,则其所谓的"近世",实际上等于我们通常说的"近代"或"现代"(modern)。然而,多数情况下,由内藤、宫崎的弟子们为主而构成的日本京都学派诸多学人,其论著中又并不混用"近世"与"近(现)代"。所以,这"近世"一词的含义,须加以进一步检讨。

从汉字的意思来说,"近世"等于"近代"。但"近代"是西方史学的话语,通常情况下,东方世界的"近代"指的是其遭受西方侵略后,传统的社会文化开始被改变的时期。换句话说,"近代"一词无可奈何地以"西化"为实际含义。也许就因为这个缘故,内藤不用"近代"而另创了"近世"一词。这样,至少中国和日本的历史分期中既有"近世",又有"近代"(日本史以接受朱子学为意识形态的江户时代为"近世",明治维新后为"近代")。而且这不光是字面上的重复,实际上"近世"的含义原本就是参照西方的"近代"而来的,否则就不会把中国北宋时代与西方的"文艺复兴"相比拟。因此,"近世"的实际含义是:东方世界按自身的发展逻辑走到了相当于西方"近代"的阶段,是东方自己的"近代"。用宫崎的话说,叫作"东洋式近世"(此语常被译作"东洋的近世",不确)。如此一来,中国宋朝就是世界上第一个近代型的民族国家,中国汉族最早步入近代。还是用宫崎的话说,"宋朝文化世界第一"。

在我们看来,"近世"和"近代"的重复可能真的见证了东亚历史的不幸,原本有了自己的"近世",又不得不再来一个"西化"意义上的"近代"。现在我们暂不讨论"东洋式近世"的问题,而只以"近世"一词指称中国史上宋元至皇帝制度结束前的历史阶段,大约一千年。这个阶段确实与汉唐时期存在巨大的差异,而且没有贵族的千年帝

---

① 宫崎市定《东洋的文艺复兴与西洋的文艺复兴》,原载《史林》第二十五卷第四号,1940 年 10 月,第二十六卷第一号,1941 年 2 月。后收入《亚洲史研究》第二卷,《宫崎市定全集》十九卷。《宋元文化世界第一》,原载大阪市立美术馆编《宋元的美术》,1980 年 7 月,后收入《宫崎市定全集》十二卷。

国，正是中国史的特征所在，很多民族的历史不拥有这样的阶段，西欧的君主独裁国家存在时间很短，所以对照西方的历史，在封建贵族时代与资本主义兴起的所谓"近代"之间，中国史特别多出来的这一千年，确实需要特别对待。在此意义上，我们不妨接受"近世"的说法。

那么，没有贵族的千年帝国，呈现为何种社会结构？按欧洲史的叙述模式，贵族文化的式微，代之而起的便是庶民文化。这一叙述模式对内藤、宫崎的学说有着显著影响，他们强调宋代庶民文化的兴起。这当然也符合事实，但毕竟自宋至清，中国社会的领导阶层一直是科举士大夫，他们所构成的知识共同体，担负了社会上几乎所有领域的主要责任，其所形成的文化，虽与贵族文化有异，却也难以归入庶民文化。所以应该说，没有贵族的千年帝国，是科举士大夫与庶民的天下。

从士大夫的层面来说，"近世"的意义就体现在士大夫的产生方式基本稳定在科举制度上，从而使这个阶层的整体性质与前代的贵族门阀有所差异，士大夫既可以来自庶民，也可能沦落为庶民，科举制度不但造就这个阶层，而且不断地为这个阶层更新血液，使它免于固定、僵化，长久地维持其活力。而庶民文化的兴起，实际上也与士大夫阶层的性质转变相关。上面已经提到，"士庶"关系的历史转变、社会阶层的流动，使庶民与表达工具建立起曲折的联系，这才令庶民文化进入我们的历史视野。所以，科举士大夫阶层的确立和庶民文化的兴起，确实构成了中国"近世"史的主要内容。

这样的"近世"，与现代中国的关系是非常微妙的。在"近世"阶段，我们可以看到，士大夫文化与庶民文化构成了上、下层，从上层士大夫的文化中酝酿出了帝国的指导思想，即道学（朱子学），而从下层庶民的文化中，也产生了一些高水平的具有代表性的杰作，比如小说方面就有被称为"四大奇书"的《西游记》《水浒传》《三国演义》和《金瓶梅》。被许为中国历史进入"现代"之标志的"五四"新文化运动，号召"打倒孔家店"，其实与孔子关系不大，打倒的主要是朱子学，与此同时，那几部白话小说则被树为文学经典。这恰好是把"近世"社会文化的结构翻转一下，用后来流行的名词来说，就是"造反"。由此也建立了传统与现代的亲密关系，而且令我们重新解读传统，因为站在现代的立场回顾"近世"时，士大夫文化与庶民文化，将是同样重要的。

二、庶民文学

现在我们已经很少再讲"劳动人民创造历史"这样的话了，但也千万不要走向另一种极端,以为只有儒佛道、唐诗宋词等士大夫的创造才是传统,而忽视"近世"的庶民文化、庶民文学。其实,后者是跟现代中国的关系更为密切的传统。

"庶民文学"也叫"大众文学",或者"俗文学""通俗文学",这几个名称所指的对象没有差别,但名称本身隐含着命名角度的不同。"俗"与"雅"相对,故"俗"或"通俗"是就作品的体裁、语言、风格而言,现在我们谈"作者"问题,使用"庶民文学"或"大众文学"更合适一些。"庶民"和"大众"都包含了对"作者"、传播者和接受者范围的概括,但相对来说,"庶民"是比"大众"更明确的一种社会身份,如一个平民百姓可以说"我是个庶民",不能说"我是个大众"。所以,"庶民文学"的名称比较突出阶级性,而"大众文学"则倾向于只强调其通行范围之广。现在,因为我们把它与士大夫文学对举来谈,所以采用身份性比较明确的"庶民"一词。

庶民文学的原生状态,是宋元以来,以充满错别字的拙劣文本或者仅靠口头流传于民间的白话小说、演剧剧本、说唱、歌谣等。这些作品散在民间,除了少数杰作(如"四大奇书")进入士大夫的视野,经过修订而被正式出版外,未经搜集、整理、刊印的数量很大。现在,各地图书馆和学术机构多少都收藏一些,但被集中保存的情况也较罕见。日本早稻田大学的风陵文库,在此值得一提。抗日战争时期,北平被日军所占,于是来了不少日本教授,这里面就有民俗学者、庶民文学的研究家泽田瑞穗(1912—2002),他长期居住北平,收集了大量宝卷、唱本、画册、戏剧剧本等各种类型的资料,有一部分被带回日本,在他去世后成为其最后任教的早稻田大学的藏书,就是风陵文库。这是颇为难得的一个中国近世庶民文学的专藏,目前已由早稻田大学图书馆全部扫描上网,可以自由下载阅览。泽田教授本人也根据这个专藏做了很多开拓性的研究,先后出版《中国之文学》(学徒援护会,1948 年 9 月)、《校注破邪详辩——中国民间宗教结社研究资料》(道教刊行会,1972 年 3 月)、《佛教与中国文学》(国书刊行会,1975 年 5 月)、《(增补)宝卷之研究》(国书刊行会,1975 年 6 月)、《宋明清小说丛考》(研文出版,1982 年 2 月)、《中国的民间信仰》(工作舍,1982 年 7 月)、《中国的庶民文艺——歌谣、说唱、演剧》(东方书店 1986 年 11 月)、《中国的传承与说话》(研文出版,1988 年 2 月)、《(修订)地狱变——中国冥界说》(平河出版社,1991 年 7 月)等著作。遗憾的是,他的学术成果被译介到国内的并不多。

1963 年 3 月,泽田教授在《天理大学学报》第四十辑,以《清代歌谣杂稿》为题,揭载了一部分风陵文库的唱本内容,以及他的初步研究。所录唱本中,有一个民国初年

的木刻本《采茶词》①,全文如下:

正月里的采茶是新年,二十四个美女打秋千,打亦打秋千。刘全进瓜游地狱,借尸还阳李翠莲,李亦李翠莲。

二月里的采茶茶叶发,三下寒江范梨花,范亦范梨花。穆桂英大破天门阵,刘金定报号把四门杀,四亦四门杀。

三月里的采茶茶叶青,姐在房中绣针绫,绣亦绣针绫。当中绣上牡丹朵,上边绣上采茶人,采亦采茶人。

四月里的采茶茶叶长,井台上打水李三娘,李亦李三娘。三娘受苦真受苦,磨房产生咬七郎,咬亦咬七郎。

五月里的采茶茶叶团,三国吕布戏刁婵,戏亦戏刁婵。三国吕布把刁婵戏,急的董卓跳蹒跚,跳亦跳蹒跚。

六月里的采茶热难当,领兵大战小唐王,小亦小唐王。唐王大战秦叔宝,薛礼白袍美名扬,美亦美名扬。

七月里的采茶七月七,天上牛郎会织女,会亦会织女。神仙也有团圆会,金簪画河分东西,分亦分东西。

八月里的采茶茶叶香,箭射双刀李晋王,李亦李晋王。打虎收下李存孝,五龙二虎锁彦章,锁亦锁彦章。

九月里的采茶茶叶黄,伍子胥打马奔长江,奔亦奔长江。怀揣幼主把江过,楚平王赶的真慌张,真亦真慌张。

十月里的采茶十月一,纣王无道宠妲姬,宠亦宠妲姬。吴王信宠西施女,武王伐纣分东西,分亦分东西。

十一月里的采茶冷清清,薛礼白袍去征东,去亦去征东。三箭夺取东海岸,走马捎带凤凰城,凤亦凤凰城。

十二月里的采茶整一年,家家户户绣牡丹,绣亦绣牡丹。牡丹绣在门帘上,看花容易绣花难,绣亦绣花难。

十三月里的采茶闰月年,王禅老祖下高山,下亦下高山。双手捧定灵丹药,答救徒弟薛丁山,薛亦薛丁山。

---

① 《清代歌谣杂稿》后来收入泽田所著《中国的庶民文艺——歌谣、说唱、演剧》,东方书店 1986 年。《采茶词》录文见该书第 19—22 页。

十四月里的采茶一年多,孙二娘开店十字坡,十亦十字坡。打遍天下无对手,又来了好汉吴二哥,吴亦吴二哥。

这是采茶女子的唱词,运用了唐代以来就常见的"定格联章"形式。它本身当然就是一个庶民文学作品,但值得我们注意的是,它还把别的一系列作品的内容概括在内:

正月一首中,刘全进瓜和李翠莲还魂故事,我们可以在通行百回本《西游记》的第十一回看到,风陵文库中另有《李翠莲施钗》《新刻李翠莲施舍金钗游地狱大转皇宫》等通俗唱本,题材与此相同。

二月一首中的"范梨花",应为"樊梨花",是《说唐传》中的女将;穆桂英是《杨家将演义》和京剧《天门阵》中的女将;刘金定是《宋太祖三下南唐传》中的女将。这一首集中了三位女将,似乎适合采茶女"励志"之用。

三月一首没有故事,但主人公是"姐",亦为女性。

四月一首中的李三娘是庶民文学中著名的受苦女子,是《刘智远诸宫调》《白兔记传奇》《李三娘宝卷》的主人公。"咬七郎"应为"咬脐郎",是她的儿子,磨房产子,无人协助,三娘自己咬断脐带,故名。

五月一首中出现的女子是貂蝉,文本误作"刁婵",她和吕布、董卓的故事见《三国演义》。

六月一首中的"小唐王"指唐太宗李世民,"秦叔宝"是唐朝开国名将秦琼,"薛礼"指白袍将军薛仁贵,故事见《隋唐演义》《说唐传》等。

七月,当然毫无悬念地选择了牛郎织女的民间传说来歌唱。

八月唱的是《残唐五代史演义》里的故事,提到了晋王李克用及其义子李存孝,还有武艺高强的后梁名将王彦章。"五龙二虎"斗杀王彦章的故事,有一出秦腔的名戏,叫《苟家滩》。

九月所唱的伍子胥故事,见《东周列国志》。关于这个故事的现存最早作品则是敦煌遗书中的《伍子胥变文》。

十月一首中出现了两位被无道君主宠信的美女,一是妲姬,一是西施,都很有名。与"武王伐纣"故事相关的作品,最早有元代的刊本《武王伐纣平话》,但"分东西"的说法,可能指姜子牙一方与闻太师一方的交战,已经是明代《封神演义》所叙述的形态。

十一月再次出现白袍将军薛仁贵。

十二月无具体故事，这个月最重要的事情是过年，所以"家家户户绣牡丹"。

十二个月都唱完了，显然意犹未尽，再加一首十三月，勉强说是闰月，唱的是《说唐征西传》的薛丁山故事。他是前面两次出现的薛仁贵的儿子，也是二月所唱樊梨花的丈夫。

最后一首十四月，没什么道理，不过又出现一位女将，就是《水浒传》中的孙二娘，"吴二哥"应为"武二哥"，指武松。有关故事是京剧《十字坡》还在演唱的。

这个《采茶词》把那么多庶民文学作品的内容串联在一起，是很有意思的现象。采茶女子当然未必都能读过相关文本，但无论是通过阅读还是传闻、看戏或者别的什么途径，她们显然了解其基本内容。毫无疑问的是，她们一点都不关心"作者"，也不尊重故事主人公姓名的准确书写。如果在她们的传唱中，故事情节发生了变化，那些给她们讲故事、编歌词的民间"作者"未必坚持故事的原貌，而不肯适应她们的意愿作出一些改编。在一向"重男轻女"的传统环境下，通俗小说中出现樊梨花、穆桂英等一系列武艺高于丈夫的女将，应该就是说书人对女性听众意愿、兴趣的关照，因为他们的生计可能一半要靠女性听众的支持。

由于是女子所唱，《采茶词》中女性人物出现得较多，是不难理解的现象。另一点可以关心的是，很多故事与历史相关，而且倾向于互相连贯，比如前后涉及的薛仁贵、薛丁山、樊梨花，就是一家人。实际上，从《隋唐演义》《征东传》《征西传》到《残唐五代史演义》、李三娘故事，从《宋太祖三下南唐》到《杨家将演义》《水浒传》等，通俗小说几乎完整地重构了唐宋史，虽然它们与真正的唐宋史距离很大，但庶民们都不怀疑这些发生于唐宋时代的故事的真实性。当然，纣王"无道"，薛仁贵有"美名"，武松是"好汉"，吕布戏貂蝉，董卓活该着急，牛郎织女应该"团圆"等，故事所含的伦理倾向，也被继承了下来。

这样来看，传播于民间的这些故事，虽然其现存的文本都被我们视为"文学"作品，但在当时，未接受士大夫式教育的广大庶民，其世界观、宗教信仰、伦理意识、历史知识、审美趣味、处世态度乃至日常生活的技巧等，除了长辈言传身教外，大都来自这些通俗作品，然后，他们又以群体的创造力不断地更新这些作品。对于庶民社会来说，它们的意义并不局限于专业领域意义上的"文学"，而更类似于古代神话之于原始部族，几乎就是其精神生活的全部。在这种形态下，庶民文学根本谈不上具有著作权的"作者"，或者说，这"作者"只能是群体性的。

三、文本问题和"作者"问题

与上述原初形态的《采茶词》不同，庶民文学的某些杰出作品，获得相对高层的文人留意，经过整理修订而出版了较为正式的文本，而且往往标上写定者或出版人的姓名、绰号，这样仿佛就有了标准的文本和作者。然而，这并不意味着该"作者"拥有完整的著作权，虽然他或许对文本的形成有所贡献，而贡献的程度随各作品的具体情况又有所不同。

"欲知后事如何，且听下回分解"是我们很熟悉的章回小说的套路。这个套路当然来自说书，而章回小说从早期"话本"演进而来，也已是常识。"话本"就是"说话"的脚本，"说话"就是讲故事，隋唐时已有此语。现存的话本中，以敦煌所出的《庐山远公话》等一批作品为最早，而《西游记》有南宋《大唐三藏取经诗话》为其前身、《水浒传》有《大宋宣和遗事》为前身、《封神演义》有元代《武王伐纣平话》为前身，这些都大约可以说明小说演进的某些环节。不过，最适合说明小说文本之形成过程的，是形成时间离我们比较近，从而易于考察的《七侠五义》。这部小说讲的包公案故事，当然起源甚早，明代起已经有出版的文本，但小说的直接来源，则是北京的大鼓书。这是一种通俗说唱，在清代后期的北京出现了著名的"石派书"这一流派。所谓"石派书"，就是咸丰、同治间久居北京，以说唱为业的石玉昆及其弟子、再传弟子所说之书，现存数十种之多。据说，石玉昆最为擅长的，就是包公案说唱。不知是因为弟子们的学习需要，还是因为有些听众必须一边看文本一边听说唱，他的口头文本被人记录下来，成了书面文本。这书面文本可能经过几番修订，后来传到了浙江学者俞樾的手上，俞樾作了最后的修订，删去大量唱词，疏通说白，改写了第一回，再加个序言，正式出版，就成为小说《七侠五义》。我们从这个例子可以看到，作为最后写定者的俞樾确实对这个文本的形成贡献不小，但就小说而言，不能说俞樾就是"作者"，因为故事根本不是出于他个人的构思。那么，石玉昆呢？他似乎比俞樾更有资格当"作者"，故事的很多具体情节可能出于他的编造。但是，包公案故事历代传唱演说下来，一定有不少内容为石玉昆提供了基础，作为鼓书艺人，他也拥有从师父、同伴那里继承、吸收的机会，而不被指责为剿袭。因此，要把《七侠五义》归到某一个确定的"作者"名下，实际上既无可能，也没有意义。

从《七侠五义》这个比较容易考察的例子，不难想见更著名的几部小说如"四大奇书",也可能经过了类似的形成过程。在小说《金瓶梅》之前,有个《金瓶梅词话》,所谓"词话"就是唱词和说白相间的文本,用来说唱的。当然这个《金瓶梅词话》是否真为说唱文本,学者们之间还有争议。但"词话"类作品并不少见,1967年从上海嘉定墓葬中就发现了十六种说唱刻本,为明代成化年间北京永顺堂所刻,现已合编为《明成化说唱词话丛刊》出版,其内容一半是包公案故事,另有三国志、唐五代史故事多种。包公案故事与《七侠五义》相关,五代史故事与《残唐五代史演义》相关,这且不论,那三国志故事则别具意义。这是比较完整的一个"关索故事"系列,关索是关羽的长子,他出生不久,关羽就因故离家,与刘备、张飞桃园结义,起兵扶汉,建立西蜀。关索长大后,学了一身本事,一路去找他的父亲。虽然关索故事并未出现在通行的《三国演义》文本之中,但毫无疑问这曾经是长期流传的三国志故事里很著名的部分,《水浒传》中的杨雄,绰号就叫"病关索"。

在此启发下,我们不难发现《西游记》的文本中竟也有不少"词话"的痕迹,如:

> 那大圣见性明心归佛教,这菩萨留情在意访神僧。[1](第八回)
> 那长老得性命全亏孙大圣,取真经只靠美猴精。[2](第四十三回)

这样的句式很像唱词,更明显的是第四十三回的如下一段:

> 三藏闻言,默然沉虑道:"徒弟呵,我一自当年别圣君,奔波昼夜甚殷勤。芒鞋踏破山头雾,竹笠冲开岭上云。夜静猿啼殊可叹,月明鸟噪不堪闻。何时满足三三行,得取如来妙法文!"[3]

唐僧跟徒弟说话,说着说着便唱起来了。可见《西游记》应该也经历了从说唱"词话"本改编为小说本的过程。

通行的《三国演义》文本中没有关索故事系列,这件事也值得我们注意。实际上,被我们所确定的标准文本,并没有把相关的流传故事全部编织进去,或者编织得不够合理,这是很明显的现象。除了关索外,从其他有关资料可以看到的关公审貂蝉,孔

---

① 《西游记》,人民文学出版社 2010 年,第 95 页。
② 同上,第 528 页。
③ 同上,第 529 页。

明娶丑媳妇等故事，也被遗弃。《水浒传》的文本问题更为严重，现存诸多版本，繁简不同，情节上一百零八将各有来历，凑起来不容易，然后一个个死去更难安排，可能征方腊故事编得早，已经安排好损兵折将都在这场战争中，而故事编得晚的征辽、征田虎、征王庆数役，只好一个不死。《西游记》里，乌鸡国和狮驼岭都有文殊菩萨的坐骑青毛狮子下界为妖，构成了重复。很多评论者说，这是作者吴承恩不小心，留了个败笔，其实这两个故事应该分别形成，情节都较为复杂，即便"作者"已经意识到重复，可能也不忍舍弃一方，只好让青毛狮子下界两次。

那么，为了与"长篇小说"的观念相应，而由现代研究者选择、校勘、确定的标准文本，其本身只是相关故事在历史上出现过的诸多文本中被我们认为"最好"的一个，是从其传播发展的历史流程中截取而来的某个横断面。这种文本被出版时，往往标有一个"作者"名，如《三国演义》之罗贯中、《水浒传》之施耐庵、《西游记》之丘处机、《金瓶梅》之兰陵笑笑生等。分别来看，丘处机已被确认出于附会，罗贯中、施耐庵则不知是否实有其人，即使有，史料中也没多少生平信息，这就等于没有，关于兰陵笑笑生是谁的考证结果，也说法多样，莫衷一是。就算我们考证出这样的"作者"，他们也只是做了类似俞樾修订《七侠五义》的工作，根本不能在"作者"与作品之间建立诸如鲁迅与《阿 Q 正传》那样的关系。

当然，就白话小说而言，后来也出现了真正由文人创作的作品，如《红楼梦》《儿女英雄传》《镜花缘》等名著，虽然模仿庶民文学的体裁，采用章回形式，但作为个人创作，可以预先设定完整的结构，也可寄寓作者的志趣，具备较强的思想性，接近于现代"新文学"的小说观念，其性质实同于士大夫文学，自须另当别论。

总之，在面对庶民文学时，过于执着文本的分析，过于依赖"作者"个人信息的解读，都应该避免。在这个问题上，我们还不得不提到有关《西游记》"作者"吴承恩的争议。在否定了丘处机后，二十世纪初的鲁迅、胡适等人考证《西游记》的真正"作者"，结论是明代的吴承恩。这个结论影响太大，以至于现在一般读者都直接视为事实，而不知其为考证的结论。跟学界对"兰陵笑笑生"的考证莫衷一是的情况不同，没有人跟吴承恩竞争《西游记》的"作者"资格，他的身份也跟罗贯中、施耐庵不同，虽不是严格意义上的士大夫，却留下一个诗文集，有明确的自我表达。于是，在"作者"吴承恩与作品《西游记》之间建立精神联系，就成为可能，甚至被看作理所当然之事。所以，对《西游记》及其"作者"的问题，下面还要专门加以探讨。

四、《西游记》及其"作者"

现在,我们把人民文学出版社校点的百回本《西游记》当作标准文本,绝大多数国人在中学阶段就已经完成对它的阅读,并对其中所述的故事了然于胸。如果没有特殊的需要,一般人大概不会再重新审视这个文本。然而,中学阶段的我们在阅读时,知识储备是显然不足的。能发现青毛狮子两次下界,已经算读得仔细,而有些更细微的漏洞,可能就难以发现。

比如,第六回讲到太上老君要帮助二郎神擒拿孙悟空,与观音菩萨有一段对话:

> 菩萨道:"你有甚么兵器?"老君道:"有,有,有。"捋起衣袖,左膊上,取下一个圈子,说道:"这件兵器,乃锟钢抟炼的,被我将还丹点成,养就一身灵气,善能变化,水火不侵,又能套诸物;一名'金钢琢',又名'金钢套'。当年过函关,化胡为佛,甚是亏他。早晚最可防身。等我丢下去打他一下。"①

老君的话中有"化胡为佛"一句,因为跟故事情节的进展没有什么关系,读者完全可以忽略不顾,人民文学出版社的文本也没有给这句话加注。但是第五十二回又有:

> 老君道:"我那'金刚琢',乃是我过函关化胡之器,自幼炼成之宝。……"②

这里老君再次提及"化胡"。当然,忽略了也还是不影响阅读。但是,如果读者具备有关《老子化胡经》的知识,就会觉得别具意味。

《老子化胡经》是早期道教徒的杰作,讲老子西行,过了函谷关,然后竟然到了印度,为了教化那边的人民,摇身一变,化成了释迦牟尼,创立了佛教。这个意思,佛教乃是道教的一个分支,显然是佛、道相争的历史产物。在《西游记》故事开始酝酿形成的唐宋时代,它估计曾是一本众所周知的书。但是,自元朝政府下令销毁此书,知道它的人就越来越少,至少它已经退出了大众的视野。我们现在重新关注到它,乃是因

---

① 《西游记》,人民文学出版社 2010 年,第 72 页。
② 同上,第 649 页。

为敦煌遗书中发现了几个抄本。那么,写定于明朝的百回本《西游记》的"作者",是从哪里获得老子"化胡为佛"的知识呢?

当然,如像有些学者认为的那样,《西游记》的"作者"是一位道教徒,则他可能在《化胡经》被销毁后继续拥有相关知识。然而即便如此,情况也并不因此而显得乐观。"老子化胡"的说法在百回本《西游记》中毫无出现的必要,并无其他情节与之呼应,实际上它与《西游记》所描述的世界可谓格格不入,无论如何老君也不该面对观音菩萨去自吹什么"当年过函关,化胡为佛",那菩萨的修养再好,怕也不能容忍。很明显,"作者"并未意识到,他让老君说出这么一句话来,是如此地不应场合。

一句没有必要、没有呼应、不应场合的话语,孤零零地嵌在文本之中,我们只能把它当作"化石"来看待。在《化胡经》流行的唐宋时代,作为有关老子的言说中极普通的"常识",在某个通俗文本中形成了这样的话语,或者在说书人口中成了套语,经过了一番我们难以知其细节的遇合,该文本或套语被百回本《西游记》所吸收,此时的"作者"已不能确知其含义,故亦不曾加以修改,莫名其妙地保存下来,成了一块"化石",很不和谐地夹在文本之中。

其实,类似的"化石"在《西游记》《水浒传》等通俗小说中并不稀见。从故事开始流传,到目前被我们认可的小说文本的形成,经过了漫长的时间,于是,许多不同来源、形成于不同时期的元素,被汇集于此,如果不曾被"作者"充分消化,就成为上述那样的"化石"。这些"化石"严重地影响到"作者"对该作品著作权的完整拥有,不过我们也应该关心另一方面,即这些不同来源、形成于不同时期的许多元素,如何被整合到百回本的文本之中,成为一部理应具备自身统一性的小说。对于具有特定作者的"作品"来说,作者是其自身统一性的直接保障,我们通过了解作者的想法,去有效地解读他的作品,使这个作品呈现为自身统一的对象。但像《西游记》这样世代累积而成的文本,"作者"又是需要考证的,我们只能先从文本自身去检证其统一性程度如何,然后再去确认这个"作者"对于文本的贡献力度。

首先,这个文本要完成唐僧取经故事的完整讲述,且尽量减少矛盾。应该说,玄奘西行经历的故事化,从唐代就开始了,后来发展为一次又一次的磨难,所谓"九九八十一难"。这些磨难大抵由盘踞各处的妖怪造成,除妖伏魔是师徒五人(包括白龙马)的主要任务。就此而言,每一次磨难都可以被讲述成相对独立的小故事,而它们的结构大致相似。有足够的资料可以证明,在进入百回本《西游记》之前,这些故事绝大多数已经存在,并各自拥有长短不同的发展历史。把它们前后连缀起来,成为一书时,当然要有所整合,去掉一些重复、矛盾的情节。这方面,虽然也有一些"败笔",但应该承认百回本"作者"所做的工作是基本成功的。而且,与早期取经故事相对简单的"遭遇妖魔"情节不同的是,百回本中的有些磨难被认作神佛们有意安排的对唐僧师徒的"考验"。当然,实际上并没有八十一个故事,为满足"九九八十一难"之数,是把一个故事拆成好几"难"的结果,非常勉强。

不过,相比于故事连缀时的技术处理,从"长篇小说"的立场来看,主人公如何获得"成长"是一个更大的问题。在一个个故事被单独讲述或演出时,唐僧师徒的形象基本上已被角色化,遇到妖怪,唐僧总是怕得要命,八戒总是嚷着散伙,沙僧默默不语,全靠孙悟空辛苦降妖。对于单个故事来说,这个套路具有不错的效果,但如此联成一书,就使主人公重复扮演同样的角色,不会吸取教训,不会学得聪明淡定,不会"成长"。解决这个问题并非易事,百回本对此有所努力,但显然做不到尽善尽美,比如唐僧两次驱逐孙悟空,就因为那两个故事都是现成的,无法做出根本上的修改,只好任其重复。不过从总体上看,相对于之前的取经故事,百回本在主人公的塑造方面,也显示了一种策略:弱化唐僧,强化孙悟空。

人民文学出版社的《西游记》文本,声称以明代世德堂百回本为底本,但这个世德堂本,其实缺少有关唐僧身世的正面叙述,所以,只好据清代的本子补了"陈光蕊赴任逢灾,江流僧复仇报本"一回,作为附录插入第八、九回之间,使故事显得"完整"。如果我们把唐僧看作此书最核心的人物,这个缺失便是不可思议的,即便补上一回,关于唐僧来历的叙述还是不够"完整"。百回本多次提到唐僧本是佛弟子金蝉子,因为听法时疏忽大意而遭贬下凡,但这一点只通过其他人物的对话来补述,而不是正面记叙。南宋的《大唐三藏取经诗话》已明确讲述唐僧三世取经,前二世被深沙神所吃,至明代《西游记杂剧》,则发展为十世取经,九世被沙僧所吃[①],这一番巨大的曲折也没有被百回本吸收。当然我们没有理由要求百回本将此前流传的相关故事全部吸收,但第八回、第二十二回仍提及沙僧项下挂着九个取经人的骷髅,而且唐僧"本是金蝉子化身,十世修行的原体"(二十七回),故吃他一块肉可获长生,又成为一路上许多妖怪决心拦截唐僧的目的,可见在百回本形成的时代,唐僧的这个来历已经与其他故事构成呼应,无法将其形迹消除干净了。那么,为什么百回本要将有关唐僧来历的正面叙述,无论其前世今生,一概削除呢?

---

① 参张锦池《论沙和尚形象的演化》,《文学遗产》1996 年第 3 期;谢明勋《百回本〈西游记〉之唐僧"十世修行"说考论》,《东华人文学报》第 1 期,1999 年 7 月。

从故事之间的呼应来看,唐僧的来历并非可有可无,从"小说"塑造主人公的立场来看,"十世取经"之说也更能烘托取经之艰难,彰显唐僧所成就之伟业。实际上,从唐宋以来,取经故事就是按这个方向在不断演进。所以,无论是《大唐三藏取经诗话》,还是《西游记杂剧》,故事都从唐僧起头,整体上呈现为"唐僧取经的传奇",孙悟空等其他人物,皆是半路出场的配角。日本学者太田辰夫先生曾在龙谷大学图书馆发现《玄奘三藏渡天由来缘起》抄本,他认为是早于百回本的"西游记之一古本"①,其结构也是如此。然而,恰恰是百回本颠覆了这个原先固有的结构,改以孙悟空为贯穿始终的主人公,唐僧反过来成了半路出场的人物。其第一回名为"灵根育孕源流出,心性修持大道生",可见"作者"并非不重视主人公的"来历",只不过那并非唐僧的来历,而是孙悟空的来历。"作者"可能认为,有了这个来历为全书起头,如果再安上唐僧的来历,全书就会有两个头,那就必须删去一个。

结构上的这种改变,使某些故事中与唐僧来历相关的元素失去了呼应,这些元素没有被处理干净,成为我们判断"作者"改变结构的证据。另一方面,有关孙悟空来历的故事,如大闹天宫等,在《大唐三藏取经诗话》和《西游记杂剧》中原本只见于主人公口头的简单追叙,在百回本中则被铺衍成前七回的正面详叙。《明文海》卷三百四十三有耿定向《纪怪》一文云:

> 予儿时闻唐僧三藏往西天取经,其辅僧行者猿精也,一翻身便越八千里。至西方,如来令登渠掌上。此何以故?如来见心无外矣。从前怪事,皆人不明心故尔,苟实明心,千奇百怪安能出吾心范围哉。②

耿定向《明史》有传,是嘉靖三十五年进士,时代上早于世德堂百回本的刊行。他幼时似乎听说了孙悟空翻不出如来手掌心的故事,但这个故事发生在孙悟空帮助唐僧取经,到达西天之后,其性质大概只是一番游戏。而在百回本中,这是孙悟空大闹天宫,不可一世之时,如来镇伏他的手段,故事的发生时间和性质被完全改变。无论如何,关于孙悟空参与取经之前的经历,百回本的叙述是空前详细和精彩的。

从"作者"的意图来说,他显然是要把本书的第一主角从唐僧转为孙悟空,只是因为一路遭遇磨难的那些故事都已成形,使他无法将唐僧处理成一个纯粹的配角,但相

---

① 太田辰夫《西游记研究》第九,"《玄奘三藏渡天由来缘起》与西游记之一古本",研文出版 1984 年。
② 耿定向《纪怪》,《明文海》卷三百四十三,文渊阁四库全书本。

对于《大唐三藏取经诗话》和《西游记杂剧》，百回本中的唐僧还是被明显地弱化了，不仅来历不详，其祈雨的神通、独立与某些妖魔打交道的能力，也一概失去，成了一个"没用"的"脓包"，所有困难都要依靠孙悟空来解决。同样被弱化的还有沙僧，凶恶而威猛的深沙神变成了晦气脸色、默默不语的挑夫。这种弱化的倾向，可能并不始于百回本，但就这个文本自身而言，弱化有其合理性，就是反衬出孙悟空的强化。所以，从叙述故事的方面来看，我们可以这样设想文本的"作者"：他具有一定的意图，将"唐僧取经的传奇"改编为孙悟空先因大闹天宫而被镇压五行山下，后因取经路上勇猛精进而终成正果的行者传奇。这个意图基本实现，但也留下不少疏漏。

除了故事之外，进一步需要考察的是文本所包含的具有客观性的知识，如上述"化胡"的说法那样，对于一个可能历经众手的文本来说，考察其如何处理这类知识，可以检证"作者"的工作力度。"作者"能够依据的资料，无论是文本资料还是口述资料，必然不少，但掌握和消化其中的许多知识，显然是一项艰巨的任务。因为所叙故事在题材上的特殊性，这个文本势必涵盖异常广泛的知识面，出入古今中外，兼及三教九流，如果"作者"不掌握相关的知识，只是剿袭旧文，不加处理，那就会使他的文本夹杂许多与老子"化胡为佛"之说相似的"化石"。文本在这方面显示的情况，也可供我们据以判定"作者"的知识能力。

百回本的第二回叙菩提祖师教孙悟空腾云飞翔时，有一段对话：

> 悟空道："怎么为'朝游北海暮苍梧'？"祖师道："凡腾云之辈，早辰起自北海，游过东海、西海、南海、复转苍梧，苍梧者，却是北海零陵之语话也。将四海之外，一日都游遍，方算得腾云。"[1]

第十二回叙观音菩萨在长安显出真身，唐太宗传旨，找个画家描下菩萨形象：

> 旨意一声，选出个图神写圣远见高明的吴道子。——此人即后图功臣于凌烟阁者。——当时展开妙笔，图写真形。[2]

这两段中，"苍梧者却是北海零陵之语话也"和"此人即后图功臣于凌烟阁者"，都是补

① 《西游记》，人民文学出版社 2010 年，第 21—22 页。
② 同上，第 151 页。

充说明之句。跟"化胡为佛"被孤零零地嵌在文本中不同，"苍梧"和"吴道子"是这个文本的"作者"自以为能够掌握的知识，故各有一句话加以说明。然而，这两句说明恰恰都是画蛇添足，从知识的角度来说都是错误的："苍梧"在《尚书》和《楚辞》中都作为南方的地名出现，两《唐书》记载的"图功臣于凌烟阁者"都是另一位画家阎立本。当然，这两个错误不一定是百回本的"作者"所造成的，但他至少并不加以纠正。

与此相似的，是第十四回龙王给孙悟空讲的张良拾履的故事：

> 龙王道："此仙乃是黄石公，此子乃是汉世张良。石公坐在圯桥上，忽然失履于桥下，遂唤张良取来。此子即忙取来，跪献于前。如此三度，张良略无一毫倨傲怠慢之心，石公遂爱他勤谨，夜授天书，着他扶汉。……"①

说张良拾履有"如此三度"，并不符合《史记》《汉书》对此事的记载，龙王的讲述从知识角度来说也是错误的。

比起这些有关地名和历史人物的知识错误来，百回本《西游记》把释迦牟尼与阿弥陀佛合为一身，以及对大量佛教名词如"三藏""盂兰盆"等的解说错误更为惊人。主张吴承恩作者说的鲁迅，也屡次以作者不读佛书为解②。可是，吴承恩即便不读佛书，也不至于不读《尚书》《楚辞》《史记》《汉书》、两《唐书》吧？就此而言，推定任何一位具备传统士大夫知识能力的"作者"，都是有问题的。

其实，对于《西游记》的作者是吴承恩这一说法，也有的学者从文献考据方面提出了异议，因为这样的考据过于专业化，这里就不再介绍了。我们并无必要完全否认《西游记》（以及类似小说）文本形成的过程中，可能包含有某位士大夫的贡献，但无论如何，他也只是群体性"作者"的成员之一。

五、"近世"庶民文学的批评方法

确定的文本、特定的作者，以及随之而来的有关时代背景、思想认识、叙述角度、写作风格等，以作者与作品之间必然性的精神联系为前提，被现代小说批评视为基本

---

① 《西游记》，人民文学出版社 2010 年，第 175—176 页。
② 鲁迅《中国小说史略》第十七篇云："作者虽儒生，此书则实出于游戏，亦非语道，故全书仅偶见五行生克之常谈，尤未学佛，故末回至有荒唐无稽之经目。"《中国小说的历史的变迁》第三讲云："作《西游记》的人，并未看过佛经。"见《鲁迅全集》第九卷第 172 页、327 页，人民文学出版社 2005 年。

的各种要素,对《西游记》《水浒传》《三国演义》这样的小说而言,如上所述,有许多不尽合适之处。因为它们的实际存在方式,是一个活动的流程,每被说唱、讲述或写定出版一次,都会发生变化,要不是二十世纪的学者们视之为经典,去确定其标准文本,考定其"作者",或许相关故事直到今天还将继续发生变化。如果我们愿意认可目前一些电视剧、电影、地方戏或者"戏说"文本的改编结果,那么变化事实上就会继续发生。

由此,我们自然就要谈及,对士大夫文学和庶民文学,在学习、批评、研究时我们理应自觉具备的方法差异。这里最重要的一点,就是前面反复讲述的群体性"作者"观。不妨稍带偏激地说,像《西游记》的研究那样,学者们浪费在吴承恩身上的精力,实在太多了。其实,只要我们愿意改变从个别作者的生平、思想去解释作品艺术特征的习惯,就不难发现,把"作者"视为庶民的群体时,作品所蕴涵的价值会更大。

当然,与群体性"作者"观相应,我们对于"作品"的把握方式也须有所变化。在资料条件允许的情况下,我们建议放弃对个别文本的执着,而养成一种"全揽"式的文本观。换句话说,就是对于今天能够搜集到的与某故事相关的所有文本,作出全揽式的把握。如此,才能尽量地还原出故事演化的历史流程。即使对于现在被我们信任为最佳的那个文本,也应该避免直接以文本形成的时期为"时代背景"。世代累积而成的文本包含了许多不同时代的元素,它像一条穿越时代的河流,映现于这条河流中的两岸风景,是一大段历史时间的空间式铺展,对应的是历史的变化,而不是某一时刻。与群体性"作者"观一样,"全揽"式文本观也提示了"作品"的更大价值。

群体性的"作者"观和"全揽"式的文本观,应该成为我们把握庶民文学的基本方式。在具体的艺术分析方面,也可以有一些特殊的考虑。以小说为例,由于近代以后文人独立创作成为白话小说的主流,"新文学"更明确主张个人的著作权,因此反观从前自"话本"发展而来的章回小说,批评者便容易站在现代小说的标准去指责其缺点,如总体结构不合理,往往喧宾夺主,人物描写过于戏剧化(夸张某种性格,"脸谱化")等。其实,如果我们站在说书人的立场,以"话本"的标准去看,则文人独立创作的小说也很少可以视为佳作。即便像《红楼梦》那样被近人推崇到极致的作品,如今拍成电视连续剧就能看出来,无论怎样巧妙剪裁,它也决然达不到《水浒传》《西游记》《三国演义》那样每个片段都有戏、高潮迭起、集集精彩的程度,难免有些沉闷乏味的段落,或者纯属铺垫性的情节,这些对于说书而言,毫无疑问正是大忌。站在说书人的立场,是情愿喧宾夺主,或者"脸谱化",而绝不可以失之沉闷的。为了挽救沉闷,说书人可以"歪曲"人物的性格，让一个聪明人变得痴痴呆呆，说些诨话来给听众逗趣，他甚至可以从故事的世界里跑出来，直接与听众对话。可见，从"话本"发展来的小说被指责的某些缺点，即其与现代小说的许多差异，是与其本身性质相适应，不能当作缺点看待的。就中国白话小说的传统来看，近代以前尚以"话本"及其发展形态为主流，所以我们也不妨建树起一种以"话本"为本位的批评立场，而不是以现代小说的眼光去审视。

在"全揽"式文本观下，我们不但可以看到某个小说文本的形成过程，也不难看到文本形成后，其中的元素依然可能独立地存在发展，或者也有根据小说文本重新敷演为说唱的。清代鼓书中，就有大量《三国演义》的片段，如《草船借箭》《长坂坡》之类，它们以唱词为主体，当然要对小说文本有所改编。另外还有《三国演义》里缺失的情节，如《孔明招亲》《关公审貂蝉》等，这些故事来自别的传承途径。无论如何，一个故事经过反复说唱，不但敷演出很多具体的情节，也会越来越精彩，并具有合理性。同时，因为戏剧也往往处理同样的题材、情节，相互影响之下，小说也吸收了很多戏剧性的因素。所以，具有"话本"功能的优秀小说，即便联成百回以上的长篇，也可以做到不含草率的片段，因为每个段子都经过了许多表演者的精心打磨和历代听众的考验，凡不够精彩的多被淘汰了。在《西游记》的评论中，曾有学者提出"蚯蚓结构"的观点，意谓全书就像一条蚯蚓，无论被斩成几段，每一段仍然可以活。一条生命可以变成许多条生命，实际上就是从"话本"的性质出发所到达的令人叹为观止的境界。相比于现代小说，这也可以视为优点。

ZhongGuo WenXue ChuanTong

第三章　中国传统的文献构成与文体文类

近代以来,关于中国传世典籍中哪些部分属于"文学"作品,有过不少讨论。这个问题其实跟"什么是文学"的观念相关,难免异见纷呈。专家们根据各自的理解,去框定"文学"作品的范围,也制作了大量的选本、辞书等形态多样的普及性读物,而中华书局、上海古籍出版社等以"古籍整理"闻名的专业出版社,也为我们提供了许多经过校订笺注的诗文集。一般情况下,我们习惯从这类书籍去查找和阅读文学作品。

不过,这些毕竟是现代专家处理古籍的结果,实际上其质量参差不齐,而未经整理的古籍也还大量存在。所以,我们有必要越过这些已经提供的结果,学会直接面对古籍,从中获取作品和相关材料。因为我们接受了高等教育,就无论如何不能停留在被动接受的地步,总要尽可能地去接触第一手资料,也就是学会直接阅读古籍。事实上,文史领域任何稍带专业性的考察工作,都不能离开古籍而只据校点出版的资料来进行。

阅读古籍,首先当然要解决文言文阅读能力的问题,其次则要针对古籍本身的构成形态,有所了解,便于把握。简单地说,就是古籍在文献学上的分类问题。

一、古籍的分类:从"七略"到"四部"

粗略地讲,中国传统的书籍分类,经过了"七略"法和"四部"法两个阶段。对于"中国文献学史"或"目录学史"而言,这是最基本的常识,这里只简单介绍一下。

"七略"法创自西汉刘歆所著的一部书目,名为《七略》,各篇分别为:辑略、六艺略、诸子略、诗赋略、兵书略、数术略、方技略。由于辑略是对后面六略的总叙,所以他实际上把书籍分成了六类。《七略》已失传,但《汉书·艺文志》继承了这个分类方案。

自隋唐以来,则形成了"经、史、子、集"四部的文献分类法,初见于《隋书·经籍志》,嗣后一直沿用。若与"七略"法对照,则六艺略相当于经部;诗赋略相当于集部;史部的书籍原来归在六艺略当中的"春秋类",由于数量剧增而独立成一部,与此相反,其他四略的书籍则因数量减少而合并为子部,后来还把佛道二教的书籍也归入其中。当然这只是大致的对应关系,某些书籍在归类上是有前后变化的,最显著的就是《孟子》,原来属于诸子略中的儒家类,后来却不入子部,而是升到了经部。这是因为对《孟子》的认识发生了变化。

以四部之法来汇编古籍,规模最大的就是清代的《四库全书》。它的编纂目标是要将此前的古籍搜罗一空,这个目标当然没有达到,但基本典籍确实都有了。从《四库全书》的分类方案，我们大致可以观察到传世文献的基本构成：

经　部	易类、书类、诗类、礼类、春秋类、孝经类、五经总义类、四书类、乐类、小学类
史　部	正史类、编年类、纪事本末类、别史类、杂史类、诏令奏议类、传记类、史钞类、载记类、时令类、地理类、职官类、政书类、目录类、史评类
子　部	儒家类、兵家类、法家类、农家类、医家类、天文算法类、术数类、艺术类、谱录类、杂家类、类书类、小说家类、释家类、道家类
集　部	楚辞类、别集类、总集类、诗文评类、词曲类

四库馆臣在编成这套最大型的丛书后，给其中每本书都写了一个概述和评价性的提要，按照以上分类编集的顺序，汇为《四库全书总目》①一册，出版单行。对于浩如烟海的古籍来说，这本书可以起到向导作用。

虽然现在的图书馆一般采用新的图书分类法，但在处理传统文献时，今天的研究人员仍觉得四部法更为方便。近代引进西方的学科体制，人文学科大致包含文学、史学、哲学三科，高等院校至今依此设立专业。面对传统的文献时，"文学"专业虽以处理"集部"书籍为主，但严格地说，是从"经、史、子、集"任何部类中挑取那些符合今天所谓"文学"范畴的任何一种文献（或其中某一部分），进行阅读和研治。另外，为传统的四部法所排除的白话小说、戏剧、说唱之类"俗文学"也成为相当重要的对象，现在乃至甲骨卜辞、彝器铭文、简牍帛书、敦煌遗书、历代石刻，以及仅在口头流传的故事歌谣等，也要加以考虑。所以，近代学科体制与传统文献分类法的差异，使我们无法避免处理传统文献时的复杂性。

虽然如此，"集部"依然是文学作品最集中之处。这"集部"的书籍，无论是个人作品集即"别集"，还是多人作品集"总集"，在编纂时也大都要从内部再加以详细的分类。此种分类就涉及作品体裁的问题。

二、从别集编纂方式看文体文类

我们首先来观察一个北宋的别集，就是欧阳修的《居士集》②。这是比较早的一个可以确定是作者亲手自编的诗文集。该集共五十卷，分类如下：

---

① 纪昀等奉敕纂《四库全书总目》200卷，乾隆间殿本。
② 《居士集》五十卷收入《欧阳文忠公文集》，比较常见的有四部丛刊本。

卷 1—9	古诗
卷 10—14	律诗
卷 15	赋、杂文
卷 16—17	论
卷 18	经旨、辩
卷 19	诏册
卷 20—23	神道碑铭
卷 24	墓表
卷 25—37	墓志铭
卷 38	行状
卷 39—40	记
卷 41—44	序
卷 44	传
卷 45—46	上书
卷 47	书
卷 48	策问
卷 49—50	祭文

举此一例，可见别集在编辑之时，编者要给作品分别体裁。在每一体裁之下，宋人的习惯一般会按写作时间来排列同类作品，但具体情况要专门考察后才能确定。就欧阳修的分类来看，他把诗歌分成了"古诗""律诗"两类，然后是介于诗、文之间的赋，和似乎无从归类的"杂文"，从"论"以下，就都是文的各种类别了。古人把这样的分类都叫作"体"，现在我们为了称呼的方便，把诗、赋、文的分别叫作"文体"，而把文的各种类别叫作"文类"。当然，诗和赋这两种"文体"的内部也可以分类，但相对比较简单，而"文类"则最为复杂。

就欧阳修标出的文类来说，"论""经旨""辩"都是议论性的文章，"诏册"则是替皇帝起草的命令。很多作者以获得机会撰写"代王言"的文章为荣，编别集时把这类作品置于首位，但欧阳修喜欢议论，所以议论性的文类都列在"诏册"之前。接下来是几种跟丧葬有关的文类："墓志铭"是埋到死者墓里去的，"墓表"是立在死者墓前的，而"神道碑铭"是地位较高者的墓表，"行状"则是死者的亲人或友生为他写的生平纪录，拿去请名人写墓志铭或墓表时用的。这些其实都是人物传记，与"传"相似，但写法上有所不同。"记"和"序"是最常见的具有较高文学性的文类,不必多予解释;"上书"和"书"的区别,在于前者的受书对象地位甚高,而后者是一般书信;"策问"是考试题目,"祭文"是在死者灵前诵读的悼词。作为朝廷重臣,欧阳修还写了许多"奏议",就是向皇帝提建议、提意见的文章,它们被另外编成了专集,所以《居士集》中不列此类。

作为个人的别集,能够标出的文类自然是有限的,但若总结历代文献中出现过的文类,则数量就会很大。下面我们取某些"文体学"著作和文章选本来加以考察。

三、"文体学"著作和文章选本

大概在六朝时期,中国的文学批评中已经形成比较成熟的文体文类的区分方案。《文心雕龙》的大部分篇幅,是对各种文体文类的渊源历史和写作特征的说明,同时期出现的著名选本——昭明《文选》,也分体分类编纂,其区分方案与《文心雕龙》基本一致。随后,根据不同时期社会的需要,继续变化发展。到明代徐师曾著《文体明辨》一书时,为诗文区分的种类就达到了 127 类,真是蔚为大观。

这 127 类中,有二十几种是诗类,剩下几乎全为文类。光是议论性质的文章,就有策、论、说、原、议、辩、解、释等多种。又如命、谕告、诏、敕、玺书、制、诰、册、批答、御札、赦文、国书等,全是以皇帝名义发布的文书,而大臣交给皇帝的文书,又有上书、章、表、奏疏、札子、弹事等多个种类。研究这许多文类的来龙去脉、写作格式等,一一予以说明,就是"文体学"的专门任务了。这个任务不可谓不艰巨,不过这是徐师曾把历代文献中出现过的文类名称都加以叙录的结果,实际上有些名称只被使用一时,后来就被别的名称取代。若就某一时代的士大夫经常使用的文类而言,如上面所举欧阳修的例子所示,种类还是有限的。大量文类一望而知具有行政功能,这就与"文书行政"的传统密切相关。每个时代的官僚体制有所不同,行政文书的种类自然也会有所变化。行政文书随应用场合的不同,有时候差别非常细微,却被严格区分。但作为文学作品看待时,有些细微的差别就不必那么拘执,不妨归纳合并。传统的文章选本,常会如此处理。

清代姚鼐编的著名选本《古文辞类纂》,就试图对相近的文类加以归纳。此书将文类大致归作十三类,列表如下:

类　名	例　文
论辩类	贾谊《过秦论》、韩愈《原道》
序跋类	司马迁《十二诸侯年表序》、韩愈《张中丞传后叙》
奏议类	李斯《谏逐客书》、王安石《本朝百年无事札子》
书说类	司马迁《报任安书》、王安石《答司马谏议书》
赠序类	韩愈《送孟东野序》、苏洵《名二子说》
诏令类	秦始皇《初并天下议帝号令》、韩愈《祭鳄鱼文》
传状类	韩愈《毛颖传》、苏轼《方山子传》
碑志类	韩愈《平淮西碑》、欧阳修《泷冈阡表》
杂记类	柳宗元《小石潭记》、苏轼《石钟山记》
箴铭类	崔瑗《座右铭》、张载《西铭》
颂赞类	扬雄《赵充国颂》、苏轼《韩干画马赞》
辞赋类	屈原《离骚》、苏轼《赤壁赋》
哀祭类	贾谊《吊屈原赋》、苏轼《祭欧阳文忠公文》

上表之所以要举出两篇例文，是因为从中可以看出，姚鼐是从文章内容上加以区分归类的，不一定拘泥于文章题目的名称。如苏洵《名二子说》，题目为"说"，却因其通过对命名含义的说明来勉励二子的内容，而归入赠序类；韩愈《祭鳄鱼文》，从题目看似乎是祭文，但内容确实是对鳄鱼下令，让它离开。所以，姚鼐这个做法有一定道理。不过，像贾谊《吊屈原赋》虽然确有哀悼屈原的内容，但体裁上毕竟是一篇赋，归入哀祭类而不归入辞赋类，就有点不妥。姚鼐是把辞赋也看作一种文章类别的，在我们看来，辞赋处在诗、文之间，可以独立成为一"体"，其余十二类则可算文类。

文类的产生，起初是由于实用，所以许多文类的名称是由一个动词转化来的。应用文会有格式上的差异，本不难理解，但不同文类之间的差异往往不仅在于格式，还牵涉到行文的风格。三国时代的曹丕就在《典论》中说：

> 夫文，本同而末异。盖奏议宜雅，书论宜理，铭诔尚实，诗赋欲丽。此四科不同，故能之者偏也；唯通才能备其体。[1]

---

[1]　曹丕《典论·论文》，《文选》，上海古籍出版社 1986 年，第 2271 页。

这种把文体文类与写作风格联系起来的"体制风格论",在中国可谓蔚为传统,它对写作的规范力量并不亚于实际的需要,乃至如王安石所谓"先体制,而后文之工拙"①,文章的好坏首先要看是否适合该文类的风格,然后才看文笔如何。所以,我们现在习知的"风格即人"之说,在这里恐怕要打问号。"风格即人"意谓作品的风格完全由作者的个性决定,这当然是西方的理论,是历史上并未发展出如此完备的文类系统的西方的文论。在传统中国,文类几乎可谓天罗地网,将日常生活涉及"表达"的方方面面都笼罩了,每个方面都有其合适的风格,这叫"得体"。作者的个性也是决定风格的因素,但他必须面对文类的要求,以及在这个文类上已经积累起来的深厚传统。一般来说,他应该"尊体",但必要时也可以"破体",就在这"尊体"与"破体"的矛盾中,他加深或者改变这个文类的传统风格。举上表中的一个例子来说,"传状类"应该是实事求是的人物传记,但韩愈的《毛颖传》却是一篇寓言。他完全采用史传的行文笔调展开叙述,这是"尊体",但他的传主却是一根毛笔,于是此文在当代就遭到指责,说这简直是"以文为戏",非但"破体"而已。此时柳宗元给韩愈有力的支持,肯定这是一篇好文章,而且从此以后,"传"这个文类中就出现了新的传统,谓之"假传",实际上就是寓言。在后人的眼里,韩愈是个"匹夫而为百世师,一言而为天下法"②的伟人,但在生前,韩愈要改变一个文类的传统,也并不容易被认可。

那么,传统的文体文类,跟现代所谓的"文学体裁"如何对应呢? 近代以来,我们接受了西方的习惯,把文学体裁分为"诗歌、散文、小说、戏剧"四种,依此衡量传统的写作体制,则诗、词、散曲都可算"诗歌",古文和骈文可算"散文","小说"有文言小说和白话小说两种,"戏剧"则有传统的杂剧、传奇、昆曲、地方戏等,现在比较习惯的称呼是"戏曲"。但除此之外,还有些无法归类的东西,比如处于诗、文之间的辞赋,处于小说和戏曲之间的说唱等。而且,出于士大夫之手的笔记体或者模仿史传文体的文言小说,与市井艺人持为说唱脚本的白话小说,其文献上的性质颇有差别,从现代"小说"的观念出发把它们归为一体,也只是差强人意。所以,考虑到中国传统文献和"文学"的实际情况,我们采用折中的办法:首先将士大夫别集中收录的、四部分类法中所能包含的各种体制,与流行于庶民社会、被传统四部法所排除的东西分开,大抵来说,这也就是先分别雅、俗文学;而在雅文学的范围内,我们暂且不论作品的内容,只

---

① 转引自黄庭坚《书王元之〈竹楼记〉后》,《豫章黄先生文集》卷二十六,四部丛刊本。
② 苏轼《潮州韩文公庙碑》,《苏轼文集》卷十七,中华书局 1986 年,第 508 页。

依其文字形式,区别为诗、词曲、文,以及介于诗文之间的辞赋诸体;俗文学则区分为小说、戏剧和说唱三体。至于文言小说,据其文字形式,也可以归入文体,不过按现在的习惯,暂且归入小说。以下各章,就分体概述之。

第四章 辞赋

　　赋是一种介于诗和文之间的体裁,其来源与楚辞密切相关,所以历来就有"辞赋"合称的习惯,这里也将楚辞和赋放在一起介绍。

　　"楚辞"的意思是南方楚地的歌词,如果我们把屈原看作中国最早的诗人,则楚辞便被视为一种诗体,但在传统的文学创作中,辞赋是五言、七言诗歌之外的另一种体制,历代都有人写作,编纂文集的时候一般也不跟诗歌相混。当然,后世文人写作楚辞体作品,只是模仿其体制,比如句中包含古老的感叹词"兮"之类,虽跟诗体有别,毕竟也已脱离了"楚地歌词"的性质。但原生态的楚辞,应该是歌词,所以对古籍中记载的早于楚辞的一些歌谣,我们也作为其渊源而简单提及。

一、古代歌谣

　　在楚辞之前,古代文献中留下一些歌谣,比如著名的《卿云歌》,就出于《尚书大传》:

　　　　卿云烂兮,纠缦缦兮。日月光华,旦复旦兮。①

复旦大学的校名和光华楼的楼名,都来自这首《卿云歌》,观其形态,与楚辞也颇为相似。远古的祖先看到祥云纠集之处,日月每天升起,感受到振作和激励,通过这朴素的歌词把他们的文学经验传递给子孙。中华民国刚成立时,有人给《卿云歌》谱上了曲子,1913年《卿云歌》被定为国歌,次年被袁世凯废止,到1919年又成为国歌,1926年又被废止,1940年却被汪伪政府第三度定为"国歌"。自然,汪伪的使用令这首歌的名声被败坏,再也没人愿意演唱了。

　　清代学者曾搜集古书中记载的歌谣,编为集子,规模最大的可能是杜文澜的《古谣谚》,达一百卷之多。不过上古的歌谣,以沈德潜《古诗源》卷一"古逸"部分所录,可称精要。其第一首为《击壤歌》,出自《艺文类聚》引《帝王世纪》:

　　　　天下大和,百姓无事,有五十老人击壤于道。观者叹曰:"大哉,帝之德也!"
　　老人曰:"吾日出而作,日入而息,凿井而饮,耕田而食,帝何力于我哉?"于是景星

---

① 皮锡瑞《今文尚书考证》卷二,中华书局1989年,第133页。

曜于天,甘露降于地。①

"击壤"可能是跟打陀螺相似的一种游戏,"五十老人"做这件小儿科的事,所以引起了注意。"观者"把这种现象的存在归因到"帝之德",就是说统治者具有无所不容的大"德"。接下来的《击壤歌》就是那无忧无虑的老人对"观者"的回答,意思是他过着自力更生的日子,跟统治者毫不相干。最后的"景星""甘露"是自古以来习见的"祥瑞"描写。我们从前后文的描述,可以判断这段记载的本意,乃是上古的史官对帝尧的歌颂,他的统治让人民丝毫感觉不到"统治"这件事的存在。所以,借这个"身在福中不知福"的击壤老人之歌,华夏民族早期不知名史官提出了最早的政治理论:最好的政治,就是让人感觉不到政治的存在。

这种说法很容易使我们联想到春秋战国时期的道家思想,因为道家对政治的态度大抵与此相似。但实际上,儒家也有类似的说法,比如孔子就曾赞叹:"大哉!尧之为君也。巍巍乎!唯天为大,唯尧则之。荡荡乎!民无能名焉。"②就是说,帝尧的政治一切应顺自然,令人们讲不出它的好处,便是最大的好处。看来,在对于帝尧政治的理解上,经常互唱反调的道、儒两家,也显得相当一致。

古书所记的帝尧,是个介于神话和历史之间的形象。这形象确实有些特色,在《尚书》和《史记》的描述中,他被极度推崇,但即便后世学者细心查阅,也找不出帝尧有什么很突出的伟大事迹。每个民族都有关于上古先祖的英雄传说,这些英雄都有常人难以企及的接近于神的性格和能力,在中国的古史传说中,帝尧之前的黄帝、炎帝,之后的舜、禹,也多少都留下一些创建功业的故事,不愧其英雄形象。唯独这帝尧,除了善于用人外,几乎没有什么可以彪炳史册的功业。所以,帝尧获得如此崇高的景仰,似乎有点不可思议。若说他适逢其时,正好坐享了太平天下,却又不然。毋宁说,他领导的正是一个艰难的时代,有洪水滔天,而且长期得不到有效的治理。按通常思路,作为领袖的他似乎应该动员全体人民去跟洪水搏斗才对,但他没有这样做,只将此事委任给一部分有能力的人,让其他百姓仍能无忧无虑地击壤而歌。也许他本人失去了建功立业的机会,但随着后世越来越多的无辜人群被统治者的建功立业夺去了太平安乐、自耕自食的生活,甚至夺去了生命,便有越来越多的思想家推崇

---

① 欧阳询《艺文类聚》,上海古籍出版社 1999 年,第 214 页。
② 《论语·泰伯》,《论语正义》,中华书局 1990 年,第 308 页。

帝尧的政治。应该说,这击壤老人之歌一直回响在中国传统政治思想的旋律之中,成为其基本音调之一。

　　宽泛地说,《周易》里面的有些卦爻辞,也跟早期歌谣相似。习惯上,我们把《周易》等书称为"儒家经典",实际上中国远古先民创造的文化,见于传世典籍的记载,就以这几部"儒家经典"比较集中,其余就颇为零碎了。所以,这些应该是中华民族的经典,不是儒家一家的经典。文献上,紧接着经典之后出现的,就是战国后期在长江流域的楚国所产生的楚辞,在汉代被编成了《楚辞》一书。按理,与楚辞同时,各地各国都应该有自己的歌词,但因为后来的汉朝为楚人造秦朝的反而创建,特别重视楚地遗留下来的东西,所以他们才会去编《楚辞》而不是"秦辞""齐辞"之类。《楚辞》流传下来,后人对此不断研究、注释、拟作,以至于《四库全书》的"集部"书籍中专门单列一个子类,曰"楚辞类"。

二、楚辞

　　楚辞者,楚声之辞。汉人所编的《楚辞》一书,主要包含了《离骚》《九辩》《九歌》《天问》《九章》等作品,还有汉人的一些拟作。历来皆以归在屈原名下的《离骚》为楚辞的代表作。

　　就表达体式而言,在一般人的印象中,楚辞似乎以使用古老的感叹词"兮"为其特征。这可能是阅读《离骚》后留下的印象,实际上使用"兮"并非《楚辞》所录作品的必备特征。这些作品的体式,大致可以分为以下几种:

　　1. 天问体

《天问》一篇包含了 170 余问,但只问不答,如:

　　　　遂古之初,谁传道之? 上下未形,何由考之?[①]

这样不断地提问,并不需要使用感叹词。从现在出土的战国时期的文献来看,《天问》的写法并不孤立,比如楚地竹书中有一篇《凡物流形》,就与此相似:

---

① 《天问》,洪兴祖《楚辞补注》,中华书局 1983 年,第 85—86 页。

> 凡物流形，奚得而成？流形成体，奚得而不死？①

这里引用的都是对自然现象的提问。不过《天问》的提问内容可谓包罗万象，对神话故事、历史传说的诸多方面都一一追问。对于后人来说，探索这些问题的答案，是饶有兴趣的，甚至有人写《天对》去作出回答。今天看来，最具有价值的可能就是神话传说的部分，参考其他古籍的相关记载，有的提问似乎可以回答，但许多提问无法作答，提问本身透露的内容成为唯一的信息。相对于古希腊、古印度而言，中国上古神话的完备叙述在传世典籍中的缺乏，使《天问》在这方面的价值显得非常突出。除了《山海经》外，最受神话学者重视的，就是《天问》了。从《天问》透露的一鳞半爪去追索出比较完整的故事或相对丰富的情节的，有一部值得郑重推荐的力作，就是闻一多先生的《天问疏证》②。此书采用了传统的注疏形式，可能不太符合现在一般人的阅读习惯，但欲了解中国上古神话传说的基本内容，这就是一本必读之书。

2. 橘颂体

大部分楚辞作品，确实带有"兮"或相当于"兮"的感叹词"些""只"等，但感叹词在句子中所处的位置，却有所不同，如《招魂》在句子的末尾用了"些"，《大招》是句末用"只"。最有名的作品，应该算《九章·橘颂》，开头部分为：

> 后皇嘉树，橘徕服兮。受命不迁，生南国兮。③

这是句末用"兮"的情况。像这样把感叹词置于句末的，我们归为一类。出土文献中也有一篇战国时代的《李颂》④，与《橘颂》可以同观。

需要说明的是，这"兮"字的读音，古今不同。作为感叹词，它原本也就相当于元曲中的"呵"，现代的"啊"。当然，后人写作楚辞体的作品时，并不改成其当代实用的感叹词，而依然模仿楚辞，用这个古老的"兮"字。与此相似的是文章中的语气词"也"，也一直承用，若改成"呀"之类，便显得很滑稽。自汉代以下，文言早就成了只写

---

① 《凡物流形》，《上海博物馆藏战国楚竹书(七)》，上海古籍出版社 2008 年，第 77 页。释文在第 223 页。
② 闻一多《天问疏证》，上海古籍出版社 1985 年。
③ 《九章·橘颂》，洪兴祖《楚辞补注》，中华书局 1983 年，第 153 页。
④ 《李颂》，《上海博物馆藏战国楚竹书(八)》，上海古籍出版社 2011 年。

不说的一种人工语言,其形成主要就参考先秦诸子、楚辞等早期作品而来,所以只有这些古老的感叹词、语气词才能与文言的行文相适配,要改用实际生活中所用的感叹词,那就必须同时将行文变成白话了。

3. 楚歌

这是在句子当中置个"兮"字的句式,如《九歌·湘夫人》:

> 帝子降兮北渚,目眇眇兮愁予。袅袅兮秋风,洞庭波兮木叶下。①

这种句式,似乎最适合实际歌唱,《九歌》十一篇都是如此。后来,汉代所谓的"楚歌",就是同样的句式,如汉高祖刘邦的《大风歌》:

> 大风起兮云飞扬,威加海内兮归故乡,安得猛士兮守四方。②

当然,刘邦的对手项羽所唱"力拔山兮气盖世",句式也一致,应该也是"楚歌"。项羽唱这首"楚歌"的时候,他的军队也听到了从汉军那里传来的"四面楚歌"。

4. 骚体

大部分被归在屈原名下的作品,对感叹词"兮"的放置与上面两种方式有所不同,是以两个长句为一单位,而在上句的末尾置一"兮"字以为中顿。如最有代表性的《离骚》,起篇如下:

> 帝高阳之苗裔兮,朕皇考曰伯庸。摄提贞于孟陬兮,惟庚寅吾以降。③

除《离骚》外,《九章》中《橘颂》以外的诸篇,也都采用这种以"兮"字绾连两句的句式。比较而言,这比句末、句中置"兮"都要复杂,而把两句绾连为一个单位,显然增大了每个单位的表达容量。一般来说,复杂的形式应该相对晚起,而且有可能出于个别作者

---

① 《九歌·湘夫人》,洪兴祖《楚辞补注》卷二,中华书局1983年,第64—65页。
② 刘邦《大风歌》,司马迁《史记》卷八,中华书局1982年,第389页。
③ 《离骚》,洪兴祖《楚辞补注》卷一,中华书局1983年,第3页。

的特殊创新。如果我们相信屈原是这一系列作品的作者,那么也不妨把这种形式看成屈原本人所创的,最适合抒发其深长厚重之感慨的新体制。由于《离骚》是其当之无愧的代表,因此我们称为"骚体"。实际上,后人写作楚辞时,也最喜欢模仿此体。

屈原,相传为战国后期的楚国左徒。不过战国时期的史料中并未出现有关屈原其人的记载,现在可以依据的传记资料,主要是汉代史家司马迁《史记》中的《屈原贾生列传》。据说,他是楚国的贵族,主张联齐抗秦,与秦国派来的纵横家张仪意见不合,但楚王相信张仪,不采纳屈原的意见,这使他痛苦不堪,憔悴行吟于沅湘之间,最后投水而死。这是在秦朝统一中华的前夕,想来被秦所吞并的诸国内部,都曾发生过类似的政策争论,而如楚国之大,雄踞长江中游,当初未必人人都觉得必须联齐才足以抗秦,或者联齐、联秦只是等值的选择,可能有明智程度之分,而无道德高下之别。要到汉朝人眼里,既认楚为祖国,又以秦为暴虐无道的敌人,才会觉得当初联齐抗秦的主张不但明智,而且合乎道德。司马迁笔下的屈原,一尘不染,众人皆醉我独醒,为道德理想而献身,对后世知识分子的人格影响极大。但这明显是带有汉代观念的屈原,实际上战国时代有否屈原这样一个人物存在,还是疑问。不过,像《离骚》及《九章》中的一部分作品,确实蕴含着自我形象比较统一的抒情主人公,现在我们只好把这个形象视为屈原。

仔细看来,《离骚》的抒情主人公与司马迁描写的屈原,还是存在一定的差距。后代的画家,喜欢按司马迁的描写去画《屈子行吟图》之类,那大抵是个峨冠博带、神情憔悴的老头。而《离骚》的主人公,其实是个很爱打扮的人,佩戴许多花草为修饰,还善画蛾眉,甚至因此而被众女嫉妒,诬他好淫。为什么女性会嫉妒他呢?因为《离骚》把主人公与他的君主之间的关系,表达成为男女关系。这种奇怪的表达,被后人理解为一种比拟,这在后世中国文学关于君臣关系的表达中,确实蔚为传统。不过最先使用这种比拟方式的《离骚》,还是令人困惑。《离骚》中还有很多奇怪的东西,难以一概解释为比拟,有些不好解释的,就只能继续困惑下去。

《离骚》全篇共有 376 句,按内容可以分为三个部分。第一部分是前 130 句,从自己的出生讲起,叙述家世和主人公的修养、志向后,交代了他所面临的困境:他被"党人"所排斥,既不忍放弃君王,又不肯与"党人"同流合污,所以只好离去。第二部分是中间 128 句,事态最为丰富。先是向巫师"女嬃"去诉说,但得不到同情,反挨了一顿骂。然后,主人公渡过沅、湘,去寻帝舜。他在舜的陵前陈词,历举史事,表达出道德理想观念,而且宁死不悔。这大概是《离骚》中最具理性的一段表达,此时的主人公也最接近司马迁描写的屈原形象。但自此以后，突然就转入了狂想，主人公乘龙驾凤，飞行于空中，早发苍梧，夕至昆仑，太阳神羲和为他驾车，第二天清早，他又从太阳升起的地方咸池出发，月神望舒前导，风伯飞廉后拥，飘风云霓都来附和。这浩浩荡荡的一行到了上帝的天门口，却碰了看门人一个钉子，此人对他爱理不理，不让他进去。接下来，主人公开始寻找美女，奇怪的是他要找的全是时代更早的神话传说中的美女。第一个美女是后羿之妻宓妃，他派了雷神丰隆去打前站，又遣黄帝的旧臣蹇修为媒。但当晚主人公到了穷石，看到宓妃淫逸无礼，就改变了主意。第二个美女是有娀氏佚女，他令鸩为媒，而鸩不肯，主人公似乎不好自荐，犹豫之间这有娀氏已被古代的高辛帝娶走，只好作罢。最后他想赶在夏代的少康帝之前，去求婚于有虞氏二姚，但媒人笨拙，自己的观点不被理解，又未成功。《离骚》的历代研读者都把这么奇怪的一段叫作"三求女"，其中似乎有寓意，但不明白是什么寓意。总体来说，第二部分展现了一个奇幻的世界，和主人公在这个世界的追求。他不但可以游走于广阔的空间，还能随意穿越漫长的时间。如果理解为这是诗人驰骋想象力的结果，那自然是最令人叹为观止的想象力。第三部分是后118句，主人公又找到一位巫师"灵氛"，这位巫师劝他远走为好。狐疑之下，他又去请教第三位巫师"巫咸"，得到的劝告是洁身自好。于是，他又开始了第三度旅行，八条龙拉了一驾象牙车，从天河启程，转眼就到了昆仑、流沙、赤水，一路奔向西海。半路上，他让随从的一千辆玉车先去等候，自己停下来散步，奏《九歌》，舞《九韶》以自娱。但此时他忽然回头，望见了故乡，又悲伤不忍远行。最后，勉强表达了决然远行之志，但显然并未真正解脱。所以，这个部分大概表示"解脱不成"的意思。

这样一篇《离骚》，究竟在说什么呢？从字面上看，"离"是离别，"骚"是忧愁，也就是因离别而忧愁的意思。也有的学者认为"离"是"罹"，即遭遇之意，那么"离骚"就被解为"遭忧作辞"。这两种解释都可以接受，因为主人公怀抱巨大的忧患，飞越时空，寻求解脱，而未成功，这一点在全篇表达中显著可见。进一步，汉人的注释把《离骚》中出现的事物落实为具体的比拟，说"善鸟香草，以配忠贞""飘风云霓，以为小人"①，这就使《离骚》成了政治隐喻诗。现在看来，《离骚》所展示的这个奇幻世界，怕不能用比拟或隐喻的观念去穿凿其间的所有事物。许多研究者认为，这个世界与巫术有关，当时的楚地还未全面开化，巫风盛行，所以我们在《离骚》中就可以看到"女媭""灵氛"

---

① 王逸《离骚序》，洪兴祖《楚辞补注》，中华书局1983年，第2—3页。

"巫咸"三位巫师。这个说法当然很有道理，但巫术的事，谁都说不清了。

从文学的角度看，《离骚》在蕴含价值判断的地方，不用善恶对举，而经常把正面价值表达为"美"，是令人注意的：主人公自称素质优异，说"纷吾既有此内美兮"；怕自己不能及时地建功立业，说"恐美人之迟暮"；愤恨于世俗对他的排挤，说"世溷浊而不分兮，好蔽美而嫉妒"；认为自己才配得上古代的美女，说"两美其必合兮""执求美而释女"；不肯放弃自己的想法而追随世俗，说"委厥美而历兹"，不愿"委厥美以从俗"；最后似乎想投水而死，说"既莫足与为美政兮，吾将从彭咸之所居"……完全从现代的意义上去理解这些"美"字，也许会引起语言学家的不满，但在一部作品中使用这么多的"美"字，依然可以令我们感受到某种非常现代的气息。女性也好，政治也好，个人品德也好，社会风气也好，凡是值得肯定的方面，都用一个"美"字来概括，在这样的语境下，"三求女"似乎也无异于对"美"的追求。如果《离骚》真有一个作者叫屈原，而且作品主人公就是其自我形象，那他就是为"美"而生，为"美"而痛苦，为"美"而飞越时空，最后为"美"而死。

以上概举了楚辞的四种体式。从文体上说，楚辞（特别是"骚体"）具有相当特殊的抒情性，颇能吸引人去尝试，即便在五言、七言诗体都已成熟后，仍有人不愿放弃这个文体。虽然中国的诗歌大致都以抒情为主，但通常一首诗里，也可兼具其他成分，如描写、叙述之类，不必一直感情高涨，而楚辞体每句或每两句要出现一个感叹词"兮"，这就使即便描写、叙述的部分也不得不带有抒情性，而且情感始终不能低落，一定要源源不断、排山倒海而来，除非你甘愿让那"兮"字成为空洞的音节。最典型的楚辞体就是上述以一个"兮"字把两个长句绾连为一个单位的，这一个单位的抒情容量非常大，其长度相当于七言诗的一联，但七言诗一联的上下句可以平行地各说一义，而楚辞此类句式则将两句联为一体，其间须有转折或递进之关系，宜于表达复杂、深厚的感情。可见，没有相当的感情饱和度，就难以撑托起这个特殊的抒情体式，仅靠文辞功夫而为文造情，一定会捉襟见肘，而文辞功夫又决不可少，因为实际上这个体式也需要堆积大量美观的辞藻。所以，对抒情诗人来说，楚辞体是对其创作力的最严峻的考验，也是最富有挑战性的。后世模仿楚辞体的作品，以初唐四杰中的卢照邻所作，获得的评价较高。但也许因为后世的作者已经得不到巫术的滋润，所以这些作品并不能像《离骚》那样展现一个奇幻的世界。后世以惊人的艺术想象力续写这奇幻世界的，是李白的诗歌，而不是楚辞体的拟作。

在汉人所编的《楚辞》中,除了屈原以外,还有宋玉等作者的作品。据传宋玉是屈原的后辈,而他还留下了历史上最早的一批名称为"赋"的作品,如《高唐赋》《神女赋》《登徒子好色赋》等。这种以问答形式展开的赋体,可以被视为楚辞的一种发展形态。

三、赋

自汉至唐,赋在各种文学体裁中,可以说占据了最核心的地位。在南朝五言诗获得大幅度发展之前,赋甚至是比诗更重要的体裁,昭明《文选》分体裁选录作品,第一个体裁就是赋,一般别集也大多把辞赋放在第一卷。那时候,评价一个作者的文学水平,主要看他写的赋能否被人传诵。

不过,作为一种体裁,除了说它介于诗、文之间外,我们实在很难概括赋的形式特征。班固在《汉书·艺文志》里列了"诗赋略",把赋解释为"不歌而诵"[1],意思是赋用来朗读,而不歌唱。应该注意,这是在诗、赋对举的语境下说的,因为"诗赋略"对诗的理解是"歌诗",即歌词[2],都是可以唱的,所以与此相对,赋就不是歌词,是用来朗读的。简单地说,诗是唱的,赋是读的,所以"诗赋略"用这个办法来区分诗、赋。当然,除了唱的都是读的,这并没有描述出赋的本质特征。

从汉代标题为"赋"的作品来看,体式上大约有三种:一是楚辞体的赋,如贾谊《吊屈原赋》,与楚辞体完全一样,实际上就是楚辞,只不过标题叫"赋";二是诗体的赋,如扬雄《酒赋》,是一首四言诗;班固《竹扇赋》,实为现存最早的一首完整的七言诗,其标题的意思是用诗歌来"赋竹扇"而已;三是文章体的赋,如司马相如《子虚赋》《上林赋》之类,这种赋倒是比较特殊的,因为它跟一般的文章有所不同,注重铺写形容,堆积大量辞藻,其内容一般以主客对话的方式展开,形式上跟上述宋玉赋相近。主客对话的方式也令人联想到战国时期纵横家的说辞,但汉赋关注的重点已不在说辞的逻辑力量,而在如何连缀常人看不懂的大量汉字语汇,去刻画种种物色。

由此来看,汉人可以把楚辞体、诗体、文体的作品都叫作"赋",原本就没有给"赋"规定特殊的体制。所谓"不歌而诵"的"赋",即朗读,是个动词,转化为名词而成"××赋"的篇题,起初也只是"赋××"之意,其具体作品的体式可以是诗,也可以是文。像唐代白居易的诗《赋得古草原送别》,题中的"赋"意谓"赋诗",如果是在先秦或汉初,

---

① 班固《汉书·艺文志》,中华书局 1962 年,第 1755 页。
② 参考下一章对"诗"的释名。

这个作品也可以题作"古草原送别赋",那就会被我们看作赋了。但白居易身处唐代,当然不会这样做,因为此时的赋已经被认作独立的文体,跟诗区别开来了。

那么,赋怎么发展为独立的体制呢?楚辞体和诗体的赋,本来就是标名为赋的楚辞和诗而已,形式固定,无可发展;唯有文章体的赋,则特别地发展其与一般文章不同的方面,而形成自身的特色。不过,考察赋体在历史上的流变,可以发现这些变化还是跟文章总体的流变相关。

近代学界对赋史的梳理,以铃木虎雄(1878—1963)于 1935 年自序的《赋史大要》为较早,影响也颇为深远。他把楚辞和赋算在一起,把赋的发展分成了"骚赋""辞赋""骈赋""律赋""文赋"五个阶段[1]。"骚赋"实际上就是楚辞,现在我们把楚辞与赋分开,而接受他把赋的发展分成后面四个阶段的说法。

"辞赋",就是上述汉代文章体的赋,以司马相如那种侈陈夸张的作品为代表。因为其篇幅往往比较巨大,所以也常称"汉大赋"。自刘歆、班固用"七略"法制作典籍目录以来,这种"不歌而诵"的赋从一般文章里区分出来,而跟诗放在一起,成立"诗赋略",此事本身就意味着一种"文学"观念。这种"文学"包含了全部诗歌和一部分文章,就是赋。其他的文章根据所写的内容编到"诸子略"或"数术略"等部分,不入"诗赋略",它们被当作"文学"作品看待,要到更晚的魏晋时期。与此同时,"诗"被限指能唱的歌词,而这样的歌词至少就现存部分来看,是以收集自民间的无名氏作品为主。那么,士大夫文学最核心的表达体制,就是辞赋了。为了与一般言事说理之文相区别,辞赋往往突出其取悦耳目的描写、刻画、形容之功能,乃至于被认为过度刺激感官(所谓"丽而淫"),而遭受批评。不过写大赋的作者,心中总有个伟大的典范,就是《离骚》,他们想用自己时代的文体,去追企《离骚》所达到的表现力、感染力。

"骈赋"流行于六朝时期,东汉张衡的《归田赋》可以算它的先驱,随着文章体式的骈化,赋也倾向于采用比较整齐的句式,形成了骈俪对偶的风格。所以,赋史进入"骈赋"的阶段,与文章史进入"骈文"阶段是同时发生的[2]。有一部分骈赋作品,其内容从铺张物色转为抒发情怀,篇幅也缩小了,故我们也经常有"抒情小赋"的说法,以江淹的《恨赋》《别赋》较为典型。还有以远方献到朝廷来的贡品等难得之物为题材,专门加以描写的赋,谓之"咏物赋"。当然既是难得之物,数量就必然有限,而抒情之赋以情感的某个种类为题材,这数量也有限,所以写来写去,大家难免会写到一起去,造成

---

[1] 参铃木虎雄《赋史大要》,殷石臞 1936 年译本,山西人民出版社 2015 年。

[2] 参考本书第七章论骈文内容。

重复。实际上六朝时期的贵族文人们也形成了故意选择同样的题材,竞写同题作品的习惯,而且这些作品通常构思相似,推进程式一致,各部分功能相同,只是表达词句相异。比如陶渊明的《闲情赋》,是写一个老年男子如何克制自己希望接近年轻女子的"绮情",因为中间大胆热烈的爱慕表达,而传为名作,但同样题材的赋,之前就有张衡的《定情赋》、蔡邕的《检逸赋》等。很多人喜欢写这个题材,陶渊明在相当激烈的竞争中胜出。

六朝"骈赋"中,虽以"抒情小赋"和"咏物赋"较受关注,但这个时期也并非没有大赋,当然跟汉代大赋相比,减少了铺陈,增强了言志述怀的成分。谢灵运就写过《山居赋》《撰征赋》这样的鸿篇巨制,除描写场面外,主要表达自己的志向、经历和对政局的看法。写作这样的大赋,依然是在努力追企《离骚》,因为作者对《离骚》的主题就是如此理解的。追企《离骚》的努力也并非没有结果,在南北朝将近结束的时候,出现了一部真正可以媲美《离骚》的大赋,就是庾信的《哀江南赋》。庾信的生平太多曲折,这使他拥有了比《离骚》主人公更为复杂的心理,他的表现力后来受到杜甫的高度肯定和自觉继承。

接下来的"律赋",是在唐代进士科考试中形成的,格律上比较严谨的赋体。一般情况下,是从古代经典中摘取一句话做赋题,再找一句八个字的成语,要求依此八字为韵,也就是一篇换七次韵。唐以来诗赋的押韵,并不是按当代的字音读起来韵母相近就可以,实际上必须是被官方采纳的韵书(如《唐韵》)编在同一韵部的字,才算押韵,所以唐代考生的作品也经常出现"落官韵"的情况,他自己读起来觉得押韵的字,实则并不符合"押韵"的要求。当时还有人作了《赋谱》,归纳写赋的各种技巧,比如"隔句对",即每一联由两句构成,两两相对的对偶,就被分成了"轻隔""重隔""疏隔""密隔""平隔""杂隔"六种①。如此烦琐的分类,印证了"隔句对"在写作实践中的重要性,因为只有频繁使用的东西,才需要仔细地分类。

"律赋"其实也还是一种句式整齐、多用对偶的骈赋,只是又加上了不少规则,以适应考试作文便于评卷的需要。因为是考试文体,所以唐人写得很多,但这方面具有擅长名声的,如王起、李程等,现在并不受文学史家的重视。

赋史的最后一个阶段是宋代的"文赋",以欧阳修《秋声赋》、苏轼《赤壁赋》等作品为代表,包含较多古文句法,形式更为自由,明显是受到唐宋"古文运动"影响的产物。与一般古文不同的是,作为赋,它仍注重描写,句式亦仍相对整饬,但加入了大量最受

---

① 唐·佚名《赋谱》,见张伯伟《全唐五代诗格汇考》,凤凰出版社 2002 年。对六种"隔"的具体解说,参考本书第七章论"八股文"的部分。

宋人喜欢的议论成分。当然,此时科举考试仍用律赋,按宋人的习惯,把律赋以外的赋称为"古赋",意谓律赋规则形成之前的赋体,这就好像他们把骈体形成之前的文章称为"古文"一样。律赋的正式消失,要等科举改革发生,从此不再考赋以后。可见,赋体的变化是与文章体制的变化或科举的要求相应的,至宋代以后,科举既不考赋,文章体制的变化亦尽,赋体也就没有新变了。

与体制上没有新变相伴随的,是赋的整体衰落。隋唐以后,诗已成为最核心的文学体裁,赋的创作能够维持其繁荣,主要就靠进士科以诗赋为考试文体。宋代科举取消诗赋,对于具有强大交际功能的诗来说,所受影响较小,而对于赋来说,就成为致命的打击。从此,文人写赋纯粹出于兴趣,不再有应举的需要去促动他的努力,赋的衰落也就成为必然。

与楚辞体一样,赋原本也是需要堆积大量辞藻的写作体制,故早在汉代,就被扬雄贬之为"童子雕虫篆刻"。但它不像楚辞体那样以感叹词"兮"为常备元素,故不必始终情感饱满,更适合于做一般的练习,以锻炼写作能力。所以,在赋受到重视的时代里,士大夫的诗思、文才,都通过赋来表现。现在我们说赋是介于诗、文之间的体裁,这已经站在了诗与文的立场上,而其实赋的出现和成熟,比五七言诗、骈文和唐宋时期所谓的"古文"都早,所以不如说它兼备诗、文的艺术因素。回到"赋"的动词含义,"不歌而诵"一语既明说了赋与诗的区别,也暗示了赋跟一般文章的区别,那么,"赋"也就有了以文学形式把握、刻画对象的意思。就此而言,诗或文自然也有这样的功能,但人们可能认为,赋是最充分地发挥这种功能的体裁,因为诗和文似乎只具备赋的某一方面好处,而赋能兼综之。不过,也正是诗和文的发展成熟,加上科举方面的打击,赋渐渐淡出文坛。因此,赋的繁荣应该标志着这样的历史时期:诗和文还未分别形成稳定的艺术传统,其艺术因素尚处融而不分之状态。而实际上,若回到汉代作者那里,赋本来就既可以用诗体来写,也可以用文体来写。

第五章　诗

　　《西游记》第八回中说,观音菩萨路过五行山,想起大闹天宫的神猴如今被压在山下,不禁感慨系之,当场便吟诗一首,不料给孙悟空听到,高声喊叫:"是那(哪)个在山上吟诗,揭我的短哩?"现在看来,菩萨作诗的情节有些滑稽,但在前人的观念中,一个略有文化的人,情动于中,就一定会作诗的,观音菩萨也不例外。无论其目的是否真在揭人之短,反正写诗被视为知识人的标志性特征。所以,诗是传统中国最重要也最普及的表达样式。

　　现在,我们把"诗"视为文学体裁,而直接与英语的 poetry 相对应。不过这里有个有趣的现象:传统中国的作者一般把"诗""词""散曲""楚辞"看作并列的体制,彼此之间没有从属关系,而英语则习惯把中国的"词"译为 Ci poetry,"楚辞"译为 Chuci poetry,只有"诗"并不是 Shi poetry,它被直接译作 poetry。也许翻译史可以考察一下这个现象如何形成,从文学体裁的角度说,这是把"楚辞""词""散曲"等看作中国历史上特别的诗歌样式,即具有民族特征、时代特征的 poetry 种类,而唯独对"诗"不这么看。

　　确实,传统的文学批评中以"诗"泛指古今一切 poetry 的情况,亦早有出现,所以上述现象也不妨说是自然的。问题只在于,这样一来,"诗"作为与"词""散曲"等并列的表达样式的一面就被掩盖起来。本来,当我们听说"好诗都被唐人做完"这句话时,不必感到太遗憾,就如"好的楚辞都被楚人写完""好的词都被宋人写完""好的散曲都被元人写完"一样,某种表达样式在某个历史时期达到高潮,令后人无法超越,是一件很正常的事。换句话说,"诗"作为通贯古今中外的一种文学体裁,和作为这个体裁的具有民族、历史特征的样式之一,这两方面在我们考察"诗"的历史时,是应该兼顾的。尤其是后一方面,应该成为我们考察的重点。

一、作为歌词的"诗"

　　首先我们要考察"诗"的起源。必须注意的是,这样的考察并不是要研究"诗"这个字的字义,而是要调查"诗"作为一个名称,在其起初被使用时,是指什么样的事物。

　　"诗"原本又叫"诗歌"或"歌诗",在中国早期的文献中,"诗"往往与"歌"并举,比如:

　　　　诗言志,歌永言。(《尚书·舜典》)
　　　　诗以道之,歌以咏之。(《国语·周语下》)

对此,古人的解释也很清楚:

> 诵其言谓之诗,咏其声谓之歌。(《汉书·艺文志·六艺略》)
>
> 凡乐辞曰诗,诗声曰歌。(《文心雕龙·乐府》)

也就是说"诗""歌"本为一体,读出来是诗,唱起来是歌,或者说,其文字是诗,其曲调是歌。这样,用今天的话说,"诗"就是"歌词"的意思。

这当然是"诗"的原初意思,其实也符合诗歌起源的一般说法,因为各民族、各语言的早期诗歌,恐怕也都是歌词。就此而言,把"诗""词""散曲"看成中国诗歌样式发展的三个阶段,也具有相当的合理性,若略去一些细节不言,它们正好就是歌词体制变化的三个阶段。当代著名的文学史家任半塘先生就曾提出过按"歌词总体"的观念来研究中国诗歌史的设想。

不过,事实的另一面是,"诗""词""散曲"的出现固有先后,却也并不是后者取代前者的关系。虽然我们通常说"唐诗""宋词""元曲",但这并不表明唐以后就没有"诗",宋以后就没有"词"了。在歌词体制的变化引起诗歌样式变化的同时,旧的样式并未消亡,而是在文字形态上稳固下来,与新的样式一起并列存在。

实际上,从歌词脱胎的任何一种诗体,一旦形成,便都有文字形态上稳固化的倾向,使人们长久地认为,符合这一形态的作品才是"诗"。在中国,自从最早期的诗歌被结集成一部《诗经》后,多数人就认定只有《诗经》或与其体制相似的作品才配叫作"诗"。孟子说:"诗亡然后《春秋》作。"他以为"诗"有一个终点。《诗经》中最晚的作品,也许是《秦风·黄鸟》,其所咏之事发生在公元前 621 年,自那以后,"诗"就没有了。当然,现在的中国诗歌史会在《诗经》后面接着写楚辞,但其实两者在时间上相隔好几百年,而且后者自有名称,唤作"楚辞",不唤作"诗"。

"诗"曾经面临终点,肯定是古代世界的一件大事,只因年代久远,我们不太能体会到而已。西汉末刘歆撰《七略》,东汉班固据此作《汉书·艺文志》,其中《诗赋略》收录了"歌诗二十八家"。他们根据"诗"就是"歌词"的观念,把汉代的乐府歌词也叫作"诗"——这大概值得被赞许为历史上一次伟大的思想解放,不但"诗"的历史得到了延续,而且自此以后,"诗"的所指主要是新兴的五言、七言体制,而不是《诗经》采用得最多的四言体制了。

随后,五言、七言诗体的观念又逐渐稳固下来,而且这一次几乎是凝固不化了。

虽然后来产生了词、曲，也有些作者宣称词、曲与"诗"相通，甚至本质无异，但毕竟它们被唤作"词""曲"，不唤作"诗"。以五言、七言为"诗"的观念凝固了大约两千年，至二十世纪初"新诗"出现，才获解冻。

这样，回顾汉语诗歌体制的流变，我们大致就可以总结出传统的"诗"实际上就经历了四言诗和五言、七言诗两个阶段（汉诗偶尔也会有三言、六言的句子，或者字数多少不等的"杂言"，但它们没有体制性意义，编辑诗集的时候也不单立一类，而是归入七言诗中）。从四言变化为五言、七言，起初是适合歌词形态的结果，但随后便稳固下来，与新的歌词形态相区别，而并行发展。

四言诗阶段，简单地说，主要就是《诗经》时代。可以肯定《诗经》的每一首原本都是歌词，但其产生的时间早晚，可能相隔非常遥远。含有民族起源方面神话内容的，应该可以推想其产生得很早，比如《商颂·玄鸟》：

> 天命玄鸟，降而生商，宅殷土芒芒。古帝命武汤，正域彼四方。方命厥后，奄有九有。……①

这里夹杂了五言句，但以四言为主，因为含有商人起源的神话，所以也经常被看作小型的"史诗"。虽然经学上研究的结论，并不肯定《商颂》是商代的原作，但其中有些内容是自商代传唱下来，似乎没有疑问。不过，从简狄吞玄鸟之卵，而生商人始祖契，到商汤征服四方，拥有天下，这么漫长的过程，只唱了短短数句，作为"史诗"也实在太简略了。相对而言，《大雅·生民》一篇对姜嫄感孕而生后稷的故事，就讲得详细多了：

> 厥初生民，时维姜嫄。生民如何？克禋克祀，以弗无子。履帝武敏歆，攸介攸止，载震载夙，载生载育，时维后稷。诞弥厥月，先生如达。不坼不副，无菑无害。以赫厥灵，上帝不宁。不康禋祀，居然生子。诞置之隘巷，牛羊腓字之。诞置之平林，会伐平林。诞置之寒冰，鸟覆翼之。鸟乃去矣，后稷呱矣。实覃实订，厥声载路。诞实匍匐，克岐克嶷，以就口食。艺之荏菽，荏菽旆旆，禾役穟穟，麻麦幪幪，瓜瓞唪唪。诞后稷之穑，有相之道。茀厥丰草，种之黄茂。实方实苞，实种实褎，实发实秀，实坚实好，实颖实栗，即有邰家室。诞降嘉种，维秬维秠。维

---

① 方玉润《诗经原始》卷十八，中华书局 1986 年，第 647 页。

糜维芑。恒之秬秠，是获是亩，恒之糜芑，是任是负。以归肇祀。诞我祀如何？或舂或揄，或簸或蹂；释之叟叟，烝之浮浮；载谋载惟，取萧、祭脂，取羝以軷；载燔载烈，以兴嗣岁。卬盛于豆，于豆于登。其香始升，上帝居歆。胡臭亶时，后稷肇祀，庶无罪悔，以迄于今。①

后稷出生后，被丢弃了三次，但因种种奇遇而活了下来，长大后擅长种植业，使其部落获得发展，而为周人之祖。很显然，《生民》的题材跟《玄鸟》相似，但在叙述细节、描写场面上，委曲详尽远过《玄鸟》，其四言的句式也更为稳定。我们似乎也可以从这两篇之间的对比去观察时代的差异，并且把这种差异理解为"进步"。但从诗歌的角度说，后世也有一些评论者嫌《生民》说得啰唆拖沓，反而欣赏《玄鸟》的简洁有力，谓之"诗骨神秀"。

北宋的苏辙曾经把《诗经》《尚书》里面有关商、周的篇章进行对比，得出的结论是：

> 《诗》之宽缓而和柔，《书》之委曲而繁重者，举皆周也；而商人之《诗》骏发而严厉，其《书》简洁而明肃。②

这个结论来自其细心阅读、沉潜玩味的心得体会，对我们了解商、周文化的不同特点，颇有启发。

《诗经》里面更多的篇章，是来自各地的"国风"，其产生时间更难判断，但有些应晚至春秋时期，因为其中提到了春秋时发生的史事。把它们编在一起，据说出自孔子之手，因此后人难免要从孔子学说即儒学的立场去解释《诗经》，同时把四言视为"诗"的标准、古典之形式，时而模仿写作。自汉朝以来，历代都不缺乏四言诗，但究属少数，而且已经不是歌词了。

"诗"的五言、七言阶段起自汉代，绵延至今。传统的观点是：五言从《诗经》演化出来，七言则从《楚辞》演化出来。当然《诗经》《楚辞》出现在前，《诗经》的四言句再添一字就成为五言，《楚辞》的有些句子删去一个感叹字"兮"，就相当于七言了，这都是事实。但其间是否真的存在一个"演化"的关系，似乎很难追究。可以肯定的是，五

---

① 方玉润《诗经原始》卷十四，中华书局 1986 年，第 503—504 页。
② 苏辙《商论》，《苏辙集·栾城应诏集》卷一，上海古籍出版社 1987 年，第 1574 页。

言、七言形态的直接来源是汉代的乐府歌词。

西汉的政府机构中,原有太乐一署,其长官叫作"乐府令"。到汉武帝时,又设置乐府一署,与太乐分掌雅乐和俗乐。现存有关汉代音乐的文献,都说"汉乐四品",就是分为四种:一是"大予乐",在郊庙祭祀的场合演奏;二是"雅颂乐",配社稷辟雍之祀歌;三是"黄门鼓吹",为燕乐;四是"短箫铙歌",为军乐。这些都属雅乐,另外还有俗乐,叫作"五方之乐",即从各地搜集来的民间音乐。所谓乐府诗,就是以上这些音乐的歌词。虽然我们经常会听到"乐府民歌"的说法,其实民歌只是乐府诗的一部分而已,并且是通过中央政府的搜集而得以保存的。

据说,西汉末保存在中央政府的乐府歌词有一百三十八篇,但现在我们能看到的汉代歌词只有五六十首,而且学者们认为它们多半是东汉的作品。北宋郭茂倩编纂《乐府诗集》时,鉴于这些作品大多作者不明,故统称为"古辞"。不过,接下来的三国曹魏时期,由于曹操、曹丕、曹植父子的重视和提倡,乐府诗的创作遂进入一个高潮。郭茂倩根据音乐系统将汉魏至唐代的乐府诗分类编列,其汉魏部分有:

(1)"大予乐"系统的汉郊祀歌,二十首,今存"古辞"。

(2)"短箫铙歌"系统的军乐,有所谓"铙歌十八曲",三国时魏、吴两国各改其曲,但汉代"古辞"犹存,细目有:《朱鹭》《思悲翁》《艾如张》《上之回》《拥离》《战城南》《巫山高》《上陵》《将进酒》《君马黄》《芳树》《有所思》《雉子班》《圣人出》《上邪》《临高台》《远如期》《石留》。

(3)"横吹曲",也是一种军乐。据说张骞入西域,带回《摩诃兜勒》一曲,西汉音乐家李延年据此铺衍出二十八曲,魏晋以来,传其十曲:《黄鹄》《陇头》《出关》《入关》《出塞》《入塞》《折杨柳》《黄覃子》《赤之扬》《望行人》。但这十曲也只有名目,并无"古辞",现在所见的多为后人拟作。十曲之外,后来又产生八曲:《关山月》《洛阳道》《长安道》《梅花落》《紫骝马》(即"十五从军征")、《骢马》《雨雪》《刘生》。这样,"横吹曲"的系统共有十八曲。

(4)俗乐系统,有所谓"相和歌"。"相和"的意思是丝竹(弦乐器和管乐器)相和,执节者歌。这是民歌色彩最浓厚的一部分,大概也是曹氏父子最感兴趣的,所以现存多有曹操之词,如《气出唱》《精列》《度关山》《对酒》《薤露》《蒿里》。曹丕作词的有《十五》,"古辞"今存者则有《江南》《东光》《鸡鸣》《乌生》《平陵东》《陌上桑》(一曰《艳歌罗敷行》),另有《觐歌》《东门》二曲无词。以上总谓之"相和十五曲"。

"相和歌"的音乐通过曹魏而流传到晋代,又随着司马氏的南迁而散落江左,后来北魏孝文帝从南方重新获得,谓之清商乐。按其曲调细分,则有平调、清调、瑟调、楚调、侧调,总谓之"相和五调"。平调七个曲子,其中《长歌行》《君子行》有"古辞",《短歌行》《猛虎行》《燕歌行》《从军行》《鞠歌行》皆有魏辞。清调六个曲子,其中《豫章行》《董逃行》《相逢行》有"古辞",另三曲为《苦寒行》《塘上行》《秋胡行》。瑟调的曲子较多,存"古辞"者为《善哉行》《陇西行》(即"步出夏门行")、《折杨柳行》《西门行》《东门行》《饮马长城窟行》《雁门太守行》《艳歌行》等。楚调曲中,《白头吟行》《怨歌行》也有"古辞",另外还有《泰山吟行》《梁甫吟行》《东武琵琶吟行》等曲名。

(5)无法归入以上音乐系统的乐府诗,后世谓之"杂曲歌辞",其中亦不乏名作,如《蛱蝶行》《驱车上东门行》《伤歌行》《悲歌行》《羽林郎》(东汉辛延年作)、《东飞伯劳歌》《董娇娆》(东汉宋子侯作)等,著名的《焦仲卿妻》(即"孔雀东南飞")也属此类。

以上乐府歌词,基本上都为五言、七言,以此为"诗",使"诗"的文字形态从四言变成了五言、七言。上面的叙述中,之所以要列出许多具体的曲名,不仅因为其歌词多为乐府诗的名作,而且熟悉唐诗的人不难从这些曲名看出,它们中的很大一部分直到唐代还受到诗人的青睐,不断为之作词。唐人还能否演奏原曲也是颇成问题的,但有些曲子在产生的时候伴随着一个动人的故事("本事"),其曲子虽失传而故事仍可作为诗歌的题材,不断改写,此类作品仍归入乐府诗。甚至曲子失传,"本事"亦无,仅仅是一个题目,也可能令唐人由此生发联想,去写作乐府诗。所以,乐府诗不光是汉魏以来的一种歌词形态,也是诗歌创作的一个巨大传统,有些乐府旧题简直是出产名作的摇篮,如《出塞》《燕歌行》《秋胡行》之类,而"秋胡戏妻"的故事一直到元明时期的戏剧,犹是上好的题材。更为重要的是,对于唐诗来说,除了提供题材外,乐府诗就某个题目反复创作的方式,往往成为刻画某种形象、营造某种意境、抒发某种情怀或锻炼某种技巧上前后相承、不断提升的途径。也就是说,此种创作传统为艺术创造力的历史积淀准备了非常具体的场所,仿佛积土为山,积水成川,而千古英灵之气,皆凝聚于此,终成名山大川。伟大的唐诗艺术,固非某个诗人偶然的灵感所能造就,大量的佳作是通过这种积淀的方式,终于被提炼出来。而且,此种方式一直为国人所喜好,后世的词曲也是在同一个词牌、曲牌上反复填写,乃至近世的民间歌谣也是如此,比如清末民初甚为流行的"叹十声"一调,就有《公子叹十声》《美女叹十声》《烟花女子叹十声》《小尼姑叹十声》《小光棍叹十声》《烟鬼叹十声》《红灯照叹十声》乃至《外国洋人叹十声》等种种作品,广义地说,它们也可以算作近世的"乐府"。

继汉魏乐府后,南北朝也曾产生新的乐府曲目,南方有"吴声西曲",北方有"伧歌"。它们中有的也来历甚早,但更多的是新创,而亦为唐代诗人所继承。除了多袭乐府旧题外,唐人还创造了"即事名篇"的方式,如杜甫的《兵车行》《丽人行》之类,只是题目上仿照乐府诗,与音乐没有什么关系。中唐时期白居易等人所谓的"新乐府",也是不曾歌唱的。真正的新乐府倒是此时产生的曲子词,也就是我们熟知的"词"了。

作为歌词的"诗",大约就到唐代为止。

二、字音与声律

接下来要探讨的问题是,以四言、五言、七言为体制特征的汉语诗歌,如此讲究每句的字数,有什么道理。

与"歌"合为一体的历史,使"诗"带有与生俱来的禀性:音乐性。即便后来与音乐脱离,这音乐性仍被大多数诗歌理论所强调。而以语言文字来传达的音乐性,是通过语词的音节来表现的。所以,世界各民族的古典诗歌,对每句的音节数及其长短、轻重的配置,大抵都有讲究。拿与中国古典诗歌关系颇为密切的印度梵语诗歌来说,就有一种"八音节诗",即每句包含八个音节,以四句构成一章,形式上很像中国的绝句。著名的作品有马鸣(Asvagosa)的 *Buddhacarita*,多含这样的诗体。中国北凉的和尚昙无谶将它译成汉语,名《佛所行赞》。他用五言诗去对译,得九千三百多句,可谓洋洋大观。如今,这部巨著现存的梵文本残缺严重,而汉语译本则非常完整,堪称中国对世界文学的一个伟大贡献。

由此来看,汉语诗歌对字数的讲究,正好与讲究音节数的性质相同,因为汉字是单音节文字,一个字一个音节,故字数等于音节数。那么,讲究字数决不意味着中国人写诗比外国人更受限制。现在要讨论的是,四言、五言、七言在音节(字)的配组上各有什么特点。

上面已经提到,最早的汉语诗歌是四言诗,《诗经》中的作品就以四言句式为主。现在看来,这应该跟汉字在组词造句上体现的特点相关,到今天为止,流行的大多数成语仍是四言的。据学者考察,中古时代的僧人们翻译佛经时,译者也很喜欢用四言句。这个现象颇能说明问题,因为从未有人规定必须用四言句去翻译,其在译文中的大量出现,全属自然。就诗歌方面来说,尽管五言和七言后来已成为一般的诗体,但仍有人喜欢做几首四言诗。而且在文章方面,中国曾长期流行一种以四字、六字句为主的骈文,又称"四六"。无论如何,对于用汉语写作的人来说,四言句式具有相当大的吸引力。

当然后来最常见的汉诗诗体是五言、七言。相比之下，四言在表达风格上显得古老、庄重、朴素，但鉴于汉语常以两个字为一个阅读单位，故四个字的组合方式几乎只有"二二"一种，"一三"或"三一"的方式比较少见。五言虽只多了一个字，却等于多出一个阅读单位，其与另两个阅读单位的组合也颇为灵活，像"白日依山尽"读起来是"二二一"，"烽火连三月"是"二一二"，另有少量的"一二二"之句，如韩愈《南山》诗中"时天晦大雪"那样。有时候，三个字也不妨构成一个阅读单位，比如曹操《苦寒行》开篇之句"北上太行山"和第三句"羊肠阪诘屈"，因为"太行山"和"羊肠阪"是固定的地名，不能拆作两截，这样就又增添了"二三"或"三二"两种组合方式。总之，五言句在结构上具有丰富的可能性，供诗人去尝试，适于构思精巧的句子。相对来说，七言字数虽多，通常情况下倒真的是五言句再加一个单位而已，组合方式上未必有多少花样翻新，它的好处一是流畅，宜于表现一泻千里的气势，二是毕竟增加了阅读单位，全句就能容纳更多的曲折、层次，就是古人所谓的"顿挫"，大概李白和杜甫的七言诗便分别发挥了这两种特长。

就艺术上成熟的作品产生的时间来说，四言自是最早，随后是五言诗在六朝时期大获发展，最后才是七言诗在唐代的成熟。这方面确实有先后。就在五言诗充分展现了其适于构思精巧句子的魅力后，南朝人沈约总结了他对诗歌史的看法：

> 夫五色相宣，八音协畅，由乎玄黄律吕，各适物宜。欲使宫羽相变，低昂互节，若前有浮声，则后须切响。一简之内，音韵尽殊。两句之中，轻重悉异。妙达此旨，始可言文。……自《骚》人以来，多历年代，虽文体稍精，而此秘未睹。至于高言妙句，音韵天成，皆暗与理合，匪由思至。张、蔡、曹、王，曾无先觉，潘、陆、谢、颜，去之弥远。世之知音者，有以得之，知此言之非谬。如曰不然，请待来哲。[①]

他的表述看上去很复杂，其实意思简单：所谓诗歌，一要好看，二要好听。以前的诗人做到了好看，却不懂怎么才好听。有的作品虽然也好听，却是偶然天成，并非诗人自觉追求的结果。所以，此后的诗歌创作应该朝好听的方面去努力。

————————————

① 沈约《宋书·谢灵运传论》，中华书局 1974 年，第 1779 页。

必须注意的是，沈约要求的好听，不是指诗与音乐相配的效果，而是指诗句本身在音韵上体现的音乐性。换句话说，这音乐性并不诉诸乐曲，而是诉诸字音。很显然，产生此种理论的背景，是"诗"与"歌"已经分裂，"诗"已经不仅仅是"歌词"，所以"诗"现在需要一种不必借助于歌唱的音乐性。从此开始，"诗"走上了讲究声律的道路，这方面的成功，使"诗"与"歌词"判然相别。当"诗"可以以自己的方式去获取音乐性的时候，它就不必改变自己的形态去追随"歌词"的流变。从汉魏六朝隋唐的乐府诗，到唐宋词，到金元散曲，"歌词"形态代兴，但五言、七言"诗"则保持了体制上的稳定，因为它跟"歌词"有不同的艺术追求。当然，后起的"歌词"如"词"，也难免逐渐脱离乐曲，而走上与"诗"相似的讲究字音、声律的道路，但即便如此，"诗""词"也大抵不相混合。

沈约对声律的探求极为精深，后人评价说，南北朝的人文文化大抵不足取，但"惟此学独有千古"，即诗歌声律之学，它是这个时期的中国留给后世最有价值的东西。沈约的理论一般被归结为四个字，曰"四声八病"。

先说"四声"。这是汉语的特色，自当为汉语所固有；但其被发现，则不得不有待于他种语言的对照。恰好此时"五胡乱华"，操着各种语言的人奔驰在中原大地，加上因佛教传播而为僧人们努力研习的梵文及西域各国语言，中国人可以接触的外语已相当丰富。反过来，当然也会有许多异族人需要学习汉语。在此情形下，"四声"的问题肯定会被关注。不过当时的汉语发音与今天的普通话有很大差别，而接近于现在的南方方言。今天普通话的"四声"是阴平、阳平、上声、去声，当时所谓"四声"则是平声、上声、去声、入声。就声音而论，平声有点像现在的阴平，即按一定的音高可以持续延长的。而上声、去声则有或升高或降低的变化，入声只有很短促的发音，一发就收，这三种声调都不能按原来的音高持续延长，所以被归纳为"仄声"，"仄"就是不"平"之意。就字数来说，大概因平声字和仄声字数量相当，故后来诗歌的声律只讲平仄，对上、去、入三声的区分不太严格。

再说"八病"。上面的引文中有"一简之内，音韵尽殊；两句之中，轻重悉异"的说法，意谓诗句中的平声字和仄声字要交错使用，方为动听。如果使用不当，就会产生种种难听的效果，"八病"就是八种难听的效果，写诗时要求避免。不过，据说沈约自己的诗歌也不能完全避免这八种毛病，所以现代人对这个理论颇有指责。其实，古人对待它的态度比我们要巧妙得多。沈约的说法是针对所有诗歌而言的，此后的诗人则允许一部分诗歌基本上不必顾忌"八病"，谓之"古诗"；而另外专创一种"近体"，就是五言、七言的律诗和律绝，严格讲究声律，讲究的方式不是消极地回避"八病"，而是更为积极地制定平仄交替和用韵的规则，供人遵守。对比沈约的理论，这是既有扬弃，又有发展，体现了较高的智慧。

近体诗声律规则的完全形成，大概要到唐代，但形成之后，唐人并不完全遵守。其完全被遵守，则自宋人始。现在简单介绍一下这个规则，先列出五言的四种句式如下：

　　　　　仄仄平平仄，
　　　　　平平仄仄平。
　　　　　平平平仄仄，
　　　　　仄仄仄平平。

其遵循的原理其实至为简单，可以概括为五点：双音节、平仄交替、对、粘、平声韵。汉语以双音节（即两个字）的词语为多，故基本上以二字为一交替单位；一句之中，则平声单位与仄声单位交替出现；一联之中，上下句平仄互对；二联之间，则首二字声调相粘（即平仄相同）；一诗之中，由于汉诗双句用韵，而律诗必用平声韵，故偶句必以平收，奇句必以仄收。依此规律，只要知道一句，便可推出其上下句乃至全诗之声调格式。稍须注意的是首句，因为经常会出现首句也押韵的情况。此时，便将第五字与第三字互换，即换"仄仄平平仄"为"仄仄仄平平"，换"平平平仄仄"为"平平仄仄平"，仍在四种句式之内。但接下来的第二句仍照旧，如首句为"仄仄仄平平"，次句还是"平平仄仄平"，而不是"平平平仄仄"，因为次句是要押韵的，且必须是平声韵。这样，四种句式中，任何一种都可以作为首句，然后依照上述"对"和"粘"的规律轮换下去。

七言的情况与五言一样，只是在五言句的前面加上一个交替单位，"仄仄"之前加"平平"，"平平"之前加"仄仄"。对、粘和押韵的规则没有任何变化。

除此以外，律诗的四联中，中间两联一般要求对偶，而且关于四联的内容常有"起承转合"的说法，但这是文字和意义上的经营，不属声律范围了。就声律来说，五律四十个字，七律五十六个字，平仄上须如上布置，这就好像点兵布阵一样，作诗的人犹如指挥官，从汉字字库中调来适当的兵，放在适当的位置，放错了就是失败。所以，古人常说诗法就如兵法。

当然，要求每个字都符合规则，未免太严格。实际创作时，有"一三五不论，二四六分明"的说法,就是七言中的第一、第三、第五字可平可仄,不必固定,而第二、第四、第六字则须严格遵守,至于第七字,因处于韵脚位置,自然是必须讲究的了。不过这个说法也不是太准确,因为还要避免"孤平"的情况,即一句中除韵脚外只有一个平声字。比如"仄仄平平仄仄平"的句式中,如果第三字变成仄声,则全句除韵脚外就只有一个平声字了。此时,要么遵守原来的句式,保持第三字为平声,要么在第三字改成仄声的同时,将第五字改成平声,这叫"拗救"。"拗"的意思是违反了声律,实在无奈只好违反的情况下,要另设办法补救一下。此种"拗救"的法子还有几种,因过于细碎,此处暂不介绍了。关于近体诗声律的研究,以王力先生的《汉语诗律学》①最为详尽,可以参考。

上面说过,"平"是可以按一定的音高持续延长的声音,"仄"是发声过程中有高低变化或者不能延长的声音。将这两种质地不同的声音,按以上规则交替布置,整首诗便会呈现动听的音乐效果。但是,我们知道汉字的发音有历史变化,即便声调仍存在,同一种声调的发音方式也有今古区别,比如现代普通话的阳平字,大抵是从前的平声字,但现代阳平一调的发音方式,便不是按一定音高平稳地延长。即便是同一个时代,各地的方言也有很大的差异。所以,实际写作时,并不是按照诗人自己的发音,而是按照官方编定的韵书。韵书把什么字编在什么声调,就是什么声调;韵书把哪些字编在同一个韵部,它们就是押韵的。为了追求统一,看来也只好如此,如果自己的发音与韵书不同,那也只好硬记韵书。唐代诗歌创作繁荣,韵书也就极其畅销,因为还没有雕版印刷,据说便有人以抄写韵书为生。按理,随着语音的历史变化,应该适时编辑新的韵书,但实际上编辑工作相当滞后,而且往往以沿袭前代韵书为主。因此,从诗歌遵循声律的情况看,宋元明清几代的诗人一直必须按照基本上沿袭了唐代韵书的语音系统来创作。这大概使方言中保存了较多古音的南方诗人占了很大的便宜。当然,像戏曲那样必须追求实际演唱效果的作品,其押韵和声调交替的情况,就远比诗歌更符合实际的发音。

站在今天的立场,不妨说,在发音方式变化之后,上面讲述的声律规则已经达不到原先追求的音乐效果,此时遵循规则基本上是自缚手脚,没有多少积极的意义了。但一方面,戴着脚镣跳舞对很多诗人颇具诱惑力,另一方面,我们至少应理解唐以前人们对声律的追求。另外,因为语音的变化也是有规律的,所以在发音方式变化之

---

① 王力《汉语诗律学》,上海教育出版社 2002 年。

后,原先的音乐效果也未必完全荡然无存,比如杜甫"无边落木萧萧下,不尽长江滚滚来"一联,于"平平仄仄平平仄,仄仄平平仄仄平"字字合律,今天读来,仍不失其抑扬得宜之妙。

而更为重要的是,以这样的方式追求音乐性,不必依赖与诗歌相配的乐曲,这一点值得反复强调。在近体诗格律形成的唐代,诗歌也进入了科举考试的领域,可以说,考试文体的程式化趋向,对诗歌格律也有促成和加固的作用吧。

三、"唐音"与"宋调"

唐代诗歌格律的成熟,使五言、七言的绝句、律诗、排律等各种诗体都流行起来,但这并不排斥不遵格律的古体诗,以及配曲的乐府诗等。因此,从诗歌史上说,唐朝乃是汉诗的所有诗体都已形成的时代。换句话说,如果撇开词、曲及后来的白话新诗,中国的"诗"在体制上的展开,就到唐代为止,此后不再出现新的诗体。如果"诗"是一朵花,唐诗就是它完全绽放的阶段;如果"诗"是一张网,唐诗就是它万目齐张的状态。当我们以唐诗为中国古典诗歌的高峰,甚至说"一切好诗都被唐人做完"时,并不是说后世的诗人写不出新的内容,或者技巧上没有进步,而是基于一个确定无疑的历史事实:正好是由唐人穷尽了诗体展开的一切可能性。文学上的创新成果,总是依托于写作的体制,也呈现于体制的改进和丰富,但某一种文体,如中国的"诗",其包含的具体体制又总有一个限度,不能无限分化,故一般情况下,体制上充分展开的时代,可以看作一种文体的创作高峰期,唐之"诗",宋之"词"、元之"曲",都是这个道理,"一代有一代之文学"的说法,也由此而来。

当然,诗在唐代能获得体制上的充分展开,离不开唐人作诗的热情。科举考试对诗的采用,是唤起和维护这种热情的重要因素,除了给诗人提供改变命运的有限机会外,其更为巨大的作用是造成了一种社会风气:以即席赋诗或者题壁、投赠等方式向别人展示自己的诗作,成为唐人呈现自我的主要手段。相对来说,家学深厚的贵族子弟,尚有经学、史学等学问可以自傲,而出身较为贫寒,读书不易,又须依靠科举等途径获得上升的绝大多数文人,便只能以作诗的能力来表现他的价值。因此,作为那个时代的"士",其最为基本的身份标识就是作诗的才能,其喷薄而出的作诗热情也就不难理解。

一个庞大的社会阶层,或曰群体,以诗为自我呈现的主要手段,使唐诗的意义远远超出文学史的范畴,从而须在整部文明史的视野中加以考察。由唐入宋,随着贵族的消亡,围绕着科举的这个阶层或群体,即将成为中国社会中兼具政治领导与文化精英身份的特殊共同体,而作诗能力是进入这一共同体的必要前提。于是,除了自我呈现以外,诗的另一种功能显得越来越重要,即上述共同体又以诗为最常用的交际工具。当然,不妨说任何时代的任何文体都具有自我呈现与社会交际的双重功能,但一时一体,其功能的侧重点有所差异,必将导致写作内容与表达风格的明显改变。唐诗和宋诗,经常被认为前者重"情",后者主"理",若从其功能的侧重点来讲,也是合适的。

把唐宋两代诗歌对举为"唐音"与"宋调",构成了中国诗歌批评最核心的一个传统。这个传统,可以南宋严羽的《沧浪诗话》为明确的起点。严羽的本意是指责宋诗"以文字为诗""以才学为诗""以议论为诗",大抵被交际功能所牵引,而违反了"吟咏情性"即自我呈现的本旨。他的创作主张是要重新以唐诗为师。这一主张在明代获得了比较普遍的响应,但大约到明清之际,就有人反过来主张学习宋诗。自此,或尊唐,或学宋,分为两派,互相争论,成为诗学上最大的一个问题。钱锺书先生撰《谈艺录》,也首先面对这个问题,此书第一条的标目,就是"诗分唐宋",其略云:

> 诗分唐宋,唐诗复分初盛中晚,乃谈艺者之常言。而力持异议,颇不乏人。……唐诗、宋诗,亦非仅朝代之别,乃体格性分之殊。天下有两种人,斯分两种诗。唐诗多以丰神情韵擅长,宋诗多以筋骨思理见胜。[①]

钱先生超越了褒贬立场,从文学风格的意义上论定了唐宋诗各自的价值。虽然我们仍不免要从唐宋两代不同的历史情况去解释两种风格各自形成的原因,但就诗歌鉴赏而言,理应认同这种态度。

确实,把题材、主题或体制上具有某种共同性的唐、宋诗找出来对比阅读,是一件饶有趣味的事。下面我们举两组例子。

唐代的王维被称为"诗佛",因为他的诗能够在山水田园的描写中寓含禅意。这方面最受推崇的是他的一些五言绝句,如:

---

① 钱锺书《谈艺录》,生活·读书·新知三联书店 2007 年,第 2—3 页。

　　　　空山不见人，但闻人语响。返景入深林，复照青苔上。①
　　　　独坐幽篁里，弹琴复长啸。深林人不知，明月来相照。②
　　　　木末芙蓉花，山中发红萼。涧户寂无人，纷纷开且落。③
　　　　人闲桂花落，夜静春山空。月出惊山鸟，时鸣春涧中。④

从字面上看，这些诗只是呈现了明净的画面和宁谧的意境，并没有提到"禅"，但这正是王维的高明之处。

　　什么是禅意？从本质上说，禅意是一种时间意识。佛教的道理千条万条，归根到底只有一条："世上无一人不死，无一物不灭，所以一切都是空的。"在这个基础上建立了"诸行无常""诸法无我""涅槃寂静"诸说，即所谓"三法印"。当然这并不是要人们去执着于"空"，而是在认识到万物本质为"空"的同时，也应该承认其虚幻"假有"之存在。这就是禅宗所谓"万古长空，一朝风月"，实际上就是以存在时间的有限性来否定对存在物的过分迷恋。

　　由此，我们不妨考察上引王维诗中蕴涵的时间意识。山水田园，作为观赏的对象，在观赏者的直觉中首先具有空间形式，其在时间上也必有一个有限的存在过程，但这个时间性并不直接呈现于观赏者的意识，所以中国早期的山水诗也就停留于对其空间形式的刻画描写。而且，在山水诗中直接以自然物存在的时间有限性来提示一种"正确"的观赏态度，也并不合适，如果描写了一番空间景致后，说这些景致也不能长在，所以毫无意义，那么可想而知此诗也就毫无趣味。实际上王维有一部分作品就是这样写的，但那明显不能算成功，也很少进入鉴赏者的视野。在上引的传世名作中，时间性的传达就非常巧妙。"返景入深林，复照青苔上"，是把空间画面转写成仿佛延续的动作；"深林人不知，明月来相照""月出惊山鸟，时鸣春涧中"，是在画面中点缀了某个动作；而"涧户寂无人，纷纷开且落"，则更是用画面涵括了某种过程。他以这样高度凝练的技巧将时间因素折叠到空间画面里，使画面本身包含了指向时间意识的启发性。王维诗中脍炙人口的一些名句，也有这个特点，如"隔牖风惊竹，开门

---

① 王维《鹿柴》，《王维集校注》，中华书局1997年，第417页。
② 王维《竹里馆》，同上，第424页。
③ 王维《辛夷坞》，同上，第425页。
④ 王维《鸟鸣涧》，同上，第637页。

雪满山"①"渡头余落日,墟里上孤烟"②等,最典型的例句是"行到水穷处,坐看云起时"③,一个延续的动作被"时"字定格,使之转为画面,而这个画面其实空无所有,它只是"时间"的一个横断面。

苏轼对王维诗曾有一个著名的评价,曰"诗中有画"。王维确实具有呈现画面的杰出能力,这除了高度的文字技巧外,还因为他似乎特别地耳聪目明,听得见空山人语、深涧鸟鸣,看得到夕阳的光线透过深林,再反射到青苔上。视听感知上的细微入神,源自他无比宁静的心灵。像王维那样宁静的人,在人类中可能非常少见,这估计也跟他习禅有关。他通过远胜于常人的视觉、听觉捕捉到一些元素,把它们构建成画面,但并不是机械地拼合起来,而是在其中蕴涵了时间意识。这时间意识是禅意,也是诗意。

在北宋诗人的涉禅作品中,也有黄庭坚的一首名作《题山谷石牛洞》:

> 司命无心播物,祖师有记传衣。白云横而不渡,高鸟倦而犹飞。④

此诗采用比较特殊的六言形式,是它引人注目的原因之一。对丁习惯了五言、七言的诗人来说,六言诗是一种新的尝试,但只是偶然为之,因为六个字的组合方式,通常情况下是极其单调的,两个字一读,绝大多数句子就呈现为"二二二"的结构,跟四言的情形相似,句式不易变化,所以无法与五言、七言并盛。黄庭坚显然也知道句式单调是六言诗的致命弱点,但他有意要去挑战,在后两句用入虚字"而",使它们跟前两句相比略有变化。这种做法,在严羽看来就是"以文字为诗"了,但语句上夭矫生新,筋骨外露,不像王维那样明净无痕,正是黄庭坚诗的特点。

表面上看,"白云横而不渡,高鸟倦而犹飞",似乎跟王维诗一样,也在描摹画面,但出现在这里的,绝不是黄庭坚视觉、听觉所捕捉到的元素,鸟在高处飞翔,如何能看出它"倦"了?"倦而犹飞"只是作者托物言志,表示我虽已厌倦世俗,但没有办法停止为生活而奔波。那么,前一句说白云停在那里不动了,肯定也不是实际见到的景象,只是后一句的反衬,而与劳生奔波相反衬的,正是主题——禅!由禅而可以获得的止

---

① 王维《冬晚对雪忆胡居士家》,《王维集校注》,中华书局1997年,第525页。
② 王维《辋川闲居赠裴秀才迪》,同上,第429页。
③ 王维《终南别业》,同上,第191页。
④ 黄庭坚《题山谷石牛洞》,《山谷诗集注》,上海古籍出版社2003年,第16页。

息、宁静。黄庭坚的老师苏轼曾有两句诗,拿自己和寺中僧人对比:"身行万里半天下,僧卧一庵初白头。"①其构思和含义跟"白云"一联全同。对句的形式使这种通过对比而被强调的反差更为凸显,而在上引王维诗的对句中,我们没有发现这一功能。王维使用对句,联合打造或反复熏染同一意境,浑然一体,而苏黄的对句却把世界撕裂为两半。

再回头看黄庭坚诗的前二句,它们也是对句,而且其使用效果同样是撕裂:无心的自然和有意借一种标志物(法衣)来代代相传的禅法。我们很难确定作者这样写的目的,是要表示肯定还是质疑,反正他通过对比揭示了禅法违背自然的一面,从而在作品的一开头就构建了自然与人文现象之间的对抗局面,虽然没有继续生发议论,但也差不多揭开了"以议论为诗"的序幕。无论如何,黄庭坚在这个问题上想要传达的意思比王维复杂得多,王维的禅是一种享受,而黄庭坚的禅是个话题,王维的禅在他描写的风景里找到了家,而黄庭坚的禅只是他作为一个具有高度文化修养的知识分子所掌握的"才学"之一。若放在严羽的眼里,这也是"以才学为诗"。

上面对比了一组短诗,接下来我们取一组长诗来对比。李白有一首乐府《梁甫吟》:

> 长啸《梁甫吟》,何时见阳春。君不见朝歌屠叟辞棘津,八十西来钓渭滨。宁羞白发照清水,逢时壮气思经纶。广张三千六百钓,风期暗与文王亲。大贤虎变愚不测,当年颇似寻常人。君不见高阳酒徒起草中,长揖山东隆准公。入门不拜骋雄辩,两女辍洗来趋风。东下齐城七十二,指挥楚汉如旋蓬。狂客落魄尚如此,何况壮士当群雄。我欲攀龙见明主,雷公砰訇震天鼓。帝旁投壶多玉女,三时大笑开电光,倏烁晦冥起风雨。阊阖九门不可通,以额扣关阍者怒。白日不照吾精诚,杞国无事忧天倾。猰㺄磨牙竞人肉,驺虞不折生草茎。手接飞猱搏雕虎,侧足焦原未言苦。智者可卷愚者豪,世人见我轻鸿毛。力排南山三壮士,齐相杀之费二桃。吴、楚弄兵无剧孟,亚夫咍尔为徒劳。《梁甫吟》,声正悲。张公两龙剑,神物合有时。风云感会起屠钓,大人岘岉当安之。②

① 苏轼《龟山》,《苏轼诗集》卷六,中华书局1982年,第291—292页。黄庭坚对苏轼这一联诗很感兴趣,曾跟张耒讨论,见张耒《明道杂志》。
② 《李太白全集》,中华书局1977年,第169—174页。

《梁甫吟》的题目让人联想到诸葛亮,此诗开头两段"君不见"讲西周太公和西汉郦生的故事,他们也与诸葛亮同类,是遭逢明主、"风云际会"的典范。本来,这都用以反衬诗人自己的"怀才不遇",但李白对渭滨钓叟和高阳酒徒的描写,却把两段历史浓缩为以"快镜头"播放的戏剧性片断,仿佛主人公创造历史,真是如此轻而易举。然后,当他叙完了用来衬托的历史故事,似乎必须回到"怀才不遇"的现实时,我们却看到一个极似《离骚》的奇幻世界突然被展开。"笔落惊风雨,诗成泣鬼神"的李白,依靠其想象虚构方面的惊人能力,在《离骚》的千年之后,真正续写了这个世界的瑰丽怪奇,而用以代替原本应该痛苦不平的诉说。按清人王琦的解说,"白日"以下的诗句抒写了对世道不平、人才不受重视的忧虑,而最后仍对"风云感会"保持希望。不过,从"世人见我轻鸿毛"一句可以看出,与其说李白期待明主,还不如说他更期待世间的知音,或者说明主不过是知音的一种。

在李白的时代,已经有科举制度为擅长写诗的人提供了改变人生的机会,但科举录取人数之少,使它还不能像宋元以降那样,成为士人谋生的稳定出路,更何况李白未必看得上科举之士。一个社会不能建立起为大部分士人提供稳定出路的机制,则士人的命运穷达,就具有传奇性。毋宁说,对唐人而言,连考上科举本身也是一个传奇。尤其是在贵族制解体、科举制尚未完善的过渡时期,似乎整个社会都充满了传奇性。"盛唐"是这种传奇性达到登峰造极的时代,而"盛唐"诗人李白正是其标志之一。他的生和死都是故事,长庚入梦而生,在长江里捉月而死,其实来去不明。他在长安的出现也是一个传奇,贺知章一见面就唤他为"谪仙人",一下子名声暴起。所以,除了确属难得的个人才华,李白的成名实际上得益于时代的氛围,就是以诗歌呈现自我的做法已经被广泛接受。出色的诗作能够令一个来历不明的人物轰动长安、震惊宫廷、风靡天下,这在以前根本无法想象。我们很难相信李白真像他自我期许的那样具备渭滨钓叟、高阳酒徒,或者诸葛亮的政治才能,但只要诗写得好,就可以如此自许而并不太令时人惊异,这才是李白与他的时代显得水乳交融之处。如果他真的走上了他所怀想的那种遭遇明主知音,"风云感会起屠钓"的前途,那就是传奇性的完美实现了。自然,由于诗歌真的不具备定邦安国的功能(虽然科举制度似乎希望通过诗歌考试来录取定邦安国的人才),所以诗人终究不能达到他的自我期待,就此而言,李白的一生始终是"怀才不遇",充满痛苦不平的一个悲剧。

长啸《梁甫吟》,而永远期待不到他的"阳春",此诗歌咏的,实际上正是李白的生存困境,但他却给这样的生存困境填充了喷薄而出的激情狂涛、不假思索的夸张、惊天地泣鬼神的梦幻展现、想象虚构的自由驰骋：所有具备诗的特质的东西聚萃于此，让我们看到一个为诗而生、为诗而死的诗人。

在所有诗体中，像《梁甫吟》这样的七言长篇，可以说是天才的禁脔，唐代最善此体的自是李白，而宋代则莫过于苏轼。《百步洪》就是苏轼最享盛誉的杰作之一：

> 长洪斗落生跳波，轻舟南下如投梭。水师绝叫凫雁起，乱石一线争蹉磨。有如兔走鹰隼落，骏马下注千丈坡。断弦离柱箭脱手，飞电过隙珠翻荷。四山眩转风掠耳，但见流沫生千涡。崄中得乐虽一快，何意水伯夸秋河。我生乘化日夜逝，坐觉一念逾新罗。纷纷争夺醉梦里，岂信荆棘埋铜驼。觉来俯仰失千劫，回视此水殊委蛇。君看岸边苍石上，古来篙眼如蜂窠。但应此心无所住，造物虽驶如吾何。回船上马各归去，多言诮诮师所呵。①

苏轼在徐州担任地方官的时候，禅师参寥子来访，他们一起到附近的百步洪游玩，然后苏轼作此诗赠参寥子，就是诗末提到的那位"师"。诗的前半部分写景，描写迅急的水流中冒险直下的行舟，"有如"以下四句连用七个比喻，若加上第二句的"投梭"则有八个比喻，此之谓"博喻"，或称之为"车轮战法"。这样写的目的，当然是为了形容出对象的特点，但其实，诗语本身的雄奇生新，已经成为更令人注目之处。这也与宋人对诗的理解有关，准确地捕捉对象应该不是诗语的唯一目的。"四山眩转风掠耳"，是苏轼诗中比较常见的"视点转移法"：以动者为参照，则静者皆动。此法可能也出于苏轼的首创，但在此诗并不担任主要角色，后面的更大部分篇幅转入了议论。

迅急的水势令苏轼思考世间事物"变化"的本质，变化无所不在、无时不在，而且迅急无比，佛教所谓一弹指间，包含三千大千世界的成坏，这是无法形容的速度。心念的飞越、历史的巨变，与此相比，百步洪的迅急水势也显得安闲从容得多了。宋代禅僧经常告诫人们：生命短暂，时光稍纵即逝，为什么不抓紧时间去作终极关怀，以解决"生死"的根本难题，而将宝贵的光阴花费于世间变幻无常的虚假事物呢？对沉迷的人来说，这是当头棒喝吧，苏轼也说，心灵不执着于外界的事物，才是对付变化的唯一办法。思如潮水，汹涌一阵后归于宁静，最后是一个幽默的尾声：道理只要点明，不要多说，再多说恐怕就要挨禅师的呵斥了。

---

① 《百步洪》(其一)，《苏轼诗集》卷十七，中华书局 1982 年，第 891—892 页。

　　李白与苏轼,虽然都以罕见的天才驾驭着七言长篇,但两首诗对比之下,确实风格迥异。如果说李白多的是喷薄而出的激情狂涛,苏轼的这首则充满理性的思辨;李白是不假思索的夸张,苏轼则仔细地安排句法来多方比喻;李白是惊天地泣鬼神的梦幻展现,是想象虚构的自由驰骋,苏轼则随物赋形,用鞭辟入里的智慧随处点化,曲曲折折地推向深处。李白具备所有被我们认作诗的特质的东西,苏轼则力破余地,把所有不具备诗的特质的东西变成了诗。李白为诗而生,为诗而死,而对于苏轼来说,诗还只是他所掌握的"才学"之一。

四、诗人的历史境遇和自我体认——以杜甫为例

　　上面提到,诗是传统中国最重要也最普及的表达样式,写诗是知识人的标志性特征。其实我们还熟知,写诗为中国作者带来的不光是个人声誉,还有科举功名、进入社会上层的机会,甚至实际的经济利益,许多穷困的男性还因此获得文化教养良好的小姐垂青,从而获得美好的婚姻。当然,以上这些都是李唐一朝三百年历程留给中国社会的遗风,此前的诗人则并未如此幸运。

　　在"诗"之前,更早地与作者命运相关的文体是"赋",汉代以来就有不少人因善于作赋而致身通显,而作诗并无此种功效。所以,一般人写诗没什么用处,六朝时期的诗歌创作主要依靠贵族文人,他们把写作的重心慢慢从赋转到了诗。但贵族的文学是以相当封闭的交际圈为其产生场合的,汉语里面似乎没有合适的词来称呼这种交际圈,用欧洲的说法,则叫"沙龙"(salon)。数量有限的几家贵族把持了朝政,也把持了诗歌的沙龙,其中最高级的沙龙便是宫廷。南朝的梁武帝有几个颇具才华的儿子,他们把一批贵族诗人拉拢在周围,使宫廷文学达到了可以领袖潮流的水准。此种宫廷写诗的传统不但延续到陈朝,也为北齐、北周所效仿,隋唐的统一则使南、北宫廷合流,唐初的宫廷诗人包括唐太宗本人在内,写诗都带齐梁的余风,而且从唐太宗到武则天,以及唐中宗,都喜欢主持宫廷诗会,要求在短时间内作成精致新巧的诗句。

　　并不是所有贵族诗人都有机会参与宫廷唱和,尤其是在连续的政权更迭中曾经"站错队"的,更不会受到新朝君臣的邀请,但他们自己有足够的经济能力,可保生活无虞,写作不辍。从现存资料来看,龙门王氏家族在隋唐之交拥有思想家王通、小说家王度、诗人王绩等著名文士,而且王绩的诗文集《王无功文集》现在被看作初唐文学的代表作之一。固然,王绩的故国之思、独立情操和深沉感慨,使其作品的价值远远

超过同时代的宫廷诗，但我们难以估计像王绩这样的诗人当时是否更广泛地存在。稍后，从这个王氏家族还将走出"初唐四杰"中的王勃，他从幼年起便声名远扬，并且来到了长安，但他与宫廷的诗会也交臂错过，二十九岁便死在帝国的遥远南疆。"四杰"中其他的几位（卢照邻、骆宾王、杨炯）也和王勃一样有"神童"之名，急于表现自我使他们遭受到"轻薄为文"的指责，但以诗歌呈现自我的风气由此开始，这非常重要，而且也合乎时宜。

隋唐大帝国毕竟不同于之前的南北小朝廷，庞大的帝国仅仅依靠数量有限的几家贵族是无法运转的，它需要各方面的人才为之服务，而人才的选拔则需要一个公共的平台，这便造就了中国史上举足轻重的"进士"科考试制度。按当时的习惯，诗在考试项目中占据了相当重要的地位，这等于为全国诗人设置了一个大家都看得见的舞台，可以公开竞技。所以，诗歌走出宫廷或贵族沙龙的狭小唱和圈，成为士人在公共舞台上呈现自我的基本手段，是不可阻挡的趋势。对此趋势推波助澜的，是武则天的政治。当擅长经学的贵族子弟或唐室旧臣反对她"牝鸡司晨"时，她决定大规模提拔"寒士"来充实支持者的队伍，而这样的"寒士"多是从科举出身，擅长诗歌，因为太渴望得到提拔，所以能对皇帝的性别问题持宽容态度。

善于作诗的寒士，通过科举而走上了仕途，又因为非常特殊的政局而被迅速提拔，穿插在一向被贵族门阀所盘踞的朝廷里，固然极有可能成为依附于权力者的弄臣，乃至于弄臣的依附者，但作为公共平台的科举制度并不只能培养弄臣。伟大的儒家传统要求"士不可以不弘毅"，无论对门阀之士还是科举之士，"任重道远"的教诲是同样适用的。古代典籍当然为前者提供了许多为了不辱没光荣的祖先而积极努力的教训，却也没有为后者提供因为先祖不显便可放松道德修养的理由。相反，科举既令越来越多的人成为"士"，同时与此出身方式相应的道德观念就会迅即形成：帝国所设置的这个公共平台并不比光荣的祖先更缺乏庄严性，由此进身不但并非羞于启齿，而且将不再像贵族那样考虑"门户私计"，而直接对这个公共平台所赖以存在的最高共同体——国家负责，成为"国士"。这样的道德自觉将使中国产生一种面貌崭新的士大夫，其"感激论天下事，奋不顾身"的风采，到下一个朝代即北宋时就有了臻于完美的展现。

另一方面，传统的中国文士，包括很多著名的诗人在内，经常在人品方面遭受质疑，他们被承认为富有才华，但同时会被批评为作风轻浮。所谓"文人无行""轻薄才子"，乃至"一为文人，便无足观"等，仿佛写作才能与人品成反比，写得一手好诗的，多半不会是品行端庄的人。对比当下，因为今人对情感丰富、易于越轨的文学艺术家也多有相似的成见,所以也把古人的此类观念视为当然。但若考察这种观念本身的源流,却可以发现:在秦汉乃至六朝时期,擅长文学的人并不会遭受类似的指责,除非他们确实品行不良;诗才、文才杰出的人,无论真实情况如何,几乎必然地斥以"轻薄",乃是唐代开始形成的一种习惯。在那个时代,除了王勃、李白等少年声名暴起,或个性过于张扬者外,连杜甫、韩愈那样诗风忠厚沉郁或思想上主张道统的人,也逃不脱"轻薄""险躁"之类的批评。《旧唐书·杜甫传》说杜甫"性褊躁,无器度",对伟大诗人的这种看起来不可思议的评价,远远超越了现代人对文学艺术家的一般成见,这在唐代却并非孤立的现象。可以说,绝大部分唐代诗人都面临了被如此指责的危险。

其实这还是跟科举制度相关。"诗赋取士"确实培养了贵族以外的新生政治势力,对贵族政治向科举官僚政治的转变起到了重大的推动作用,但由此也带来一个后果,就是进士出身往往与"暴发户"的形象联系起来。与教养良好的世家子弟相比,门第不显的科举之士总是不够优雅端庄,往往为突然降临的幸运而得意忘形,举止轻狂。即便个性不甚轻狂,也因为只擅长诗赋,缺乏深厚的经学素养和有关政治的必要知识,不了解上流社会的礼仪,而显得言行不甚"得体"。所以,随着科举的重要性日益显著,进士群体的日益庞大,对于这一群体的概括性批评——"轻薄",也差不多就成了唐人的一种口头禅。所谓"文人轻薄",实在来源于唐代"进士轻薄"的观念。这与被批评者的个人品德未必有多大的关系,极端地说,除了原本处于上层的贵族外,其他来自较低的阶层而希望挤入上层的人,都被认为是"轻薄"的。对于已经考取功名的科举官僚,或者像李白那样被人惊为"谪仙"的名士,这种明显带有偏见的批评,未必能构成多大的杀伤力,毋宁说,不少人还享受着与此相关的传奇性和浪漫人生。被此种社会观念伤害最深的,是那种正在狭窄的科举之道上辛苦奔走的诗人。这样的诗人里,就包括杜甫。

《旧唐书》对于杜甫"性褊躁,无器度"的批评,显然不会没有来历,因为在唐代,所有与他同类的围绕在科举周边的人都将面临这样的批评,这是由他们的历史境遇所决定的。但这个历史境遇的另一方面,是"门户私计"正在转向国家意识,杜甫以自己痛苦潦倒的一生,在诗歌中实现了这个转向。

1. 飞扬跋扈为谁雄

杜甫比王维和李白小十一岁,虽然自称是西晋大司马杜预的后裔,但这个"门第"并未令他获得出仕资格,可见时人并不承认他是贵族出身。他的青年岁月当然是在所谓"盛唐"度过的,但对他来说,"开天盛世"是旅食京华、浪游各地,到处遭遇残杯冷炙的悲辛岁月。而且,再怎么努力写诗、投赠,他也没有像王维、李白那样受人欣赏,既不能如王维般少年登科,也不能如李白般诗名远播。此时的杜甫,与一个世纪后的贾岛,其实并没有多大的区别。在此期间,他还拥有过一段追随李白的短暂时光,共同的"清狂"经历给他留下深刻的记忆,但他并未因此而分享到李白的传奇性。所以,只好回头去走科举求官之途。

然而,杜甫很善于自我体认,自我反省。他不像李白那样陶醉于自身的传奇性,相反,在追随李白不久以后,他马上对后者的生存方式提出了疑问:

> 秋来相顾尚飘蓬,未就丹砂愧葛洪。痛饮狂歌空度日,飞扬跋扈为谁雄?①

我们很难分辨这是犀利的批评还是同病相怜式的诉说,很可能两种意思都有,甚至连作者本人也处于自相矛盾之中,而与此相似的复杂性一直充满在杜甫的文本里。无论如何,杜甫确实意识到李白的生存方式只能带来一无所获的结果,既不能成仙,又不能入仕。"谪仙"是个空名,饮酒狂歌不能使人接近什么目标,满腹自信来得毫无依据。

深刻的反省能力使杜甫企图摆脱以李白为标志的这种"盛唐"诗人的生存形态。然而另一方面,他的科举之路也始终没有走通,直到"安史之乱"发生的前夕,他才因为献赋朝廷而得到一个小官。

2. 宫殿风微燕雀高

在一般评论者眼里,杜甫作赋的水准与他的诗相去甚远,但他获得官职竟依靠献赋。当然那样的小官,在李唐朝廷中并不受人注目。可是不久以后,在令整个朝廷都惊慌失措的"安史之乱"中,这默默无闻的小官却做到了包括王维在内的许多大官、名士都做不到的事:他冒着危险从叛军占据的京城逃出,千辛万苦地奔向流亡在外的唐朝政权。虽然这一行为并未引起多少人对他刮目相看,但还是有一点效果:本来只能与李白同命运的他,在乱后却获得了与王维同朝唱和的机会。

乾元元年(758),转危为安的唐朝渐渐恢复制度礼仪,中书舍人贾至在一次早

---

① 杜甫《赠李白》,仇兆鳌《杜诗详注》卷一,中华书局 1979 年,第 42 页。

朝后写了《早朝大明宫呈两省僚友》七言律诗，形容朝廷气象。可能当时在朝的许多官员都有"重建秩序"的同感，所以对此诗纷纷唱和，现在我们可以读到的有太子中允王维、右补阙岑参、左拾遗杜甫的和作。这四首同题的七律，出自一时名家之手，后世许多诗评家喜欢给他们排比名次。总体而言，岑参一诗较受好评，但最受推崇的一联却是王维的"九天阊阖开宫殿，万国衣冠拜冕旒"①，显出高贵、尊严、威武、博大的气象。令人稍感意外的是，"诗圣"的这一首被认为只能在第三或第四名之间徘徊：

> 五夜漏声催晓箭，九重春色醉仙桃。旌旗日暖龙蛇动，宫殿风微燕雀高。朝罢香烟携满袖，诗成珠玉在挥毫。欲知世掌丝纶美，池上于今有凤毛。②

按律诗的一般情形，第二联（即"颔联"）对句是全篇中最紧要的，王维的上述名句正是颔联。我们不难发现，杜甫也明白这一联的重要性，而描写日光下的"旌旗"、微风中的"宫殿"，其功能实与王维那一联相似，无非要呈现一种伟观。可是，正如一些批评者指出的那样，这个场合出现的动物是应该有所选择的，龙可以，蛇就不配，鸟类则最好是凤凰、鸥鹭，燕还勉强，雀就太过低级，显得寒碜、不得体了。虽然这不至于像当年李白把杨贵妃不适当地比拟为赵飞燕那样引来不佳的后果，但看来杜甫在此类题材上也同样不甚擅长。

尽管同朝唱和，杜甫与王维仍然处在不同的世界。"万国衣冠拜冕旒"当然是难得的佳句，但若联系时势来看，这只能表明王维依旧生活在他的"盛唐"时代。事实上，这个重建的朝廷难道不正是龙蛇并居、燕雀同飞吗？我们不知道杜甫是否有意这样去写，但他的不够"得体"的诗句，却与王维所看不见的现实具有更为密切的对应性。王维的世界正在成为过去，重建的秩序里含有许多原本不该在此出现的东西，仿佛宫廷描写中不该出现的蛇和雀。不妨说，杜甫本人便是这样的雀。田野里的小鸟为自己争取到了一个机会，飞到宫殿的上空。

然而，这个机会对杜甫而言，既可以说来得太晚，也可以说来得太早。如果他在"盛唐"时代像王维那样早入仕途，也许他可以走上一条与王维同化之路；如果时代再晚一些，他也许可以有白居易、韩愈那样介入政治的表现。而在乾元年间的朝廷，他

---

① 王维《和贾至舍人早朝大明宫之作》，《王维集校注》，中华书局 1997 年，第 488 页。
② 杜甫《奉和贾至舍人早朝大明宫》，仇兆鳌《杜诗详注》卷五，中华书局 1979 年，第 427—428 页。

确实是误入宫廷的雀。好不容易谋得一份公职的杜甫，马上就将发现自己毕竟与王维不是一类人，曾经被他梦寐以求的能够为帝国服务的正当职位，还不如投靠故友、寄人篱下更足以养家糊口。我们无法想象被迫放弃公职的杜甫经历了怎样痛苦的心路历程。

3. 江湖满地一渔翁

无论如何，杜甫确实放弃了公职，并且长途跋涉，来到西川地方长官严武的幕下，在此拥有了一段相对安定的生活。于是，浣花溪边简陋的"杜甫草堂"，使成都拥有了一个堪与庄严高贵的武侯祠并存千古的文化遗迹。李白出蜀和杜甫入蜀，中间隔了一场"安史之乱"，真是饶有趣味的对照：去者是被梦想牵引而去，来者则被现实所迫而来。就诗歌史而言，杜甫入蜀以后的作品是艺术成熟的典范，"诗圣"的地位主要在此奠定。在评论方面确立这一点的，是北宋的王安石、苏轼等士大夫诗人，他们对杜甫处"叹老嗟卑"的生活之中而"一饭不忘君"，表示了真诚的景仰。不过杜甫的身份与他们相去实在遥远，此时的杜甫只是一个幕僚，在唐人的观念里，这与"隐居"差不多。

根据诗歌语言来探讨杜甫的思想状况，有较大的困难，因为他的表述不像王维、李白那样单纯，各种复杂的因素经常被并置在一首诗中，而以同样具有"并置"特点的对句技巧来处理，使读者难以判断他在被并置的因素中倾向于哪一方。或许，这也是杜诗在其生前不受时人好评的原因之一。在那个时代，诗歌用来呈现才华、表达诉求，读诗者不习惯从诗歌中获得对某种道理的深刻剖析，也不由此去了解作者内心纠结的思想矛盾，北宋的士大夫诗人才乐于此道，而这显然需以诗学观念和写作技巧上的许多改变为前提。就杜甫的情形来说，我们能够肯定的一点是：他始终企求任职于朝廷的机会，即便入蜀入幕，大概也希望通过幕主的推荐而获得比以前相对较好的职务。所以，杜甫并未终老于他的"草堂"，最后也死于离蜀归朝的途中。直到此时，也并没有多少人知道世上有他这样一位诗人，正如其自叹："百年歌自苦，未见有知音。"[1]

离蜀归朝的旅途也是非常漫长的，中间曾在夔州停留较久，杜甫在此写作的《秋兴八首》是历代诗歌中被注释、评论、鉴赏最多的一组七律。其第七首如下：

---

[1]　杜甫《南征》，仇兆鳌《杜诗详注》卷二十三，中华书局 1979 年，第 1950 页。

昆明池水汉时功，武帝旌旗在眼中。织女机丝虚夜月，石鲸鳞甲动秋风。波漂菰米沉云黑，露冷莲房坠粉红。关塞极天唯鸟道，江湖满地一渔翁。[①]

此诗在结构上可称奇特，前六句都是对长安的描写，杜甫选择了昆明池及其周边的名胜、湖面的植物为诗语刻画的具体对象，但"武帝旌旗"则表明描写长安只因为那是朝廷所在之地，而"在眼中"可见他望眼欲穿。最后一联蓦然回到了夔州，此处通向长安的路只有"鸟道"，几乎让人绝望，"江湖满地"意味着一个失去秩序的世界，而诗人的现实身份乃是江湖上的一个"渔翁"，这是杜甫晚年的自我体认。

在诗歌传统中，"渔翁"是与隐士相当重合的形象，如果用道家的话语，或者有关"隐"的思想资源来处理这个形象，整首诗的意思就会显得单纯许多。但杜甫却在绝大部分描写长安以凸显其对朝廷的忠实归向之心后，突然在诗末展开一方被隔绝的天地，而将"渔翁"置身其中。他究竟想说什么？

与杜甫生存的时间相隔五百年，南宋诗坛上出现了一大批"江湖诗人"，他们多数是科举之路上的失败者，诗歌写作能力使他们的某些同行步入了仕途，而他们只能行走于"江湖"。与朝廷隔绝的这个"江湖"，正与杜甫笔下"渔翁"的所处之地，寓意相近。所以，这个"渔翁"与其说是隐士，还不如说就是"江湖诗人"的先驱。

笼统地说，与诗人命运攸关的科举制度造就了两种诗人，其成功者是士大夫诗人，失败者则是"江湖诗人"，而杜甫既被前者所景仰，又在事实上成为后者的先驱。无论身处朝廷还是"江湖"，无论身份多么卑微，无论思想因素多么复杂，杜甫对人生的价值观始终以服务国家为指归，而且在这一点上特别地死心塌地。与之前的诗人相比，这确实是杜甫创造历史之处，也使他无愧于"诗圣"之称，而赢得之后的诗人几乎一致的崇敬。杜甫的宋代崇敬者中，有另一位大诗人，把这种可贵的精神表述为一句诗，就是"位卑未敢忘忧国"[②]。

---

① 杜甫《秋兴八首》之七，仇兆鳌《杜诗详注》卷十七，中华书局 1979 年，第 1494 页。
② 陆游《病起书怀》，《剑南诗稿校注》卷七，上海古籍出版社 2005 年，第 578 页。

第六章

词 曲

词又称"诗余",前人认为它是从诗变来的;曲又称"词余",前人认为它是词的继续变化。其实这都是误解,词曲并不是在诗的基础上将句子弄得长短不齐,而是因为要跟音乐相配,才会如此。那么,从前的乐府诗也跟音乐相配,为什么句式整齐,而词曲的句式错落不齐呢?我们首先要解决这个问题。按历史上出现的顺序,从词说起。

一、唐曲子和宋词

词在唐代被称为"曲子"或"曲子词",就是流行音乐的歌词。据说,白居易、元稹从政府机构下班时,就喜欢骑着马一路唱着这样的曲子回家。当时长安的百姓可以看到两位高级官员在大庭广众对唱流行歌曲,真是别样的风景。此时的流行音乐叫作"燕乐",其主要的来源,是北朝以来不断传入中国的中亚、西域之音乐,所以曲子词的音乐系统与早先的乐府诗已有所不同。但更为重要的是,曲子词与音乐相配的方式,跟乐府诗的配乐方式有很大的差异。简单地说,乐府诗是"选辞配乐",就是诗人只管作诗,到配乐时,乐工要对这首诗做些剪裁,使它适合于音乐的旋律。而曲子词则是"由乐定声",词人主动地按照音乐的节拍来确定词句的长短,所以作词又叫"填词",一个"填"字形象地表达出"由乐定声"的创作方式。虽然后人也经常把词叫作"乐府",但那仅指其与音乐相配而已,至于配合的方式,却大有不同。

士大夫填词之风,大约自中唐始。刘禹锡就是较早填词的人,他很明确地交代其创作方式,是"依曲拍为句"。就是说,句式由"曲拍"决定。这里的关键便在"拍"之一字,理解了这个"拍"字,就能大致明了曲子词的结构形态。"拍"本指拍板,是节乐的工具,但唐人什么事都讲规矩,拍板的运用也有一定的规矩,不能乱打。牛僧孺初见韩愈的时候,韩愈问他一个问题:"且以拍板作什么?"僧孺回答说:"乐句。"从此他便深获韩愈的欣赏①。这个故事可以说明拍板的运用规则,同时也就说明了"拍"作为音乐的一个结构层次的含义,即所谓"乐句"。那么,词句的长短就是由"乐句"来决定的。

这样,我们观察词的结构时,就可以看到三个层次。最基础的层次当然是一个一个的字,与音乐中具体的声音相对应;而全词一般分为上、下两阕(少数有三阕),所以

---

① 《唐摭言校注》卷六,上海社会科学出版社 2003 年,第 118—119 页。

阕是最高层次,它对应的是一支曲子,古人称为"片""遍"或"变"之类;最关键的是中间层次,就是"拍",一段曲子由几个乐句构成,一阕词就由几个"拍"构成。现在,词的音乐都已失传,我们只能从文字上寻找"拍"的痕迹。通常情况下,词中押韵的地方,即是"拍"的标志,用一个韵就是一拍。唐人爱讲规矩,一段曲子的拍数也基本稳定。原则上,曲子词一阕由二拍或四拍构成,一般双阕之词,便是四拍或八拍,从文字上看,则是押四个或八个韵脚。按唐宋人的称呼,四拍的叫作"令",八拍的称为"慢"。自然,"令"短而"慢"长,所以后来又叫作"小令""长调"。有关曲子词体制方面的以上这些情况,详细内容可参考吴熊和先生的名著《唐宋词通论》[①]。

二十世纪初从敦煌石室出土了一大批唐代遗书,其中就包括一个曲子词的集子,叫作《云谣集杂曲子》。这个词集早于五代时期编纂的《花间集》,是我国现存最早的词总集,大抵反映出词的原生状态。《花间集》专门收集男女绮情之作,使人们误以为这是词的"本色",但观《云谣集杂曲子》就知其不然,无论是题材抑或风格,本来都是相当多样化的。从曲调上看,它和《花间集》所收的,大抵都是四拍的"令"。一般认为,"慢"在填词中的大量出现,应归功于北宋时代精通音乐的柳永。北宋最优秀的词人苏轼,据传不甚精于音律,但从现在保存下来的宋词看,有不少"慢"调是他首先运用的,如《沁园春》《永遇乐》《贺新郎》《念奴娇》《水调歌头》等。而且苏轼是当代流行文化的引领人,他爱穿戴的帽子、衣服的样式都会风行甚久,以上这些"慢"调经他运用后,也便广为流行。其中《念奴娇》一曲,因为他所填的"大江东去"那首特别有名,后人索性将这个词牌另名为《大江东去》。我们以此词为例来观察一下"拍"的情况:

> 大江东去,浪淘尽、千古风流人物。故垒西边,人道是、三国周郎赤壁。乱石崩云,惊涛裂岸,卷起千堆雪。江山如画,一时多少豪杰。　遥想公瑾当年,小乔初嫁了,雄姿英发。羽扇纶巾,谈笑间、强虏灰飞烟灭。故国神游,多情应笑我,早生华发。人间如梦,一尊还酹江月。[②]

上下阕各用了四个韵脚:"物"、"壁"、"雪"、"杰"和"发(發)"、"灭"、"发(髮)"、"月"。这就是"慢词"八拍(即八个乐句)的通常情况。看来《念奴娇》的每一拍,长短大致均匀,另外有些词牌是不太均匀的,但一阕四拍、双阕八拍的结构,却是基本稳定的。违

---

① 吴熊和《唐宋词通论》,浙江古籍出版社 1985 年。
② 苏轼《念奴娇·赤壁怀古》,《东坡乐府笺》,上海古籍出版社 2009 年,第 183 页。

反者大致有特殊之说明，如《十拍子》一曲，曲名就表示它有十拍，与一般八拍之词不同。有些词调在八拍之外，还包含一两个短拍，称为"艳拍"，"艳"就是多出来的意思。这也表明八拍乃是通常情况。所以，为古人的词作加上现代标点符号的时候，我们最好不要拘泥于字面含义，而是根据韵脚来寻绎拍数，以句号表示拍。也就是说，一首词基本上是标四个或八个句号。这样可以反映出词"依曲拍为句"的结构形态。

以上谈了"拍"的问题，由"拍"而构成阕，就是一支曲子，一首词大抵是将曲子奏两遍，有时候上下阕的开头处稍有变化，叫作"换头"。每支曲子有个名称，谓之"词牌"。至于构成"拍"的一个一个字，为了与音乐配合，也须讲究平仄。将一个词牌中每个字的平仄，每句的长短，以及用韵之处记录下来，就成了"词谱"。对音乐不太精通的人，根据词谱也可以填词。这样，只要习惯了长短句式，填词与做律诗的差别其实不是很大。但也有些填词的专家，觉得这样还不行，这样填出来的词，按李清照的说法，只是"长短不葺之诗"，唱出来很可笑。那么词应该怎样地区别于诗呢？除了艺术风格上应有差别外，就格律来说，他们主张不光讲究平仄，还要再具体地讲究四声，比如曲调上扬的地方要用上声，急停的地方要用入声，等等，甚至有些字的声母的清浊高低也要讲究。做到如此细微的功夫，那才算填词的行家，才不会使歌女的喉咙唱破。这样的主张，似乎很尊重音乐，但在词乐早已失传的今天，我们从词的文本上很难体会到那样做的效果。

实际上，从乐府诗、唐宋词及后来的元散曲、民间歌谣等中国历代"歌词"的总体来看，歌词与曲调的配合有着相当大的宽松度，所谓的"填"也只是相对照顾演唱的方便而已。古人无录音留声设备，曲调的传授靠口耳相递，很难相信一支曲子从唐朝唱到宋末，几百年间都没有改变。所以，我们不必设定每一个词牌都有固定不变的曲调，也不必想象每一个歌者都精确而机械地复制着前人的唱腔，毋宁说，它们每被演唱一次，都在发生变化。当然，每一次可能只有小小的变化，但这是"家族相似"的情形：每一代父子母女的面目都有相似之处，隔了多代后则面目全非。可以说，曲子的生命力，倒正在其具体歌唱效果的不断更新之中，而带来这种更新的，无非就是填词者和歌唱者。当然，这样的更新有的成功，也有的失败，此亦在所难免。所以，那种严格地讲究每个字的发音的主张，也只能就其本次创作所追求的演唱效果而肯定之，决不能以此为准，推而广之，说不符合这要求的便是外行，便不适合歌唱。这还只是就唐宋词的情形而论，至于元明以后的词，则完全是一种句式特殊的格律诗而已了。

从文学上说，真正值得注意的倒是，词的艺术风格究竟如何与诗有别？影响艺术风格的有历史方面的原因,比如《花间集》长期被视为最早的词集,使人们容易把它的风格看作词的"本色",以至于"诗庄词媚"之类的说法甚为流行。这当然是很重要的方面,但这里只讨论体制方面的原因。我们之前讲诗的时候提到过,五言诗句的结构方式,有"三二""二三"或者"二一二""二二一"等,也有像韩愈"时天晦大雪"那样"一二二"的句式,但这种句式在诗中毕竟少见,就连韩愈也不曾多用。可到了词里,这个句式便极其常见,比如柳永《八声甘州》中就有"渐霜风凄紧""望故乡渺邈""叹年来踪迹"三句,王安石《桂枝香》也有"正故国晚秋""叹门外楼头"两句。王词还有"背西风酒旗斜矗""但寒烟衰草凝绿"那样"一二二二"的七字句式,在七言诗句中也是几乎没有的。同样,词中的四字句,虽也多为"二二"结构,但如柳词中"倚阑干处"那样的"一二一"结构,亦并不罕见。此类不同于诗句的句式出现于词中,当然不是词人有意破坏句子的格调,而是婉曲入乐的需要所致。

不过,在这个问题上,仅以诗词对比,恐怕还不能窥见全貌。如果我们把元代以后的散曲也纳入视野,可能更容易看得清楚。元人郑光祖有《正宫·塞鸿秋》三首,录其二、其三两首曲词如下:

> 雨余梨雪开香玉,风和柳线摇新绿。日融桃锦堆红树,烟迷苔色铺青褥。王维旧画图,杜甫新诗句。怎相逢不饮空归去。
>
> 金谷园那得三生富,铁门限枉作千年妒。汨罗江空把三闾污,北邙山谁是千钟禄。想应陶令杯,不到刘伶墓。怎相逢不饮空归去。[1]

一样的曲调,但后一首的前四句都多出一字,演唱时不过快一些而已,其实无妨。然而,就句子的格调来说,这一字之多实在非同小可,前一首读起来仍像诗词,后一首则一望而知其为散曲。在诗词中,除偶然情况下,大多用单音节、双音节词语,而元曲则有大量三音节词,郑光祖曲中就连用"金谷园""铁门限""汨罗江""北邙山",而正是这些三音节词使曲句变得不像诗句,更通俗的还有"恰便似""满口儿""做些个""响当当""兀的不""也么哥"之类,它们的加入使句子的节奏感被完全改变,从比较极端的情形来说,可以把诗句的格调舍弃无余。还是举郑光祖的作品为例,其《双调·驻马听近·秋闺》的《尾曲》,写蟋蟀的叫声恼人:

---

① 郑光祖《正宫·塞鸿秋》,隋树森编《全元散曲》,中华书局 1964 年,第 462—463 页。

一点来不够身躯小。响喉咙针眼里应难到。煎聒的离人。斗来合噪。草虫之中无你般薄劣把人焦。急睡着。急警觉。紧截定阳台路儿叫。[①]

真可谓没有一句像诗了。反过来再看词,虽然句式比诗灵活,句子的节奏感却仍与诗相近。固然也有一部分词作,包含了类似元曲的异样句格,但总体上仍被控制在诗句或近似诗句的格调中,不至于十分放纵。所以,若把词放在诗和曲之间来观察,我们便不得不认为,诗词的句格是大同小异的。虽然词是"依曲拍为句",但词人还是以类似诗句的句格去填入曲拍。当然,句式的多样化,自是必须肯定的,这方面对后来的曲句,应也不无影响。

二、词的士大夫化

唐代士人填词的还是少数,宋代的士人则多数都曾填词。当我们说"宋词"的时候,大抵是指士大夫词。当然,作为流行"曲子"的歌词,它本来在民间生长,像敦煌遗书《云谣集杂曲子》中的作品,就都出自民间人士之手,找不到确定的"作者"。在士大夫普遍填词之后,这种民间的词应该也不会消失,现在有的研究者就主张民间"俗词"仍是宋词的重要组成部分,甚至说,民间"俗词"才是词的主流,士大夫词只是一个支流。但实际情况是"俗词"很少被传世文献所记录,我们面对的宋词不得不以士大夫词为主。换句话说,从俗文学到士大夫文学,词有一个"士大夫化"的历程。

所谓"士大夫化",并不仅仅是说士大夫成为词的主要作者,这里还有一个作者的写作姿态问题。词是用来歌唱的,而歌者多为女性,所以词的作者虽为男性的士大夫,起初却也经常替歌者代言,就是以女性第一人称的姿态来写作歌词。从五代时期的《花间集》起,词都有了"作者",但这个"作者"不一定是作品中的抒情主人公,我们经常看到抒情主体为女性的情形。从这个角度说,即便作者是男性士大夫,其作品却是女性的文学。那么,宋词的"士大夫化"便有一项重要的内容,就是抒情主体从其所代言的女性,转变为士大夫本人。

有关北宋词人晏殊的一个故事,在此值得一提。《苕溪渔隐丛话前集》卷二十六引范温《潜溪诗眼》云:

---

① 郑光祖《双调·驻马听近·秋闺》,隋树森编《全元散曲》,中华书局 1964 年,第 466 页。

晏叔原见蒲传正云："先公平日，小词虽多，未尝作妇人语也。"传正云："绿杨芳草长亭路，年少抛人容易去，岂非妇人语乎？"晏曰："公谓年少为何语？"传正曰："岂不谓其所欢乎？"晏曰："因公之言，遂晓乐天诗两句云，欲留年少待富贵，富贵不来年少去。"传正笑而悟。①

晏叔原是晏殊之子晏几道，他提出的晏殊词"未尝作妇人语"之说，后人多有论及，大抵不以为然，有的学者还认定这"显然是开脱之语"②，因为描写男女缠绵情思、离愁别恨，不但是晏殊词很常见的内容，而且还写得非常出色。

这里的问题在于，"作妇人语"是什么意思？如果理解为词的描写对象涉及"妇人"，那么晏殊词中女性形象确实俯拾即是。但既然如此，晏几道、蒲传正又何必斤斤计较"年少"一词的理解问题呢？蒲传正将"年少"理解为"所欢"，即女性所喜欢的那个年轻男子，如此一来，"年少抛人容易去"便是女性的哀怨口吻，所谓"作妇人语"，应该理解为代女子抒情，也就是晚唐五代词中很常见的代言写法。那么，晏几道的确切意思就是，他父亲从不采用这样的写法。这与描写对象涉及"妇人"并不是一回事，因为同是男女之情的内容，写法上也可有种种不同，可以男性为第一人称直接抒情，也可以女性为第三人称加以刻画，不一定要用代言体。

那么，晏殊词究竟用不用代言体呢？这个问题并不容易回答，因为词句中确切表明了人称的，其实很少，许多相思怨恨之语，我们阅读时可以体认为第一人称的抒情，也可以理解为第三人称的刻画，更何况，即便确认为第一人称，也很难分辨那是女性还是男性口吻，往往两种解读都是可以的。今天的读者如不考虑晏几道的说法，对于部分晏殊词，是不妨解读为代言体的；但既然晏几道敢于断言他的先公"未尝作妇人语"，此事就当慎重考虑。虽然我们不能排除晏几道有"开脱"的动机，但他总不能闭着眼睛抹杀事实去"开脱"，也就是说，他的"开脱"至少要基于一个事实，即晏殊词可以不从代言的角度去解读。也许像"年少抛人容易去"那样的句子，不解为女性对情人抛弃的怨恨，而解为男性对年华流逝的慨叹，有些过于勉强，但现存晏殊《珠玉词》难以判定哪一首断然无疑地采用了代言体，这也是事实。就此而言，还有一段晏殊与柳永之间关于词的著名对白，也不妨重新看待，见《画墁录》：

---

① 胡仔《苕溪渔隐丛话前集》卷二十六，人民文学出版社 1962 年，第 178 页。
② 孙望、常国武主编《宋代文学史》，人民文学出版社 1996 年，第 114 页。

> 柳三变既以调忤仁庙,吏部不放改官。三变不能堪,诣政府。晏公曰:"贤俊作曲子么?"三变曰:"只如相公亦作曲子。"公曰:"殊虽作曲子,不曾道'针线慵拈伴伊坐'。"柳遂退。①

柳永因为作词而被高层人士看不起,同样作词的晏殊则高居相位。据说,他们的区别就在于晏殊从不写"针线慵拈伴伊坐"这样的句子。这是什么意思?若就男女情爱的内容而言,晏殊写的并不比柳永少。一般认为,这是晏殊嫌柳词太俗,不够高雅。但是,我们也可以从另一个角度来理解。"针线慵拈"自是女性行为,则"伴伊坐"的"伊"当是男性,故此句乃女性口吻,即代言体,是毫无疑问的。晏殊自称不曾作这样的词句,恐怕与晏几道所谓"未尝作妇人语"的意思相同,就是不用代言体。

用不用代言体,并非无关紧要的细枝末节,因为从晚唐五代以来词体发展的角度说,结束为女性代言的历史,也曲折地体现出词人写作态度的变化,即词从娱宾侑觞之具,逐渐转变为士大夫自我表达的一种体制。此转变的明确完成,当然有待于苏轼词的登场,因为苏轼词中凡出现第一人称的,无一例外是他本人,并非代言。但如果我们愿意认同晏几道的说法,承认晏殊词"未尝作妇人语",则晏词已经表现出"士大夫化"的倾向。

近代词评家王国维曾云:"词至李后主而眼界始大,感慨遂深,遂变伶工之词而为士大夫之词。"②其实,李煜乃是南唐皇帝,视为"士大夫"多少有些勉强,北宋士大夫词的开山,大概要算晏殊。

美国汉学家艾朗诺的《美的焦虑:北宋士大夫的审美思想与追求》③一书,其中第五、第六两章,就可以被看作一部性别视角的北宋词史。在他看来,唐五代词是一种女性文学,男性作者因为要替女性代言,就必须去体会和形容女性的"敏感和多情"。到了北宋,词中的抒情主体一步步发生变化,据艾朗诺的阅读体会,晏殊词"一个突出的特点便是其叙述者性别的模糊,读者在字里行间找不出任何可以将叙述者确定为女性的细节或暗示",与此同时,柳永词也是"言情多取男性叙述视角",下一代晏几道的词,"给我们印象最深的就是词人脑海中女孩的形象,还有她们在他心上刻下的印记","晏几道是第一个将这一主题确立为创作中心的词人",最后还有周邦彦词,"特

---

① 张舜民《画墁录》,文渊阁四库全书本。
② 王国维《人间词话》"李后主词眼界大"条,唐圭璋编《词话丛编》第5册,中华书局1986年,第4242页。
③ 艾朗诺《美的焦虑:北宋士大夫的审美思想与追求》,杜斐然等译,上海古籍出版社2013年。

别关注男性在恋爱中的体会"。随着代言习惯的消失(这表示写词的行为被士大夫社会所接受),与词体相适应的"敏感而多情"的主人公形象由女性变成了男性。一方面,"一种偏爱自然之美与纤细风格的文学审美情趣正在词的发展中确立",另一方面,被接受的词体也塑造着它的作者,使之具有在中国社会被称为"才子"的某种招牌性特征,所谓"男性的敏感和多情"。

　　西方的学者很关心中国文学中这种敏感、多情、纤细、文弱的男性形象,这也许真的跟词替女性代言的那段历史有关。无论如何,这是一个有趣的话题,它极易让人联想到《西厢记》中被"倾国倾城貌"惊艳的那位"多愁多病身"。为什么"多愁多病"的男性跟"倾国倾城"的美女才是匹配的一对? 这有点不可思议,但文弱书生的病体,似乎也曾具欣赏的价值。对此,鲁迅有一段相当刻薄的形容:

　　　　愿秋天薄暮,吐半口血,两个侍儿扶着,恹恹的到阶前去看秋海棠。①

　　现代人眼里,这样病态的"才子"决不讨人喜欢,但具有艺术气质、"敏感而多情"的文弱男性,生命中的盛期和衰暮无非如此。北宋的几位"婉约派"词人,当然还不至于此,但士大夫投入词的写作,对培养"男性的敏感和多情",当然有不小的作用。这可以说是词的"士大夫化"的结果之一。

　　不过众所周知,词的"士大夫化"还产生了另一个结果,就是"以诗为词"的写作态度,把词当作一种新的诗体来写,完全纳入士大夫的诗歌传统。这方面的代表人物,当然是苏轼。下面这首《江城子·密州出猎》,写于熙宁八年(1075)的冬天,一向被视为"豪放派词"的开山之作:

　　　　老夫聊发少年狂。左牵黄,右擎苍。锦帽貂裘,千骑卷平冈。为报倾城随太守,亲射虎,看孙郎。　　酒酣胸胆尚开张。鬓微霜,又何妨。持节云中,何日遣冯唐。会挽雕弓如满月,西北望,射天狼。②

在一次打猎活动之后,苏轼填了此词,填完了自己颇为得意,写信给朋友说:"数日前猎于郊外,所获颇多,作得一阕,令东州壮士抵掌顿足而歌之,吹笛击鼓以为节,颇壮

① 鲁迅《病后杂谈》,《鲁迅全集》第六卷,人民文学出版社 2005 年,第 167 页。
② 苏轼《江城子·密州出猎》,《东坡乐府笺》,上海古籍出版社 2009 年,第 80 页。

观也。"并自谓:"虽无柳七郎风味,亦自是一家。"①柳七郎就是柳永,苏轼显然是有意要改变柳永词的写法。

柳永擅长的,就是以柔婉的风格表现男女情爱题材,再请妙龄少女们歌唱。关于柳永与歌妓的密切关系,从他生前起就是既遭人非议也引人羡慕的话题,后来还出现了以名妓们"春风吊柳七"为题材的小说。可见,他的创作方式与《花间集》作者没有根本区别。当然,生在北宋太平时代,他也不免兼为一个企图通过科举而成为士大夫的书生,后来也当过小官,所以他的词中也含有士大夫自我表达的成分,只不过与词的传统题材、风格经常融合在一起,用古人的评语来说,叫作"将身世之感打并入艳情",是他最受欣赏之处。与此相比,苏轼则更进一步,将身世之感从艳情中摆脱出来,成为纯粹的士大夫的自我表达。他使词脱离了《花间集》以来的传统,成为士大夫的文学。就此而言,他改变的不仅仅是风格而已,重要的是他改变了对词这种文学体裁的认识,是一种观念上的根本变化:从歌姬的唱词变成了士大夫的抒情诗。所以,他有意强调自己跟"柳七郎风味"不同,而且也知道他的作品不再适于歌姬演唱,于是他改变了演唱方式,让"东州壮士"伴随简单的舞蹈动作来歌唱。从他特意说明"吹笛击鼓以为节"来看,显然他选择的乐器也与通常有别。我们现在不清楚《江城子》曲调原来习用什么乐器,就唐代"燕乐"的一般情况而言,用琵琶比较多些。

与观念上的改变相伴随的,当然也有风格上的创新和题材上的开拓。狩猎的题材用以吟诗作赋是常见不鲜的,但用以填词,却很可能是第一次,而与这一题材相应的风格,即便不是雄壮豪放,至少也无法"婉约"。值得一提的是,作者并不是简单参与狩猎而已,他是作为地方长官,亲自组织和指挥了这次狩猎活动,上阕一开头就突出了他的豪迈意气,自称"老夫"之"狂"不减"少年",继而写严整的装备,包括猎犬、猎鹰和军人装束的随从,接下去是开阔的狩猎场面,他不但率领"千骑"将"平岗"团团围住,而且让全城老少都来观看,还亲自表现一番,弯弓去射猛虎。与狩猎活动的传统一致的是,这里也包含了浓重的仪式性的意味,目的不是去弄点猎物来下酒,而是与今天召开体育运动会的情况相似。那么,事后的作词、演唱,便也是这次活动的继续,仿佛运动会的闭幕式。无论如何,从头到尾都出自这位太守词人的精心策划、组织、指挥。我们可以看到,这"聊发少年狂"的"老夫"已兼有多重领军人物的身份:作为密州知州,他是当地军民的长官,在狩猎活动中,他是总指挥,而填出一首《江城子·

---

① 　苏轼《与鲜于子骏三首(其二)》,《苏轼文集》卷五三,中华书局 1986 年,第 1560 页。

密州出猎》的他，又成为"豪放词派"的开创者。毫无疑问，苏轼以他的行为和作品塑造的这个自我形象，就是千年以来主宰中国社会的精英——士大夫形象，而他的"豪放词"，自然便是士大夫的自我表达。

士大夫的自我表达，在下阕中呈现得更为明确而复杂。喝酒壮胆，是表达他的激情，这种激情冲淡了对岁月流逝、两鬓微霜的忧虑。不过，毕竟岁月流逝而壮志难酬，什么时候皇帝会派一个使者来给自己委以重任？这一层意思似乎不宜直说，所以苏轼采取用典的方式来曲折地表达。不过，典故也只是勉强地表达出希望被重用的意思，其实苏轼的处境跟汉代的魏尚并不相同。魏尚起初被贬，是因为皇帝不了解情况，未认识其才能，一旦得到冯唐的说明，就会立即起用之。苏轼则不然，宋神宗对他的情况并非缺乏了解，相反，对他的才能是有足够认识的，不加重用的真正原因，在于政见不同。换句话说，苏轼之所以不得志，根本是因为他自己反对现行政策（即王安石"新法"），怨不得皇帝。对此，苏轼本人肯定心中有数，所以最后也是非常勉强地把自己和皇帝捉置在一条战线上：面对外国，他们总是一致的。虽然从历史上的边关英雄写到自己立功边疆的志向，似乎顺理成章，但后来的事实表明，苏轼其实并不赞成向西夏用兵。我们了解苏轼的生平和政见后，就会感觉这首词的下阕表达得十分复杂，不像字面意思那样简单。如果君臣之间只有在面对外国时才能勉强寻求到一致的立场，那么这位士大夫的苦闷几乎就是无法消释的，更何况这对外作战的说法也是言不由衷。实际上，苏轼根本没有与宋神宗合作的可能，他只好抱着一腔笼统抽象的报国激情，没有具体实践的途径。然而这抽象笼统的激情却又确实存在，无处释放，于是我们看到一个接近神话的形象：他把雕弓拉得如满月一般，向天上的星座射去。按中国的阅读传统，"射天狼"当然可以理解为对外作战，按当时的局势，甚至可以将外国落实为西夏，苏轼也肯定利用了这一层寓意。但是，文学作品中出现的形象是具有多义性的，箭射星座的形象更能凸显他报国无门的真实处境。无论如何，这个形象不是与歌姬厮混的风流才子，而是一个忧患深重的士大夫。

就这样，苏轼把词完全地变成了士大夫的文学。

以上梳理了宋词"士大夫化"的两个结果，基本上可以与传统词学批评中"婉约派""豪放派"二分法的情况相对应。不过，这"婉约""豪放"的问题，几乎是有关宋词的所有言说中最基本的一个传统，任何阅读宋词的人都无法回避，所以下文还要继续展开。

三、豪放与婉约

　　将"豪放派"与"婉约派"对举，从字面上看，似乎仅仅是风格上阳刚、阴柔的区别，但若联系到词的发展历史，则不只是一个风格的问题，甚至可以说，主要不是风格问题。

　　无论是作为歌词，还是作为一种新生的诗体，词本来都不应该存在确定的风格。就像诗一样，作者各人有各人的风格，从来没有"豪放诗派"和"婉约诗派"对举的说法。现存的唐代词集《云谣集杂曲子》，从风格上看，也是多种多样的。只不过，宋人是看不到这个词集的，他们大概只看到文人的词作。文人"填词"之风始于唐代中期，至晚唐、五代而愈趋流行，恰好这个时代的文人喜欢填"婉约"词，他们总是在歌筵酒席之间，填一首新词付歌姬去唱，内容当然是这些文人与歌姬之间的不必负责的"爱情"，而且多数是以歌唱者即女性的口吻写的，风格大抵"婉约"乃至绮靡。这当然并不妨碍一些感人的优秀作品的诞生，而且在五代时期的西蜀，还编出了一部影响深远的词集《花间集》。看不到敦煌写卷的宋人，就把这部《花间集》认作词的祖宗，如此一来，词竟是天生"婉约"的体裁了！在此背景下，"豪放"词的出现，除了风格上的创新外，更主要的意义就在于对词这种文学体裁的认识的改变，所以"豪放派"总是跟"以诗为词"的写作态度融为一体。这当然不仅仅是个风格的问题，而且主要不是风格问题。

　　有不少学者致力于从文学批评史的角度清理这个问题，在此推荐王水照先生的两篇论文，一篇是《苏轼豪放词派的涵义和评价问题》，发表于《中华文史论丛》1984年第2辑；另一篇是《从苏轼、秦观词看词与诗的分合趋向》，发表于《复旦大学学报》1988年第1期。根据他的清理，"豪放"一词在宋人笔下已经出现，但本来是指一种快意的、不受束缚的创作态度，不一定指作品的审美风格。从审美风格的角度把词分作"婉约""豪放"二体，也就是这二分法的最早来源，现在可以找到的是明代张綖的《诗余图谱·凡例》：

　　　　按词体大略有二，一体婉约，一体豪放。婉约者欲其辞情蕴藉，豪放者欲其气象恢弘。盖亦存乎其人，如秦少游之作多是婉约，苏子瞻之作多是豪放。大抵词体以婉约为正，故东坡称少游"今之词手"，后山评东坡词"虽极天下之工,要非本色"。①

我们从这段文字可以看出,虽然张綖提出了二分法,但在他心目中,这两派并不是对等的、并列的关系,他说"词体以婉约为正",婉约词才是正体,那么豪放词只能是变体了。当然,王先生提示我们,从今天尊重历史的态度出发,应该把所谓的正体、变体理解为传统的词与经过革新的词。从而,当我们谈论"豪放派"时,相比于作品风格,是更应该注重其写作态度,即革新词体之意义的。

不过另一方面,正如我们在上一节分析的那样,无论婉约词还是豪放词,都是"士大夫化"的结果。也就是说,它们对词的原生态都有所改变。那么所谓的传统与革新,也就只能作相对的理解。不妨说,以苏轼为代表的豪放派,革新的程度是更为彻底的。用宋人自己的话来说,他指出了"向上一路"②。

然而,据我们的考察,虽然苏轼在那个时代具有无与伦比的影响力,在词的领域,却也并无多少人愿意跟他去走这"向上一路",包括他的弟子。毋宁说,苏轼门下诸人,大多对他的写法不以为然。这方面最著名的言论,就是陈师道所说:"子瞻以诗为词,如教坊雷大使之舞,虽极天下之工,要非本色。"③他认为"以诗为词"不符合词的"本色",诗词应当有别。这个论调很值得注意。

晁补之和张耒也有相似的议论,据宋人诗话记载:

> 东坡尝以所作小词示无咎、文潜曰:"何如少游?"二人皆对云:"少游诗似小词,先生小词似诗。"④

这个说法也反映出将诗词加以区别的观念,而且明确主张词应该写得像秦观(字少游)那样。陈师道在批评苏词不合"本色"的同时,也推崇秦观为"今代词手"。宋人笔记《能改斋漫录》中保存了"黄鲁直词谓之著腔诗"一篇,记载晁补之指责黄庭坚词"不是当行家语,是著腔子唱好诗",对于苏轼,也说其词是"曲子中缚不住者"⑤。他所谓

① 此段文字出自国家图书馆馆藏明刊本及万历二十九年游元泾校勘的《增订诗余图谱》本,本书据王水照《唐宋文学论集》(齐鲁书社 1984 年)转引,见该书第 297 页。
② 见王灼《碧鸡漫志》卷二:"东坡先生非心醉于音律者,偶尔作歌,指出向上一路,新天下耳目,弄笔者始知自振。"
③ 陈师道《后山诗话》,何文焕《历代诗话》,中华书局 2004 年,第 302 页。
④ 《王直方诗话》"苏王黄秦诗词"条,郭绍虞辑《宋诗话辑佚》,中华书局 1980 年,第 93 页。
⑤ 吴曾《能改斋漫录》卷十六,上海古籍出版社 1979 年,第 469 页。

的"当行",大概与陈师道讲的"本色"意思相近。苏轼的这几个弟子,几乎要构成"本色"论的一个合唱团,来与老师相抗。倒是被他们推崇的秦观本人,这一位婉约派的圣手,却没有类似的言论。

接下来,可以说是苏轼再传弟子的李清照,则有一篇词学批评史上著名的《词论》,把那些著名诗人写的词都贬为"句读不葺之诗",主张词应该"别是一家"①。这个意思,其实跟"本色"论也相近。那么究竟怎样才是"本色"呢?苏轼的另一个弟子李之仪说了出来:

> 长短句于遣词中最为难工,自有一种句格,稍不如格,便觉龃龉。……大抵以《花间集》中所载为宗。②

这段话揭示了"本色"论的底蕴,所谓"本色",就是"以《花间集》中所载为宗"。实际上,所有主张诗词区别的批评家,几乎都把《花间集》认作了词的祖宗、原点,从这个原点出发,来建设一种与诗不同的"词体"。

我们掌握了唐代的《云谣集杂曲子》,当然不再把《花间集》认作原点了。在词乐已经失传的情况下,连"著腔子唱好诗"也不可能,词只能成为"句读不葺之诗",几乎就是理所当然。所以,北宋人的"本色"论,只能视为那个时代的产物。但这个"本色"论所强调的诗词区别,实际上为后世多数诗词作者所接受,其影响和意义并不比苏轼小。

四、苏轼词之"豪放"表现

回头再看苏轼,他确实是有意识地在词的领域大胆创新,我们可从以下几个方面来考察其创新之处,也就是"豪放"的表现。

1. 题材

敦煌曲子词的题材,原本是很宽广的,但自《花间集》以来,则变得非常狭窄。苏轼"以诗为词",首先就是把诗歌能够表现的题材都写到词里。被誉为其第一首豪放

---

① 李清照《词论》,《李清照集笺注》,上海古籍出版社 2002 年,第 267 页。
② 李之仪《跋吴思道小词》,《姑溪居士全集》,中华书局 1985 年,第 310 页。

词的《江城子·密州出猎》，就是狩猎题材，与《花间集》的倚红偎翠，真是相去万里。其他，如著名的《水调歌头·丙辰中秋》，内容为说理；《浣溪沙》五首组词，写的是农村风光；《念奴娇·赤壁怀古》，是怀古题材；《水龙吟》(似花还似非花)咏杨花，《卜算子》(缺月挂疏桐)咏孤鸿，则为咏物词。所以，清代批评家刘熙载《艺概》云："东坡词颇似老杜诗，以其无意不可入，无事不可言也。"①

2. 词调

苏轼粗通音乐，其所用词调，至少就现存唐宋词的作品来看，有不少是他首用的，如《沁园春》《永遇乐》《满庭芳》《洞仙歌》《贺新郎》《念奴娇》《水调歌头》等，这些词调经他使用后，都变得广为流行，《念奴娇》还因为他的名作而拥有了另一个名称《大江东去》。另外，还有《哨遍》《醉翁操》等少数曲子，是他的"自度曲"，就是自己作曲的。

既然如此，为什么苏轼的词又被批评为"曲子中缚不住"呢？这看来跟他"填"词时不拘守格律有关。若对照一般的词谱，我们可以发现苏词的断句时有问题，如《念奴娇·赤壁怀古》中，"故垒西边人道是三国周郎赤壁"，按词谱当在"是"字下断句，但据词意则只能断在"边"字下；"小乔初嫁了雄姿英发"，按词谱"了"字属下句，据词意只能属上句；"多情应笑我早生华发"中的"我"字也一样，词谱属上句，词意属下句。《水龙吟》(似花还似非花)中，"细看来不是杨花点点是离人泪"，词调断于第二个"点"字，而词意则断于"花"字。这类情况不少，当时演唱的时候很可能会有破句，但今天看来，则不妨文自为文，歌自为歌了。

3. 词题词序

这一点非常重要，很可能是"以诗为词"的一项最有价值的成果。在苏轼以前，填词大抵没有题目，只标一个词牌，即乐曲名，接下来就是词的正文了。但从苏轼的词集《东坡乐府》始，词牌与正文之间，还有一行字，长短不同。现在，我们把较短的叫作词题，较长的则称为词序。词题如《江城子·密州出猎》《江城子·乙卯正月二十日夜记梦》《水调歌头·丙辰中秋，欢饮达旦，大醉作此篇，兼怀子由》等，词序如《定风波》(莫听穿林打叶声)有序："三月七日，沙湖道中遇雨，雨具先去，同行皆狼狈，余独不觉。已而遂晴，故作此。"更长的还有《哨遍》(为米折腰)、《洞仙歌》(冰肌玉骨)、《水调

---

① 刘熙载《艺概》，《艺概注稿》，中华书局 2009 年，第 497 页。

歌头》(昵昵儿女语)等篇的序。

苏轼如此大量地制作词题、词序,说明了什么呢? 题序的作用,是限定作品的意义指向,凸显抒情者的个体情景,从而加强个性化的程度。从根本上说,这是对"作者权"的强调,表明何时何地何种情境下,由何人创造了这个作品。换句话说,题序可以被视为作者的一个声明:"这个作品是我的。"所以,苏轼制作题序的意义在于,他开始把词当作自己要负责的一个作品,与诗一样。而在此之前,人们只习惯把诗当作自己的作品,词只是临时填写了交付歌女去唱的,唱过就算了,不视为作品。

4. 笔法

笔法跟风格有关,但不完全相同。从风格来说,苏轼除了"豪放派"的一些名作外,也有不少被视为"婉约"的词,如《江城子·乙卯正月二十日夜记梦》:

> 　　十年生死两茫茫。不思量,自难忘。千里孤坟,无处话凄凉。纵使相逢应不识,尘满面,鬓如霜。　　夜来幽梦忽还乡。小轩窗,正梳妆。相顾无言,惟有泪千行。料得年年肠断处,明月夜,短松冈。[①]

这是一首悼念亡妻的词,深情款款,不能说不"婉约"。依一般的读法,全词都可解作苏轼自抒其相思之情,其亡妻只有一个小窗梳妆的剪影。但仔细阅读,却觉不然。乙卯为熙宁八年(1075),当时的苏轼明明知道自己决无可能每年回乡扫墓,怎么能"料得"自己将"年年肠断处,明月夜,短松冈"呢? 这里还得考虑用典的情况,唐代孟启的《本事诗》中,有一条记载幽州一个已亡妇人,因为她的儿子被继母虐待,忍不住从墓中出来,赠其夫一诗曰:"欲知肠断处,明月照孤坟。"苏词显然用了这个典故。诗中所谓"肠断"者,是指死后孤处坟中的妇人,非指其夫;苏词中"千里孤坟,无处话凄凉。纵使相逢应不识"及"年年肠断处,明月夜,短松冈"等句,无论从用典看,还是从上下文的语意看,也都应该是指亡妻,而不指自己。因为"尘满面,鬓如霜"指的是自己,那么"不识"者当指亡妻不识自己;而"料得"的主语是自己,则所料者当是亡妻的情形。如此,则全词的意脉可以疏通如下:上阕从自己的难忘,说到亡妻独处墓中之凄凉无诉;然后假设相逢,从亡妻"应不识",说到自己的状貌处境。下阕从自己做梦还乡,说

---

① 苏轼《江城子·乙卯正月二十日夜记梦》,《东坡乐府笺》,上海古籍出版社 2009 年,第 77 页。

到亡妻的梳妆；然后达到全词的高潮，即二人相会，无言流泪；最后又从自己梦醒思量，料得亡妻在彼处肠断。全词情意深沉，婉约多思，而笔势一来一往（自己、对方；聚、散；生、死），场景不断变换跳跃，却又萦回不断。尤其是把死者也写成一个情感的主体，以她的凄凉、肠断，来反衬自己铭心刻骨的思念，其艺术效果是极强烈的。这是用豪放的笔力、思力默运于婉约的情境，所以感人至深。就情境言，我们可以说这是一首婉约词；就笔力、思力言，我们也可以说这是一首豪放词。

5. 抒情主体

词中的抒情主体，从被代言的女性，转变为士大夫作者本人，是北宋词"士大夫化"的关键内容。这方面，苏轼的表现是很彻底的。曾有学者做过统计，《全宋词》第一册收入了苏轼以前的 1 200 余首词，出现"我"字 88 次，多数是女性口吻；而至苏轼词 360 余首，则有"我"字 66 个，如"多情应笑我""我欲乘风归去"等，无一例外是他本人。

以上五个方面，大致概括了苏轼对词这一文学体裁的富有个性的塑造，也是他在此一领域的具有历史性的贡献。虽然如上所述，他的写法并未马上被包括其弟子在内的后辈所认可，但至宋室南渡，时势大变，词人们情动于中，便有许多乐于继承其豪放之音，发为英雄的剧唱。南宋的豪放词，以辛弃疾的成就为最高，故后人亦将豪放派称为"苏辛词派"。

五、散曲

宋代士大夫填词，大抵在酒宴之间，填了后由歌妓或主人家的姬妾去演唱，表演的场面、规模有限，所以基本上是单支曲子，即一个词牌，多首词联唱的场合并不多。大规模的演出在宫廷时而举行，也有的文官为之作词，但那是相当程式化的，虽由多个作品构成一整套，形式上显得繁复，措辞却必须十分典雅，其活泼程度还不如单支曲子的词。真正富有生命力的比较复杂的演出，是在市井勾栏之中，由民间艺人不断推陈出新，曲子与曲子相联接的类似"套数"的形式，口语中新生词语的加入，也就是我们在元曲中看到的一些现象，在宋代的民间应已被酝酿起来，但其具体的作品则很难得以留存。至于士大夫，偶然跑去玩赏，应景填些新词，也是有的，但绝不至于专门去给他们作词。所以，从唐代传衍下来的曲子词，发展到宋代的士大夫词，其实已脱离民间的"流行乐坛",而成为它分入士大夫社会的一条支流,某些曲调可能被打磨得非常精致,但小规模的表演方式使它不得不舍弃那些过于复杂的音乐形式,而基本上保留着单曲的面目。民间新生的种种复杂形式,其实倒是唐曲子合乎逻辑的发展,但也一时难以被士大夫吸收。随后,中国历史上一个特殊的时代——元朝,却把大量知识人逐出"士大夫"阶层,迫使他们不得不去给勾栏艺人填写曲词,以此谋生。于是,与新的音乐形式相配的歌词——元曲,从民间奔涌而入诗歌史。故元曲与宋词同是承传唐曲子而来,正如词并非诗变来的那样,曲也不是词变来的。

唐宋以来,成熟的科举制度给读书人提供了通向"士大夫"的稳定途径,也大致决定了他们的知识结构,是基本上只适合做官的。为科举而苦读的书,跟做官以外的其他行业所需要的知识差异较大,考不上进士的人能从事的营生,也多是从科举衍生出来的,如教授童生、编写参考用书之类。元朝在很长时期内不设科举,不但剥夺了读书人当官的机会,也相应地减少了读书人能谋生的职业。如果耻于行乞,就只好去给勾栏艺人编剧填曲,从那艺人的收入中分得一部分以充生计。艺人大抵为"娼",元人的社会等级中有"八娼、九儒、十丐"的说法,把"儒"(非"士大夫"的书生)排在"娼"之下、乞丐之上,在当时实属合理的,因为剧本和曲词固然也重要,但直接创造经济效益主要靠表演者的色艺。不过,元杂剧和元散曲的特殊生气,却有赖于创作者与表演者的亲密结合,元曲与诗词的种种差异,根源就在作者境遇之不同。

上面说过,元曲的音乐从唐曲发展而来,但其间毕竟经历了宋、辽、金时代,而且这几百年间南北分裂,尽管民间仍有交流、传播的渠道,终究被不同的政权所隔离,加上方言差异等因素的作用,其音乐体制和演唱风格竟形成了显著的南北差异。至元代混一后,大家立刻意识到这种差异,故有"北曲""南曲"对立的说法,戏剧上也有"北杂剧"和"南戏"的对立。大致说来,南曲、南戏要到明代中期以后才占上风,元代则以北曲、北剧为主。所谓"元曲",其内容应包含南北曲的剧曲和散曲,但此处重点说北曲的散曲。所谓"散曲",就是区别于剧曲的独立歌词,性质上与乐府歌词相类,故元人也把散曲称为"乐府"。从音乐形式和曲词形态上,可以分为"小令"和"套数"两类。"小令"又叫作"叶儿",即一支曲子的歌词,体制上与宋词相似,但宋词常由两阕构成,即一支曲子唱两遍,而元曲小令一般只有单曲。最有特色的乃是"套数",也称"套曲",即由多支曲子前后连贯,有首有尾,构成一套。这在剧曲与散曲中都被广泛应用,而散曲的套数就叫"散套"。南曲起初并无套数,后来仿照北曲而组套,所以曲之有"套",就是在北曲中形成的。

　　"套数"的出现使曲词能够容纳更多更丰富的内容,表达空间大大拓宽,这一点自然无可争议。但这是就北曲音乐形式给曲词提供的条件而言,反过来从曲词对音乐的要求来说,我们不能设想元代以前的人就只满足于与一支曲子(或双阕)的长度相应的表达量,而绝不寻求更大的表达空间。实际上,歌词要铺叙的内容较多、不能为一支曲子所容纳的情形,是早就出现的,不过,通常的办法是将选定的那支曲子反复演奏,以增添长度。六朝乐府中就有这样的作品,比如《乐府诗集》卷四十五载有《长史变》三首,为"司徒左长史王廞临败所制",观其形制,每首皆五言四句,一般来说,一首相应于一支曲子,但在内容上,三首叙事连贯,成一整体,应该一起唱出,而要一起唱出,则曲子须重复三次。

　　有关乐府诗的史料中,偶尔出现过"变曲"一名,可能就指此类形制,"变"原是曲子奏一遍的意思,此指同曲反复演奏。但这个名称看来不曾通用,近人研究音乐文学者,另创"定格联章"一名以称呼此种形制。其实,"联章"意谓几个作品的集合,但实际上也有浑然而成一个作品的,比如著名的张若虚《春江花月夜》,向来被看作一首诗,要仔细观察其换韵的情况,才能发觉它由九个七言四句的单位组接而成,每个单位的长度与《乐府诗集》所载隋炀帝等人的同曲之词相当,可以推测为曲子反复了九次。类似的乐府诗在唐代不算少数。当然,多数歌词确实呈现为"定格联章"的形态,宋词中有赵令畤用十首《蝶恋花》咏《莺莺传》故事的稀见实例。但民间通俗文艺中,此类形制的运用应该更广,比如周密《武林旧事》卷十就记载了《鹘打兔变二郎》《二郎神变二郎神》等作品的名目,大概便是用《鹘打兔》或《二郎神》曲调反复演奏,以使歌词能铺叙二郎神的故事。较此更为复杂的形式,有两支曲子循环反复的"缠达",乃至组合多支曲子的"诸宫调",在宋、金时代的民间都已出现。所以,金代董解元的《西厢记诸宫调》,一向被视为"北曲之祖",即指其拥有了北曲联"套"的形式。

　　相对于从前的乐府诗、唐宋词而言,成熟的"套数"形式确实是元曲的特色。从现存元曲所用的"套数"来看,当然并不是任何曲子都可以随意组接,而是有一定的"套式",即组套的规则。但现在要说明这类规则,涉及许多音乐史上的疑难问题,首先就是所谓"宫调"。每一套元曲,首曲之前大抵标明"宫调",说明"套数"中的每个曲子,都是属于同一"宫调"的。

　　"宫调"者,我国早期的音乐理论称宫、商、角、徵、羽为"五声",后来加上变徵、变宫而为七声,这是相对的音阶,至于标准音高,则有黄钟、大吕乃至无射、应钟等"十二律",根据每一律可确定宫声的具体音高,其他六声也就随之而定,作曲时便成为调高,而以任何一声为主均可构成一种调式,凡以宫为主的调式称宫,以其他各声为主的则称调,统称"宫调"。这样,以七声配十二律,理论上可得十二宫、七十二调,合称八十四宫调。但实际音乐中并不全用,如隋唐燕乐系根据琵琶的四根弦作为宫、商、角、羽四声,每弦上构成七调,得二十八宫调。据统计,南宋词曲音乐只用七宫十一调,元代北曲则用六宫十一调,明清以来的南曲只有五宫八调,通称十三调,而最常用者不过五宫四调,通称九宫。

不过,元代的曲家是否都掌握并熟练地运用这套"宫调"理论,是颇成疑问的,而且,民间艺人的表演有没有严格遵循古典音乐理论的必要和习惯,也大可怀疑。实际上,古人所写的曲评,也经常互相指责对"宫调"理解得不准确,但这并不妨碍他们各自填曲。据当代有关专家研究,如果严格按照古典"宫调"理论所标示的调高、调式之含义去考察现存的元曲作品,那么许多作品在演唱上将严重违反乐理,无法歌唱。所以,从宋金"诸宫调"到元曲"套数"所标的"宫调",其实际含义可能只是经验性的总结,即来源上或事实上某些曲子具有一定的共同性,或者适于互相连接,其调高、调式之义未必全无,但应相对模糊。演唱时,因地因人也将发生种种变化,作曲词时所标的"宫调"乃至曲牌,越来越成为习惯形式而已。如果仅从文本来看,则一个"套数"包含的每一曲,都将使用同一个韵,一韵到底,这大约就是唯一可以把握的"套数"所包含之数曲在文本上显示的统一性。

就一"套"的结构来看,第一个曲子即"首曲"是最为稳定的一支曲子,校以古人所编的曲谱,往往不作任意变化,而能够充当"首曲"的曲牌也是有限的。此后,连接数量不等的几个"过曲",从实际作品来看,有些曲牌经常被连在一起,仿佛构成相对稳定的一个组合,这可能是由经验而成习惯,但也并非没有变化,为了适于连接而改变其中某一曲牌的通常格式,也是被允许的。最后大致会有"尾声",这是一"套"中最为变化无常的部分,仅名称就有"尾""随尾""煞尾""收尾""随调煞"("本调煞")、"借调煞""单煞""迭煞"等种种,句数伸缩性极大,句式亦常见变化,所用的遍数也不一定,多者可达七煞,还可以摘取某一曲子的数句而充当煞尾。然而,古人对这个"尾声"是极其重视的,有的甚至认为,具备"尾声"的才叫作"套数"。

散曲的用韵比词要密,基本上句句用韵,而且四声通押。元散曲每句字数通常不等,有"衬字",但一句中哪些是"衬字",哪些是正字,其实难以分辨,"衬字"多者乃至远远超过正字之数,即便唱得再快,也很难相信这一句仍能保持在原来的乐句长度内,所以演唱时必然要有变化,那么所谓的曲牌也只意味着相对稳定的一种旋律而已,其伸缩的自由度较大。元散曲采用大量口语俚语,乃至蒙古语的汉字对音,其中便包含许多不可分拆的三音节、四音节词语,再加上曲句可自由添加"衬字"的特征,传统的诗句格调被完全打破,平仄更无从谈起,从文本上看,已成为一种新诗体了。所以,优秀的散曲作品,往往能让读者感受到一种勃勃生气,酣畅淋漓,生活气息极为浓厚。因为元代儒生实际地位低下,散曲作者失去了从前诗人、词人的"体面",与社会的下层混在一起,同时牢骚满腹,冷眼看世,热心作曲,悲凉之余往往滑稽自嘲,故能将词情、曲情打成一片,自由发挥,而几乎将宋代士大夫词人按谱填词、讲究声律和句格的规则破坏殆尽。但也因此,他们反而能迫使曲调追随其曲词的创造性而变化,在曲、词关系中占尽了主导地位,两者间的结合倒比规规矩矩填入现成曲调的一般宋词更为密切。所以,在同样曲调失传的情况下,阅读元散曲比宋词更能让人体会到那乐曲的抑扬起伏之效果。

不过,这大抵只就元散曲的情形而论,到了明代后,读书人恢复了"体面",散曲也就走上文雅化、格律化一途,呈现出向传统诗词格调回归的趋向。除少数例外,一般士大夫还是比较习惯于诗词的那种简明平稳而又不失灵活的节奏感,他们倾向于用这样的节奏感来填曲。此时真正的"乐府"倒又要让位给新起的民歌小曲了,而从民歌小曲一路走来,或者可以到达现代的白话诗、流行歌词。明代已有少数文人视诗词曲为前代遗留之诗体,把《挂枝儿》《罗江怨》等俗曲视为本朝真正的《诗经》。受二十世纪初"文学革命"观念的影响,民间歌谣受到了空前的重视,除《歌谣》杂志的创刊、《中国俗曲总目》的编纂外,明清时期刊刻的一些俗曲时调集子也被发掘出来,如明冯梦龙辑《山歌》、清乾隆时刊《时尚南北雅调万花小曲》《霓裳续谱》、道光时刊《白雪遗音》等。这里面的歌词,有的纯然便是白话诗,有的跟元散曲也相似,只不过散曲在明代后向诗词格调回归,所以与这些歌词区别开来。

然而,"文学革命"的观念原是为白话诗张本的,现在看来也有重新审视的必要。百年以来,民间歌谣受到如此推崇,其间也确实有非常优秀的作品,但其影响总不如唐诗宋词,这未必皆因传统偏见之故。从元曲起,舍弃诗词句格,大量采纳口语、扩大篇幅,固然有耳目一新的效果,但在接受方面也带来问题,因为口语一旦过时,就比文言更难懂,而曲调失传后,没有稳定节奏感的作品便不易背诵。正如流行歌曲,曲调流行时,人们可能因熟悉曲调而同时记得歌词,但曲调过时后,歌词也就被忘记。元曲也好,明清时调也好,"五四"以来的白话新诗也好,观念上既获肯定,事实上亦多有佳作,但至今很少有人能背诵几首。1949年以来,"厚今薄古",但很长时期内,人们背得最多的不是新诗,而是毛主席诗词,这不能仅仅归结为意识形态方面的原因;当前一般学生能背的新诗数量,与唐诗宋词的数量恐怕也不能相比,尽管他观念上也许更肯定新诗。当然,篇幅长短是个问题,但也不仅如此而已,反观传统的诗词,其简明平稳而不失灵活的节奏感,确实更适合背诵。诗歌的生命力恰恰在于其被人背诵,只有常能被人背诵的作品,才是真正拥有恒久生命力的"活文学",相比之下,从明清刻本中发掘出来的俗曲等所谓的"活文学",却只活得一时,不免早成死灰。这不是文学水平高低的问题,也不是文言白话的问题,更不是观念上是否"好古"的问题,而是一个基本的事实:传统诗词所铸就的句格节奏,即用单音节字、双音节词的两到四个单位组合为一句,对汉语诗歌来说可能是最好的。

第七章　骈文与古文

二十世纪初，提倡白话文、反对文言文的时候，有过"桐城谬种、选学妖孽"的说法。这里的"桐城"是指桐城派古文，而"选学"的"选"则是南朝昭明太子萧统所编的《文选》，"选学"指清代中期在学习《文选》的口号下复兴的骈文。大抵文言文可以分为古文、骈文这两种基本的体式。

如果用诗歌来比拟，文之有古文、骈文，就仿佛诗之有古诗、律诗。"骈"是两匹马拉一辆车的意思，指对偶。现在我们把上下句相同位置的字的词性（动词、名词、代词、介词、副词、助词之类）相同，叫作对偶，但古人没有如此细致的词性概念，大抵分为实字和虚字，实字中一般区别名词和动词而已，倒是声调上的平仄相对，是标准对偶句的另一个要求，不过这在骈文中也没有律诗那样严格，甚至基本上不必顾及。与五七言诗体相别，骈文的句式以四字、六字句为主，故又称"四六"。其特征通常被概括为通篇对偶、大量用典、讲究辞藻美观。但真正的体制性特征只有对偶，所以骈文又叫"骈偶""骈俪""偶俪"，就是基本上（并非通篇）用对偶句写成的文章。我们可以将它视为一种格律文，相对地，从写作体式而言，古文的实际意思就是不要求遵守此格律的文章。

当然，既然叫作"古文"，也含有"古代文章"的意思。因为以对偶句主导全文的骈文，有一个形成的历史时期，在此之前，更早的文章不是这样的，所以反对骈体的人就用"古文"来称呼散体的文章，为自己主张散体寻求历史的依据。这与不讲究近体格律的诗被称为"古诗"，道理一致。这样，若单从名称的意思来说，与"骈文"相对的应是"散文"，与"古文"相对的应叫"时文"。但是，"散文"一名现在另有含义（与诗歌、小说、戏剧并列的"散文"，可以包括中国传统的骈文），而"时文"一名在不同的时代所指有别（比如明代以八股为"时文"），这两个名词的含义都不够确定，所以我们以"骈文""古文"对举，来称呼这两种体式的文章，这也是目前比较通行的做法。

应该说明的是，用古诗、律诗来比附古文和骈文，只是从形式体制而言，历史情形则有很大的差异。律诗从产生时起，就是与古诗并存的特殊诗体，但骈文却不然，其形成的时候，曾经带有"所有文章都必须这样写"或者"这样才叫真正的文章"的主张倾向，也就是说，它曾经是一般文体，而不是特殊文体。在历史上，提倡写骈文或古文，往往成为该时代文学思潮的重要方面。所以，这个问题不得不结合历史来考察。

一、骈文的形成和流变

对偶本是一种修辞手段，如汉初贾谊《过秦论》云："秦孝公据崤函之固，拥雍州之地,君臣固守,以窥周室,有席卷天下,包举宇内,囊括四海之意,并吞八方之心。"①这是用对偶结合排比,以增气势。除司马迁似乎不爱对偶外,汉人的文章大抵都有骈化的倾向,这骈化的因素不断积累,终于出现基本上用对偶句写成的骈文。在东汉还属偶见,经魏晋后,到南朝而普遍流行,成为一般文体。

1933年,钱锺书先生给他父亲钱基博老先生写过一封信,谈论文学史的某些问题,老先生觉得内容不错,就以《上家大人论骈文流变书》为题,替儿子发表在刊物上了。信中有关骈文之形成,论述甚为精湛:

> 儿撰《文学史》中,有论骈俪数处,亦皆自信为前人未发,略贡所见以拾大人之阙遗。儿谓汉代无韵之文,不过为骈体之逐渐形成而已。其以单行为文,卓然领袖后世者,惟司马迁,而于汉文本干,要为枝出,须下待唐世,方有承衣钵者。自辞赋之排事比实,至骈体之偶青妃白,此中步骤,固有可录。错落者渐变而为整齐,诘屈者渐变而为和谐。句则散长为短,意则化单为复。指事类情,必偶其徒,突兀拳曲,夷为平厂。是以句逗益短,而词气益繁,扬雄、司马相如、班固、张衡一贯相嬗。盖汉赋之要,在乎叠字(Word),骈体之要,在乎叠词(Phrase)。字则单文已足,徒见堆垛之迹,辞须数字相承,遂睹对偶之意。骈体鲜叠字,而汉赋本有叠词,只须去其韵脚,改作自易。暨乎蔡邕,体遂大定。然汉魏文章,渐趋俪偶,皆时有单行参乎其间。蔡邕体最纯粹,而庸暗无光气,平板不流动,又多引成语,鲜使典实。及陆机为之,搜对索偶,竟体完善,使典引经,莫不工妙,驰骋往业,色鲜词畅,调谐音协,固亦如《宋书·谢灵运传》论所云"暗与理合,非由思至",而俪之体,于机而大成矣。试取历来连珠之作,与机所撰五十首相较,便知骈文定于蔡邕,弘于陆机也。②

这里讲司马迁擅长"单行为文",就是不用对偶,所以受到后来古文家的推崇。至于骈文,则是从辞赋中吸取了对偶手法,逐渐发展而成。具体来说,"定于蔡邕,弘于陆机",以这两位作家为标志性人物。蔡邕生活于东汉末,陆机则是西晋人。

现在,我们用陆机之后的,南朝梁代作家丘迟(464—508)所撰的《与陈伯之书》为例,来观察骈文的句式。陈伯之与梁朝创始人萧衍一样,本是南齐的官员,萧衍夺取政权后,陈氏不肯臣服,投奔了北朝。等到南北对阵的时候,丘迟就写这封信,去招降

---

① 贾谊《过秦论》,《文选》卷五十一,上海古籍出版社1986年,第2233页。
② 钱锺书《上家大人论骈文流变书》,《光华》半月刊第一卷第七期,1933年4月。

陈伯之,希望他回到南朝来。信中夸奖陈氏:

> 将军勇冠三军,才为世出,弃燕雀之小志,慕鸿鹄以高翔。

"将军"二字领起,后面就是两个对偶的四字句,再是两个对偶的六字句。丘迟劝导陈氏回归南朝,说:

> 夫迷途知反,往哲是与;不远而复,先典攸高。

这是隔句对,就是两句与两句相对。此例是用了两个四字句为一联,最典型的隔句对是用一个四字句和一个六字句为一联的。在告之以理后,丘迟又动之以情:

> 暮春三月,江南草长,杂花生树,群莺乱飞。见故国之旗鼓,感生平于畴日,抚弦登陴,岂不怆恨!

这是很有名的一段话,"草长莺飞"从此以后成为描写江南的成语。然而,此段的前两句和末两句并未对偶,只不过都是四字句。可见,并不是所有语句都要一组一组严格对偶的,有时候句式整齐便可。另外,还不妨有少数不整齐的句子,错杂其间,如:

> 廉公之思赵将,吴子之泣西河,人之情也。将军独无情哉?①

这是说,古代的名将廉颇只愿意当赵国将领,不愿意被别的国家所聘;吴起在离开长期工作之地时,也感动流泪。他们都是有情的人,难道单单你陈伯之,就没有故国之情吗?大概这封信感染力甚强,陈氏读信之后,果然就下决心回到了南朝。

所以,虽然骈文以对偶为体制性特征,但并不要求整篇不例外地使用对偶句,只是以此为主体成分。而且,以上所有的对偶句,若以"相同位置的字词性相同"的标准作严格的审视,几乎都有缺陷,但在古人眼里,这样就算对偶了。

那么,文章为什么要采用这样的写法呢?追求修辞效果不是唯一的理由,主张骈

---

① 以上引文,见丘迟《与陈伯之书》,《文选》卷四十三,上海古籍出版社 1986 年,第 1943—1947 页。

文的人提供了一种理论,大致是说:天生的事物都是一对一对的,比如人生来就有一双眼睛、两只耳朵,有天必有地,有好必有坏,所以"双"是自然的规则,文章当效法自然,亦宜两两相对。另外有些人不赞成这个说法,他们质问:眼睛、耳朵固然都成双,但为什么鼻子只有一个,嘴巴只有一张呢? 可见,"双"是天然,"单"也是天然。这样的争论一时得不出什么结论,我们暂且只说,以单音节汉字拼组句子的汉语,容易做成对偶句,是个不争的事实。如果用英语写对偶句,也许可以做到"词性相同",但要保证上下句音节数一致,几乎是不可能的。所以,不妨说骈文成功地利用了汉语的特征。

在骈文成为一般文体的六朝时代,出现了著名的文章选本《文选》。这是梁代昭明太子萧统(501—531)所编,历来被当作骈文的范本。其实,此书选录文章的范围,自先秦至梁大约千年,时代跨度很大,并非都是骈文,如司马迁《报任少卿书》,就是著名的古文作品。只因为《文选》以当代(梁)为归结,便显示出从"随言短长"到"骈四俪六"的一个发展过程。在这个意义上,我们可以将它视为历史上骈体文章最高成就的体现。后世以《文选》为研究和模仿对象的学问,被称为"选学"。此种"选学"最盛于唐,使《文选》成为唐人的必读书。研究方面首先是注释,如李善注和五臣注,同时,由于唐代绝大部分文章仍用骈体,故学习作文者,也无不以此书为标本。

中唐时韩愈、柳宗元等反对骈文,提倡写古文,北宋欧阳修等继起,影响巨大,终于使古文成为一般的表达文体。这个文体改变的过程,现代人称之为"古文运动"。关于"古文运动",我们将另行讲述,这里需要说明的是,骈体并未因此而完全消亡,在制诰、诏册、表启等特殊文类上,仍习惯使用骈体。这可能是因为此类公文在宣读的时候,语句整齐的骈体比较容易断句,而且听觉效果较好。无论如何,骈体依然存在,只是从一般文体退缩为特殊文体,大约与律诗的地位相当。这种特殊文体,学界称为"宋四六"。

相对于六朝骈文来说,"宋四六"在对偶、用典的方面,追求精工的倾向更为显著。历来被推崇的一个例子,是南宋初汪藻的《皇太后告天下手书》,这是替隆祐太后起草的命令赵构继位的诏书,其中有这样一段:

> 汉家之厄十世,宜光武之中兴;献公之子九人,惟重耳之尚在。兹为天意,夫岂人谋? 尚期中外之协心,共定安危之至计。庶臻小愒,同底丕平。用敷告于多方,其深明于吾意。①

---

① 汪藻《皇太后告天下手书》,《浮溪集》卷十三,四部丛刊本。

除了对偶颇为严格外,"汉家"这一联隔句对,还用了两个绝妙的典故,与当时的情势相对应:西汉十世而亡,东汉光武帝中兴,北宋也是十世而亡,轮到赵构(南宋高宗)来中兴了;春秋时晋国内乱,晋献公的儿子重耳出亡于秦国,等献公其他儿子都死于乱中,后来只能由他去继承君位,成为"春秋五霸"之一晋文公,北宋亡时,宋徽宗的儿子包括钦宗在内都被金兵带走,只剩了受命在外的赵构未被俘虏,理所当然应由他来做皇帝了。汪藻说,这就是"天意",其实,真难为他找到了两个极凑巧的典故,来组成对偶。这就是"古典"和"今情"成功融合的范例,是用典的极高境界。

我们通过此例,可以观察到"宋四六"的特征。在骈体作为特殊文体时,其对作者的学问和写作技巧的要求,比它作为一般文体时显然要高。不过,宋代毕竟已是古文盛行的时代,"宋四六"也难免受古文的影响,比如陆游《贺黄枢密启》中有这样的对句:"方无事之时,雍容坐谈,则夫人而皆可;应一旦之变,酬酢曲当,非有道者不能。""降附踵至,人心虽归而强弱尚殊;踊跃请行,士气虽扬而胜负未决。"[①]犹如用两小段古文组成对偶。这样的长对子,借用诗歌批评方面的概念,谓之"扇对"。这是"宋四六"的另一个特征,对后来的八股文也有影响。

然而,严格地说,"扇对"的大量使用,使"四六"一名已经名不副实,可以说,这是一种变异了的骈文。此种变异了的骈文,一直与古文长期共存。当然,古文是更占优势的一般文体。

但这个情形到明代中期以后,又有一些变化,骈体渐渐具有复兴之势。清代则以扬州为中心,兴起了学习《文选》、提倡骈体的"选学派",与桐城派古文构成分庭抗礼的局面。乾隆三十四年(1769)的进士孙梅编了一部《四六丛话》,收集了骈体文的大量评论资料,他的弟子阮元(1764—1849)后来当了大官,替他出版了这部书。阮元还提出了一个"文笔"说,讲六朝以来,骈文才能叫作"文",像古文那样不对偶的东西只能叫"笔",不能称"文"。实际上,根据今人的考察,虽然六朝时期确有"文""笔"对举的说法,但"有韵为文,无韵为笔",两者之间的区别在于是否押韵。阮元有意无意地曲解了"文笔"说,却有利于提高骈体的地位。因为古文一直以"古"的名义主张其正当性,令骈文家难以对付,现在古文被证明它连"文"都不是,那么骈文真可以扬眉吐气了。除学习《文选》,从事骈文创作外,理论方面也出现了对于文言文演变历史进行重构的一种意图。李兆洛(1769—1841)将历代骈体文章选编为《骈体文钞》一书,因

---

① 陆游《贺黄枢密启》,《渭南文集》第七卷,《陆游集》,中华书局 1976 年,第 2027—2028 页。

为里面收入了司马迁《报任安书》和诸葛亮《出师表》等一般被视为古文的名作，引起了当时人的质疑，于是李兆洛辩解说：

> 若以《报任安》等书不当入，则岂惟此二篇？自晋以前皆不宜入也。如此则《四六法海》等选本足矣，何事洛之为此哓哓乎？洛之意，颇不满于今之古文家，但言宗唐宋，而不敢言宗两汉……窃以后人欲宗两汉，非自骈体入不可。今日之所谓骈体者，以为不美之名也，而不知秦汉子书无不骈体也。窃不欲人避骈体之名，故因流以溯其源，岂第屈司马、诸葛以为骈而已，将推而至《老子》、《管子》、《韩非子》等，皆骈之也……《报任安书》，谢朓、江淹诸书之蓝本也；《出师表》，晋宋诸奏疏之蓝本也。皆从流溯源之所不能不及焉者也。其余所收秦汉诸文大率皆如此，可篇篇以此意求之者也。①

这是对"古文"观念及相关文章史观的挑战。在古文家的眼里，唐宋古文继承了先秦秦汉的文体，也就是秦汉以下直接唐宋，至于中间的六朝，仿佛是文章史的一段误入歧途的时期，可以跳过去。李兆洛则认为，如果"因流以溯其源"，从写作艺术的源流来讲，秦汉文章自然地演变为六朝文章，则六朝的骈文才是秦汉文章的直系继承者，所以此前被视为"古文"的那些早期作品，都被他看作骈文的滥觞。

李兆洛的见解有他的独到之处，但采取这种说法，有可能加剧骈文家和古文家之间的对立。如果我们把骈文、古文当作文言文的两种体式平等看待，则可以接受其合理的方面，就是承认这两种体式都是先秦秦汉文章的发展。同时，两种体式既然并存，它们各自的艺术特点如何，就是个应当探求的问题。清代学者在这个问题上也曾提出一些中肯的意见，如朱一新（1846—1894）在《无邪堂答问》中云：

> 骈文自当以气骨为主，其次则词旨渊雅，又当明于向背、断续之法。向背之理易显，断续之理则微。语语续而不断，虽悦俗目，终非作家。（公牍文字如笺、奏、书、启之类，不得不如此，其体自义山开之。）惟其藕断丝连，乃能回肠荡气。骈文体格已卑，故其理与填词相通，潜气内转，上抗下坠，其中自有音节，多读六朝文，则知之。（四杰用俳调，故与此异，燕、许尚皆如此，至中唐后而始变。）②

---

① 李兆洛《答庄卿珊》，《养一斋文集》卷十八，清光绪四年（1878）重刻本。
② 朱一新《无邪堂答问》，广雅书局刊本。

他提出了"藕断丝连""潜气内转"等说法，意思不甚显豁，后来晚清民国时期的孙德谦（1869—1935）著《六朝丽指》，对此有比较清晰的解说：

> 及阅《无邪堂答问》，有论六朝骈文，其言曰"上抗下坠，潜气内转"，于是六朝真诀，益能领悟矣。盖余初读六朝文，往往见其上下文气似不相接，而又若作转，不解其故。得此说，乃恍然也。试取刘柳之《荐周续之表》为证，"虽汾阳之举，辍驾于时艰；明扬之旨，潜感于穷谷矣。"上用"虽"字，而于"明扬"句上并无"而"字为转笔，一若此四语中，下二语仍接上二语而言，不知其气已转也。所谓"上抗下坠，潜气内转"者，即是如此。每以他文类推，无不皆然。①

意思是骈文因为语句整齐，不能像古文那样多用虚字，所以在语气承接或者转折之处，往往没有一个虚字来作明确的提示，只能从表述的内容上去体会语气的转接，语气被沉潜在内容中，读者要从内容的顾盼生姿，去体察语气的"藕断丝连"，这就叫"潜气内转"。

正如朱一新本人说明的那样，这"潜气内转"的艺术特点可能只呈现在一部分骈文中，但它确实是一种细致入微的体察，而且是从骈、古文体式上的差异出发分析而得的结果，对我们鉴赏骈文很有参考价值②。应该说，如果建立一个专门的学术领域，叫作"骈文学"，则努力阐明骈文相对于古文的写作特点，就是其核心的课题。《六朝丽指》虽是一本笔记体的旧著，学术价值却不低。日本学者铃木虎雄（1878—1963）就是在读到了《六朝丽指》后，以此为基础，比较系统地研究骈文，写成了《骈文史序说》③。

现在我们总结一下骈文、古文二体在历史上流行的时期：先秦两汉是古文，六朝隋唐是骈文，中唐兴起古文，盛于宋元明，而清代则是二体并行，至白话文运动兴起时，一起被指责为"桐城谬种、选学妖孽"。列表于下：

先秦两汉	六朝隋唐	宋元明	清	近现代
古文 骈体形成	骈文 古文运动	古文 骈体复兴	桐城派古文 选学派骈体	桐城谬种 选学妖孽

---

① 孙德谦《六朝丽指》，1923 年四益宦刊行本。
② 关于清代骈文批评的详细研究，请参考：奚彤云《中国古代骈文批评史稿》，华东师范大学出版社 2006 年；吕双伟《清代骈文理论研究》，人民出版社 2011 年。
③ 铃木虎雄《骈文史序说》，原为日本京都大学 1961 年油印本讲义，后由兴膳宏校补印行，研文出版 2007 年。

二、"古文运动"

从文章体式的角度而言,古文只是不骈之文,就是不要求用对偶语句来写作的文章。我们弄清楚什么是骈文,那也就明白了什么是古文。所以,上面先梳理了骈文形成和流变的历史,在梳理过程中自然也提到了古文。然而,就中国传统文言文的总貌来说,古文在数量和质量上毕竟是超过骈文的,而且在创作观念上,"古文"这个名称本身就包含了复古的主张,以及与骈体敌对之意。自六朝至唐,骈体为文言文的一般文体,只有少数人偶然写作散体的文章,中唐时期韩愈、柳宗元等人主张政治要恢复古代的制度,文章要讲明古代儒家之道,同时在体式上斥破骈俪,解为散语,号称恢复先秦两汉之文体,名之曰"古文",以与"古制""古道"相适配。这是一次比较全面的文化复古运动,但论其成就与影响,则主要在文章的方面,所以近人称之为"古文运动"。

"运动"当然是近人所用的词语。"古文运动"的说法,大约最早见于胡适的笔下。从 1921 年起,他在国民政府教育部主办的"国语讲习所"讲授"国语文学史"一课,同时着手编撰《国语文学史》讲义。这部讲义的油印本曾在当时北京的高校中广为流行,经过几次增订后,于 1927 年由北京文化学社排印出版。《国语文学史》第二编《唐代文学的白话化》第三章《中唐的白话散文》中已经出现了"古文运动"一名:

> "古文"乃是散文白话化以前一个必不可少的过渡时期。平民的韵文早就发生了,故唐代的韵文不知不觉的就白话化了。平民的散文此时还不曾发达,故散文不能不经过这一个过渡时代。比起那禅宗的白话来,韩、柳的古文自然不能不算是保守的文派。但是比起那骈俪对偶的"骈体"文来,韩、柳的古文运动,真是"起八代之衰"的一种革命了。[1]

在这部讲义的基础上,胡适撰作了著名的《白话文学史》,但只完成了上卷,于 1928 年由上海新月书店出版,还没有写到唐代"古文运动"。不过他在《自序》里说,下一卷就要"从古文运动说起"[2]。他没有写出下卷,但"古文运动"一名却从此通行于学界。后来也有学者质疑这"运动"的说法是不是太具现代意味,但多数人还是承用这个术语。

---

① 胡适《国语文学史》,安徽教育出版社 1999 年,第 58 页。
② 胡适《白话文学史·自序》,上海古籍出版社 1999 年,第 6 页。

大抵《白话文学史》本身就是现代"新文化运动"的产物,作者喜欢把历史上一些新现象、新主张的出现也称为"运动",除"古文运动"外,也提到了"新体骈文运动",后来流行的还有"新乐府运动"等。这些"运动"都不能与现代的文学运动等量齐观,但毕竟概括了一个实际存在过的历史现象,所以被学界继续使用。

问题倒在于,把"古文运动"当作"白话文学"的历史进程的一环来理解,现在看来很不符合事实,韩柳的"古文"不但并不比同时代的骈文"白话化",反而更为奇崛、佶屈聱牙[①],而且"古文运动"的当事人所具有的浓厚的"复古"观念,与胡适构想的历史进程也格格不入。胡适的贡献在于他使"古文运动"成了文学史研究的一个重要课题。

韩柳古文的成就之高,历来受到推崇,但从晚唐、五代直至宋初,一般文章仍用骈体写作。北宋中期欧阳修再次倡导古文,曾巩、王安石、"三苏"继起,这才基本奠定了古文为文言文一般文体的格局。以上八人,史称"唐宋八大家",实际上严格的称呼应是"唐宋古文八大家"。从文体的角度看,他们完成了中国历史上的一次文体"复古":其自身体认与后世评价皆如此说。惟自近代以来,"复古"一词为大家所憎恶,故通常改称"文体革新"。当然,相对于其时流行的骈体来说,这是"革新",但若仅就此点而论,则此种"革新"的含义,"复古"一词也具备的,如果不是因为当下的情形与"古"不合,那又何必要"复"? 为了证明其为"革新",还必须指出它与真正的"古文"即先秦两汉之文有何差异。

差异自是有的,但并非文体差异,而是文风差异,不过也同文体问题相关。先秦两汉之人写古文时,心中并无骈文的意识,不避骈化因素,而唐宋古文的作者是针对骈文来做与之不同的古文,常会有意变换句式,以避骈偶。我们看韩愈《原道》中的一段:

> 有圣人者立,然后教之以相生养之道。为之君,为之师,驱其虫蛇禽兽而处之中土。寒,然后为之衣,饥,然后为之食;木处而颠,土处而病也,然后为之宫室。为之工,以赡其器也;为之贾,以通其有无;为之医药,以济其夭死;为之埋葬祭祀,以长其恩爱;为之礼,以次其先后;为之乐,以宣其壹郁;为之政,以率其怠倦;为之刑,以锄其强梗。相欺也,为之符玺、斗斛、权衡以信之;相夺也,为之城

---

① 参考王运熙《韩愈散文的风格特征和他的文学好尚》,原载 1958 年《复旦学报》社科增刊《古典文学论丛》,后收入《汉魏六朝唐代文学论丛》,上海古籍出版社 1981 年,又见《汉魏六朝唐代文学论丛》(增补本),复旦大学出版社 2002 年,第 226—238 页。

郭、甲兵以守之。害至而为之备，患生而为之防。①

这里排比的句子，都是"因为什么，而作什么，以达到什么目的"的句型，但他有意变化次序，或省略某个部分，使之长短错综。如此人工地矫揉句子，谓之"伸缩离合之法"，即通过拉长、缩短、分离、组合句子成分的办法，解骈为散。相对来说，先秦两汉古文肯定用不着这一套法子，那是自然的"随言短长"。这就造成两种"古文"的文风差异。所以，后来明代人有"文必秦汉"之说，觉得唐宋古文不是真正的"古文"，应该向司马迁、班固去学习，不该学"八大家"。但明人的情况与"八大家"一样，显然做不到像秦汉人那样心中无"骈"，仍不免走上唐宋人的路子，结果又有人主张，还是老老实实学唐宋吧，于是又有了"唐宋派"。归根到底，虽是古文内部的问题，其实却总牵涉骈文。自从历史上有了骈文，要做古文也"古"得不像样了。

确实，骈文的写作方法流行既久，对人们的思维方式也产生极大的影响，就连韩愈亦无从避免，他想到了"君"就一定会联想到"师"，想到了"饥"就一定联想到"寒"，想到"礼"就一定联想到"乐"，想到"政"就一定联想到"刑"……他脑子里的事物、概念总是一对一对的。这个世界已经被如此结构起来，而韩愈犹思解散之，谈何容易？可以想象，与世俗风气搏斗对韩愈来说已是第二义，他的搏斗对象，首先应是自己。不过，有一种精神力量在支持他，那便是他心目中的古代圣贤之"道"，因为要振起这个"古道"，他才勉力写作"古文"的，其目标本不在于革新文体而已。

这就牵涉到唐宋古文的一个基本命题：文以载道。近代以来，从文学理论上批判这个命题的意见很多，但思想史方面，对中唐以来的儒学却多有肯定，认为那使儒学发展到一个全新的阶段，谓之"新儒学"。与此相应，有人也把中唐以来的古文称为"新古文"②。事实上，"新古文"确实是跟"新儒学"一起出世的孪生兄弟，而且从中唐到北宋，这对孪生兄弟一直没有分家。"唐宋古文八大家"无一不是在"新儒学"上建树颇丰的思想家，而李翱、孙复、石介、周敦颐等早期的"新儒学"钜子，也全是古文家。这是一种新兴的帝国士大夫文化，原本不区分"哲学"和"文学"，因为当初没有这样两个学科。不过，与此相当的两个领域，隐然是存在的，士大夫们虽一身兼跨两个领域，其间难免各有偏长，而发生冲突。最典型的冲突可能发生于苏轼和程颐之间，也就是

① 韩愈《原道》，《韩昌黎文集校注》卷一，上海古籍出版社 2014 年，第 17 页。
② 如陈寅恪《论韩愈》云："退之（韩愈字）发起光大唐代古文运动，卒开后来赵宋新儒学新古文之文化运动。"见《金明馆丛稿初编》，生活·读书·新知三联书店 2009 年，第 332 页。

从此时起,"新古文"和"新儒学"这对孪生兄弟才开始要分家了。

由此看来,如果真有所谓"古文运动",则其之所以能取得历史性的成功,原因并不在于古文真的比骈文更具文学上的多少合理性。古文取代骈文而成为一般文体,与其视为对无可置疑的一种合理性的回归,不如说是一个历史现象,与唐宋之际帝国士大夫文化的兴起密切相关。这种帝国士大夫文化,是以科举制度为关纽的,所以"新古文"与"新儒学"一样,都要与科举考试发生复杂的联系。欧阳修曾主持科举,他能使古文成为考试文体,后来王安石当宰相,则把"新儒学"引入了科举。可见,科举这一根指挥棒,在文体演变的历史上所起到的作用,应该予以充分估计。

然而,也就是与科举相联系的结果,刚刚流行起来的古文又重新走上了组建对偶句的道路,这就是下面要讲的"八股文"了。

三、从"经义"到"八股"

古文被科举制度所采用,是在北宋中期,一般考"论"和"策"两种文类。但王安石变法时,改革了科举制度,废除诗赋考试,而改考一种新的文类,叫作"经义"。具体来说,就是从王氏所著《三经新义》(《周礼》《尚书》《诗经》的注释)中任取一句为题,要求按照王氏学说写一篇议论文。这在他的政敌比如苏轼看来,自然是文章的一大厄难,但王安石想用这个办法来"造士",即培养适合于推行"新法"的士大夫。所以他极为投入,不但自己作了"经义"的范文,还规定全国学校的教授从此纳入帝国官僚体系,由政府来任命,谓之"学官"。这"学官"必须精通《三经新义》和"经义"文的写法,自己先通过考试,然后才有资格去教授学生。当时就连苏辙那样的大文豪,也因为不吃这一套,而屡次被剥夺做教授的机会。可见这个政策推行的力度。

科举是全国读书人的指挥棒,在此情势之下,"经义"文自然风行。但其观点既已被限定,久而久之,则连写法上也逐渐形成熟套。其比较突出的特点是,文首总有"破题",即点明题意,而且常用长对子,即所谓"扇对"。所以,司马光和苏轼的学生晁说之,曾对此严厉指责:"今之学者,《三经义》外无义理,扇对外无文章。"[①]但他的指责没起作用,经宋徽宗、蔡京长达二十余年的大力推行,到南宋时,形成了比较稳定的"十段文",即一篇"经义"分十个部分。这十段是:破题、接题、小讲、缴结,此四段构成

---

① 晁说之《元符三年应诏封事》,《景迂生集》卷一,文渊阁四库全书本。

"冒子";"冒子"后入官题,官题下有原题、大讲、余意、原经、结尾。最重要的可能还是破题,因为这是首先映入考官眼帘的部分,一定要精彩些,才能博得最好的第一印象。据说,当时的习惯是破题用四句,组成一个长对子,如:"天地有自然之文,圣人法之以为出治之本;阴阳有不息之用,圣人体之以收必治之功。"[①]这是用来破《周易》的题,考官一看就知道,这位考生准确地记得本次考试的题目出自《周易》。相对于《三经新义》来说,命题范围后来应有所扩大。

毋庸置疑,"十段文"就是"八股文"的前身。明清时期的八股文,内容当然不再是王安石的学说,而是程朱理学了;出题的范围有了限制,专从朱熹的《四书集注》里面出题;格式上则有破题、承题、起讲、入手,四段构成"冒子",然后有"四比八股",就是长对子,一对叫一比,每比由两股构成,但"四比"也被称为前股、中股、后股、束股;写作的宗旨是"代圣人立言",就是不讲自己的见解,只讲对经文的"正确"而"深刻"之理解。可见,八股文承袭了王安石科举政策的全部要素而加以发展,只不过用程朱理学取代了王氏之学,而"四比八股"的写法,就是"扇对"的进一步扩大。

作为科举文类的"经义",原本只是古文的一种,王安石的"经义"就是古文与科举制度相结合的产物。但是,因为它习惯上使用长对子,乃至发展为八股,其实读书人在对偶上所投入的精力,比骈文有过之而无不及。或者也可以说,它已经结合了骈文的因素。于是,从"经义"到"八股",传统的文章史发展出一种既不像古文也不像骈文,但又可以说综合了骈、古文因素的新文体——八股文。一般情况下,注重个体创造性的文学史研究者不太喜欢谈及这种观点和写法都被限定的文章,其文学价值确实也无法高估,但我们同时也无法忽视的一点是:它是每一个有志于考上科举的读书人都必须学习的"作文",就此而言,说它是宋代以来文章的"主流",也不能算过分。

以上概述了北宋"经义"演变到明清"八股文"的情况。不过,从文章学的角度说,"经义"(后来也被称为"制义"或"制艺"等)这个名称,与制诰、章表、奏议、碑志、记传、序跋、书牍等名称一样,是按文章的不同功能或者说使用场合来命名的文章类别;而"八股"这一名称,关注的是其行文的体式特征,即文中包含四组长对子,与此相似的从体式特征来命名的,还有七、连珠、骈文,以及与骈文相对的"古文"(虽然"古"这个字包含了复古观念,但从体式而论,"古文"其实就是不"骈"之文)。所以,虽然在很长的时期内,"经义"与"八股文"被看作同一类文章的不同名称,但它们的命名角度其实

---

① 叶适《习学记言序目》卷五十,中华书局 1977 年,第 748 页。

不同,换言之,是以不同视角对文章加以分类的结果。所以,把八股文的源流追溯到北宋的科举经义,只是从文章的功能类别的角度进行追溯,还没有讲明其体式特征的渊源。

常见的情形,文章的体式特征大抵是从某种修辞性的手段发展而来,比如骈文,就是把"对偶"这一修辞手段发展为通篇行文的基本体式,是这一修辞手段的体式化。连珠是一种特殊的骈文,也可以说是排比手法的定型化。还有《文心雕龙》所列的"谐隐"等,也是从修辞手法发展而来的"文体"。那么八股文呢? 它比骈文更进一步,是把长对子即"扇对"体式化了。就此而言,我们还需要梳理出"扇对"从修辞手段逐步发展为文章体式的过程,才能较为完整地说明八股文的形成。下面我们要谈论的,就是扇对的问题。

"扇对"这一名称原本出现在诗论里,因为诗也要有对偶的句子,一般的对偶是一句对一句,而"扇对"就是两句对两句。如旧题白居易《金针诗格》云:"诗有扇对格:第一句对第三句,第二句对第四句。"[1]宋人严羽也说:

> 有扇对。(又谓之隔句对。如郑都官"昔年共照松溪影,松折碑荒僧已无。今日还思锦城事,雪消花谢梦何如"是也。盖以第一句对第三句,第二句对第四句。)[2]

这里举例说明了什么是扇对。不过,诗歌方面并未发展出某种专用扇对的诗体,其规模也局限于两句对两句。也就是说,扇对在诗歌中始终只是修辞手段,不能体式化。规模发展到三句以上,并走向体式化,只能在文章中。

从八股文探源的角度对前代文章使用扇对现象加以关注的,以钱锺书先生所论最为著名,其《管锥编》有云:

> 《羽猎赋》:"徽车轻武,鸿絅缠猎,殷殷轸轸,被陵缘坂,穷夐极远者,相与列乎高原之上。羽骑营营,昈分殊事,缤纷往来,辒轹不绝,若光若灭者,布乎青林之下。"按对偶甚长,几似八股文中两比。左思《吴都赋》加厉焉……不独词赋,文亦有之。如仲长统《昌言》下:"和神气,惩思虑,避风湿,节饮食,适嗜欲,此寿考

---

[1]　旧题白居易《金针诗格》,见张伯伟《全唐五代诗格汇考》,江苏古籍出版社 2002 年。
[2]　严羽《沧浪诗话·诗体》,《沧浪诗话校笺》,上海古籍出版社 2012 年,第 366 页。

之方也；不幸而有疾，则针石汤药之所去也。肃礼容，居中正，康道德，履仁义，敬天地，恪宗庙，此吉祥之术也；不幸而有灾，则克己责躬之所复也。"《颜氏家训·兄弟》篇："人或交天下之士，皆有欢爱，而失敬于兄者，何其能多而不能少也！人或将数万之师，得其死力，而失恩于弟者，何其能疏而不能亲也。"《隋书·孝义传》："若乃绾银黄，列钟鼎，立于朝廷之间，非一族也；其出忠入孝、轻生蹈节者，则盖寡焉。积龟贝，实仓廪，居于闾巷之内，非一家也；其悦礼敦诗、守死善道者，则又鲜焉。"纯乎八股机调，唐人骈体中甚多。①

与探讨骈文的形成一样，钱先生首先重视的仍是汉赋，他所引的例证以汉赋为首，从赋扩展到其他文章。从修辞上说，扇对是一种拉长了的对偶，汉赋作者既喜对偶，偶然逞才而出现长幅的扇对，也并不奇怪。

后世的赋中，也常出现一些长对，钱先生所引左思《吴都赋》的一例甚长，比较极端，一般情况下，超过骈文四六"隔句对"的长度者，便可视为扇对了，如陆机《文赋》有云：

> 于是沈辞怫悦，若游鱼衔钩而出重渊之深；浮藻联翩，若翰鸟缨缴而坠曾云之峻。②

孙绰《游天台山赋》有云：

> 非夫遗世玩道，绝粒茹芝者，乌能轻举而宅之？非夫远寄冥搜，笃信通神者，何肯遥想而存之？③

像这样长度的对偶，在赋和骈文中更为多见。唐人总结写作技法时，似乎仍将此归入"隔句对"，如佚名《赋谱》所释：

> 隔句对者，其辞云隔，体有六：轻、重、疏、密、平、杂。轻隔者，如上有四字，

① 钱锺书《管锥编》，生活·读书·新知三联书店 2007 年，第 1516—1517 页。
② 陆机《文赋》，《陆机集校笺》，上海古籍出版社 2016 年，第 7 页。
③ 孙绰《游天台山赋》，《文选》卷十一，上海古籍出版社 1986 年，第 494 页。

下六字,若"气将道志,五色发以成文;化尽欢心,百兽舞而叶曲"之类也。重隔,
上六下四,如"化轻裾于五色,独认罗衣;变纤手于一举,以迷纨质"之类是也。疏
隔,上三,下不限多少。……密隔,上五已上,下六已上字。……平隔者,上下或
四或五字等。……杂隔者,或上四,下五、七、八;或下四,上亦五、七、八字。……
此六隔皆为文之要,堪常用。

　　凡赋以隔为身体……身体在中而肥健。①

　　"隔句对"的每一联由两句构成,一联之中上句四字、下句六字的叫"轻隔",反过来上
句六字、下句四字的叫"重隔",这是最常见的四六隔句对。上句三字、下句字数随意
的叫"疏隔",上句多于五字、下句多于六字的叫"密隔"。对照之下,上文所举《文赋》
《游天台山赋》的那种例子,似乎勉强可以归入"密隔"。此外上下句字数相同的叫"平
隔",字数不同但有一个四字句(另一个不是六字句)的叫"杂隔"。

　　值得注意的是,《赋谱》指出这六种"隔"是"为文之要,堪常用",而且"隔句对"的
使用对一篇赋来说非常重要,被比喻为赋的"身体",所谓"身体在中而肥健",如不使
用,就不够充实,显得单薄了。

　　可想而知,《赋谱》把"隔句对"如此烦琐地加以分类,也正因为它在写作实践中非
常重要。只有频繁使用的东西,才需要仔细分类。唐人科举考试用律赋,《赋谱》之
作,主要针对律赋,而隔句对既被视为其"身体",当然必须讲究。从追求"肥健"的角
度说,六"隔"之中要以"密隔"最为"肥健"了。虽然"隔"都被描述为两句一联,但在不
使用标点符号的情况下,"密隔"似乎可以包容更长一些的扇对。那么,以"密隔"的名
义被律赋使用的扇对,就从纯粹的修辞性因素逐渐向体式性因素过渡,参与构成赋的
"身体"。

　　大量借鉴辞赋写法的骈文,既是对偶法的体式化,自然也不会排除扇对法的使
用,钱锺书先生已指出"唐人骈体中甚多",不烦列举。随着唐宋"古文运动"的展开,
主流文体从骈文逐渐转为古文,但制诰、章表等某些文类仍保持骈体,通常被我们称
为"宋四六"。而这"宋四六"的写作特征之一,就是较多地使用扇对。宋人邵博《邵氏
闻见后录》卷十六云:

---

① 　佚名《赋谱》,见张伯伟《全唐五代诗格汇考》,江苏古籍出版社 2002 年,第 557—563 页。

　　本朝四六,以刘筠、杨大年为体,必谨四字六字律令,故曰"四六"。然其弊,类俳语可鄙,欧阳公深嫉之……如公之四六云:"造谤于下者,初若含沙之射影,但期阴以中人;宣言于廷者,遂肆鸣枭之恶音,孰不闻而掩耳。"俳语为之一变。至苏东坡于四六,如曰:"禹治兖州之野,十有三载乃同;汉筑宣防之宫,三十余年而定。方其决也,本吏失其防而非天意;及其复也,盖天助有德而非人功。"其力挽天河以涤之,偶俪甚恶之气一除,而四六之法则亡矣。①

"四六"顾名思义大抵是"谨四字、六字律令"的,但欧、苏等名家则以长联洗涤之,造成新风。若以唐人《赋谱》所列六"隔"衡之,"谨四字、六字律令"的不是"轻隔"就是"重隔",而这里引用的欧公一联,可算"密隔",东坡的二联可算"平隔"和"杂隔"。

北宋文章的另一名家王安石,所作四六中也多见类似的长联,略举数例:

　　周勃、霍光之于汉,能定策而终以致疑;姚崇、宋璟之于唐,善致理而未尝遭变。②

　　臣闻人臣之事主,患在不知学术,而居宠有冒昧之心;人主之畜臣,患在不察名实,而听言无恻怛之意。③

　　百姓以安平无事之时,而未免流离饿殍;四夷以衰弱仅存之势,而犹能跋扈飞扬。④

像这样的长联,勉强仍可算作"密隔"。总体而言,宋四六虽以多用扇对为特征,但一般情况下,也就限于这样的长度,比起严谨的四六隔句对来,显得自由奔放,或者多一番曲折,却也不至于太长,离八股文的"两比",还有较大的距离。

其实,无论是赋还是骈文所使用的扇对,达到像钱锺书先生所举"几似八股文中两比"那样长度的,毕竟尚属偶见,绝大多数是可以视为"密隔"一类的。如果我们认为从这类"密隔"型的扇对可以直接发展出"八股机调",大概是过于简单的设想,并不十分符合史实。大致说来,扇对在"宋四六"中,基本上仍是修辞性因素,并未明显地呈现向体式化发展的趋势。

① 邵博《邵氏闻见后录》卷十六,中华书局1997年,第124—125页。
② 王安石《贺韩魏公启》,《王文公文集》卷二十二,上海人民出版社1974年,第251页。
③ 王安石《谢翰林学士表》,《王文公文集》卷十八,第206页。
④ 王安石《辞拜相表》,《王文公文集》卷十六,第170页。

那么,被认作八股文雏形的北宋经义,情况又如何呢? 与制诰、章表等使用四六骈体的文类不同,作为议论性的文类,在"古文运动"兴起以后,经义本应该用古文体式来写作的。但既然到北宋后期,已经被晁说之攻击为"扇对外无文章",则即便有些夸张,也可见扇对已不再是偶然用之的修辞手段,而达到了相当体式化的程度。

问题是,北宋经义的行文特征究竟如何,目前学界对这一点其实还没有很确切的把握,因为我们掌握的北宋经义之文并不多。从资料上说,比较可靠的一批经义,是在元丰五年(1082)状元黄裳的《演山集》中。此集卷三十八到四十,有六篇《周礼义》、六篇《论语孟子义》,共十二篇,是迄今为止可以确认的最早一批北宋科举经义文。黄裳在金庸先生的武侠小说中被写作《九阴真经》的作者,实际上他是个喜欢阅读道经的士大夫。在王安石改革科举,规定考试经义之后不久,他就高中状元,应该是写作经义的顶尖高手了。

上面说过,文章的开头,即"破题"部分使用扇对,是经义的习惯写法。在黄裳的十二篇经义中,这个写法尚未成为固定格式,但其倾向已甚明显,使用扇对破题的篇目在半数以上,其余不使用扇对的也用了较为整齐的句式。考察这些扇对的性质,有一篇《唐虞之际于斯为盛》[①]的开头特别长,几乎可以称之为"两比",但多数没有那么长,仍可归属于"密隔",或者比通常的"密隔"稍长一些。

然而更重要的是,这种扇对的表达内容为议论,而议论又针对题目而发,往往抓出题目中的两个要素,或者以"一分为二"式的思路剖析出两个方面,来组织对偶。这样一来,其所造成的后果,就不光是破题使用扇对的写法自身走向格式化,而且也意味着后文的展开,仍可分论这两种要素或两个方面(当然题目特殊时,要素或方面也可能在两个以上),于是行文上就出现了平行的两幅。比如有一篇《考其德行道艺而劝之》[②],黄裳先从题目中抓出"行"和"艺"两种要素,组织破题的对句:"六行,人之德性所有者也;六艺,人之才性所有者也。"接下来就用两幅分论"德"和"才":

> 自其德行而充之,以知致仁,以仁致圣,高明之德也;以义致忠,以忠致和,中庸之德也。以性立德,以德制行。以孝事其父母,然后能以友事其兄弟;以睦善其内亲,然后能以姻善其外亲;以信任其朋友,然后能以仁恤其乡党。睦姻之于孝类也,而孝生于上德之仁;任恤之于友类也,而友生于中德之义。

---

① 参见黄裳《演山集》卷四十,文渊阁四库全书本。
② 参见黄裳《演山集》卷三十八,同上。

自其才性而充之，以礼得中，其性正矣；以乐得和，其情正矣。然后射足以观德，御足以观智，书足以探心，数足以究物。

两幅分论之后，仍以扇对小结之：

贤愚贵贱，其性之根皆有是德，其德皆有是行；其性之干皆有是才，其才皆有是艺。

破题既拈出了题中的两个要素，则接下来两幅分论，然后加以小结，这应该是可以理解的写法。在这个例子里，因为分论的两幅长短不一，句式不对称，故不形成两比，但从构思上讲，实在是两比的机调。如果类似的写法经常被采用，只要在句式上下点功夫，使其长短对称，两比便呼之欲出。在《辨庙祧之昭穆》①一篇中，有如下两段：

合食于太祖，礼之尚亲而主爱者也，以情先焉。爛熟，物之近于人情者也。不近于人情，非礼之宜也，不足以致爱焉。故祫主于馈食。
审谛昭穆，礼之尚尊而主钦者也②，以意先焉。血腥，礼之远于人情者也。不远于人情，非礼之至也，不足以致钦焉。故禘主于肆裸。

这就是标准的两比了！

当然，黄裳的这些经义，还没有像后世的八股文那样规整地排列四个"两比"，只是出现了这样对称的段落。但这种段落的存在，不但足以证明北宋的科举经义确是八股文的雏形，还有助于我们考察"八股"体式逐渐形成的过程。一般见于唐宋辞赋、骈文及经义破题部分的扇对，是可以归为"密隔"一类的，不甚长；但经义破题用议论性的扇对，容易引出后文以两幅分论的写法，如果这两幅在长度和句式上对称，便形成了两比。这是一种更长的扇对，宋人似乎称之为"大扇对"，如沈作喆笔记《寓简》中有云：

王履道作大扇对，颇伤粗疏。③

① 黄裳《演山集》卷三十八，文渊阁四库全书本。
② 此句"礼之"原文作"之礼"，则当属上句，以意改。
③ 沈作喆《寓简》卷五，文渊阁四库全书本。

王履道名安中，有《初寮集》，为徽宗朝四六名家，但他是元符三年(1100)进士，估计亦擅长经义吧。"扇对"而加一"大"字，若指长幅的两比，则可反证，宋人心目中一般的"扇对"是并不太长的。在扇对修辞手法被体式化而形成"八股"文体的过程中，"大扇对"被习惯性地使用，该是最为关键的一步。虽然如钱锺书先生所说，汉赋、唐骈中就出现了可以视为"大扇对"的文例，但现在看来，北宋经义以扇对破题，然后以两幅"大扇对"分论的写法，才是"八股机调"的真正形成。

值得注意的是，无论对于扇对式的破题，还是两幅对称的"大扇对"，乃至对经义试士的制度本身，宋代的批评家通常是持否定态度的。这自然也与北宋"新旧党争"的特殊政局相关，但经义的写作体式走向八股的历史步伐未被这样的否定所阻，而仍能继续前行，则除政治原因外，也必有文章学上的理由。这就好像唐宋"古文运动"反对骈文，但并未将骈文消灭一样，汉语写作者对于对偶的迷恋是根深蒂固的，而扇对无非是拉长了的对偶。

作为对古代经典的语句加以理解，从而引发思想的议论文，经义既不能脱离经典，又毕竟要追求思想的条理贯通，故经典的语句形式和思想的条理性也促成了表述上的扇对化。比如朱熹注《大学》"物格而后知至，知至而后意诚，意诚而后心正"云：

> 物格者，物理之极处无不到也；知至者，吾心之所知无不尽也。知既尽，则意可得而实矣；意既实，则心可得而正矣。[①]

注《中庸》的"致中和，天地位焉，万物育焉"云：

> 自戒惧而约之，以至于至静之中，无少偏倚，而其守不失，则极其中而天地位矣；自谨独而精之，以至于应物之处，无少差谬，而无适不然，则极其和而万物育矣。[②]

经典的语句本身整饬，从中引出的思想也以"扇对"形式被表述出来，特别是后一例，注文几乎就构成了两比。这还不是经义文，只是注释，朱熹本无必要去做扇对，却自然写成了扇对句。只能说，这与思维方式有关。比如朱熹的名言"众物之表里精粗无

---

① 朱熹《四书章句集注·大学章句》，《朱子全书》第六册，上海古籍出版社、安徽教育出版社2003年，第17页。
② 朱熹《四书章句集注·中庸章句》，同上，第33页。

不到，而吾心之全体大用无不明"①，这是他追求的最高精神境界，这个境界必须用对"物"和"心"这一对概念的说明来表述。我们一般习惯用一对一对的事物和概念来结构这个世界，而表达方式上的对偶，就几乎是其忠实回应。因为这不光是行文体式问题，如果关于本来成对的事物和概念只说其中之一，思想上也就不成条理。很难说这样的思维方式和骈俪句式谁决定了谁，但它们似乎总会互相选择对方。

　　律诗要对偶，骈文要对偶，八股文要对偶，章回小说中的回目也是对偶句，中国的文学传统中充满了对偶。日常生活中，我们到风景名胜之处，看到最多的就是对联，门板上、梁楹上、石柱上全是对联，过年的时候家家户户都要贴个春联，不过年的时候举办各种活动、典礼，也经常要拟个对联挂起来，吊唁的时候还有挽联，这都是对偶。我们中国人几乎就是一群深陷在对偶之中难以自拔的人。不过文章史上，最受推崇的偏偏是倾向于排斥对偶的古文。古文家经常讨厌对偶，大概觉得对偶是很庸俗的，努力要从中自拔吧。

---

① 　朱熹《四书章句集注·大学章句》，《朱子全书》第六册，上海古籍出版社、安徽教育出版社2003年，第20页。

第八章　说　唱

前面逐次介绍了辞赋、诗词曲、骈古文等"雅文学"的主要体裁,接下来介绍"俗文学"。

所谓雅俗,原是相对的概念,就文体类型来说,何者为雅,何者为俗,每个时代的看法并不相同。比如,乐府诗中的民歌部分、唐曲子词和元曲,开始的时候都是俗的,后来被士大夫所接受,便逐渐趋向雅化。"俗文学"的说法兴起于二十世纪初,那时候,因为要给白话文运动张本,便以语言上采用白话为基本的标准,而其最为主干的部分,恰好就是被《四库全书》所舍弃不收的白话小说和戏剧作品。其实,白话小说里面往往含有文言的段落,戏剧更是文言和白话混杂的(而且很难说是以白话为主),明代以后参与小说、戏剧创作的,也多有士大夫,甚至有朱明皇室的子弟和满清的八旗贵族。与从前的乐府诗、唐宋词、金元曲一样,白话小说和戏剧原也走在了"雅化"的途上,而且,如果真的把它们视为"五四"以后"新文学"的前身,那么"新文学"恰恰就是其"雅化"的完成,因为"新文学"的主体部分,并未按其原来提出的理想而成为大众的文学,其深刻的思想性、对民族前途的浓重忧思和对社会的鲜明"教育"姿态,使它远离娱乐耳目、放松生活节奏的功能,在很大程度上只属于"知识分子"的世界。由于"新文学"也兼具将西方的文学观念、文学体裁横向移植于现代中国的目标,对照之下,白话小说和传统戏剧(亦称"戏曲")就比较符合西方的小说、戏剧这两种文学体裁,所以,它们被标举为带有"新文学"先驱性质的"俗文学"。由此,被一般士大夫所轻视的这些通俗作品,就几乎进入了文学殿堂的最高处。

但中国历史上的白话文学,并不只有小说和戏剧两种形式,如以白话小说的讲述形式和传统戏剧的演唱形式为标准,那么还有许多处于两者之间的形式,一般统名为"说唱"或"讲唱"。不过,正如把辞赋看作诗、文之间的体裁一样,把"说唱"视作小说和戏剧之间的形式,也是一种不太周全的表述。我们已知,辞赋在历史上的发展成熟早于五七言诗、骈文和古文,同样,"说唱"文学的兴盛,其实也早于白话小说和戏剧。因此,本章先从"说唱"谈起。

顾名思义,"说唱"就是既说又唱的表演方式,其文本则呈现为散文、韵文(即说白和唱词)相间的形式。采取这种形式的作品,大部分是具有故事性的,但并不一概如此。而且,作为表演者所用的脚本或帮助观众欣赏的读本,有时候只顾其实用性,不顾其作为一个文本的完整性,也就是说,有的文本只记录了唱词,没有说白,有的则相反,但表演时未必只唱不说,或只说不唱。那没有唱词的文本,我们姑且可以归到小说去,而没有说白的文本,既未成为戏剧,一般又不算作诗,只好归到说唱之中。

说唱的历史起源是相当早的,古代文献中有一些篇章如《荀子·成相》就疑似说唱文本,甚至《左传》也有人怀疑它根本不是注释《春秋》的经书,而是一个瞎子说书的记录。宋代陈骙的《文则》中有一条评《左传》叙事之妙云:

> 文之作也,以载事为难;事之载也,以蓄意为工。观《左氏传》载晋败于邲之事,但云"中军下军争舟,舟中之指可掬。"则攀舟乱刀断指之意自蓄其中。[①]

这里例举的是《左传》宣公十二年晋楚"邲之战"的一节,描绘晋军渡河撤退时的情形。许多战士用手指攀着船舷想爬上去,而船上的人则想摆脱他们赶快走,所以挥刀砍断这些手指,造成"舟中之指可掬"的惨状。在陈骙看来,这是《左传》叙事之妙,但近代日本学者仓石武四郎则认为,这样的叙事之妙未必来自驾驭文字的高超功夫,而更可能出自"三寸不烂之舌"[②]。确实,"船上都是手指",这样的夸张法很像说书的口吻。《左传》中类似的段落不少,仓石武四郎的说法可备参考。到了汉代,出土的陶俑中有个神采飞扬的人物,大家都认为是说书的。

不过,我们现在能够读到的最早一批成熟的白话说唱文学作品,是在敦煌遗书之中。

一、敦煌莫高窟与敦煌遗书

敦煌遗书是二十世纪最重大的考古发现之一。清光绪廿六年五月廿六日(1900年6月22日),住在敦煌莫高窟的王圆箓道士,偶然打开了一个封闭的洞窟,使洞内的遗书重见天日。现在我们把这个洞称为藏经洞,按敦煌研究院的编号,就是第 17 窟,而实际上它只是第 16 窟甬道北壁开凿的一个耳室(如右图)。这个耳室内为什么藏有遗书,并被封闭,至今还是谜团,学

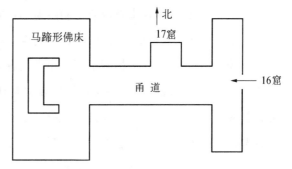

---

① 陈骙《文则》,人民文学出版社 1960 年,第 7 页。
② 仓石武四郎《中国文学讲话》,岩波书店 1968 年,第 36—37 页。

者们有各种猜想，却都无法证实。

王道士有心记下了他打开藏经洞的日期，这说明他对这件事的意义并非一无所知。但他显然将这批遗书视同自己挖到的古人藏宝，而据为己有。不光如此，当时的敦煌地方政府，乃至甘肃省的高级官员，听闻此事后，也并不加以干预，似乎他们也认为这批遗书应归王道士全权处理。所以，接下来就有了一系列我们熟知的故事：西方考古学者陆续到敦煌攫宝。

藏经洞被打开的次年，英国作家拉迪亚德·吉卜林（Rudyard Kipling，1865—1936）出版了他的小说《基姆（Kim）》，他因此而获得了 1907 年的诺贝尔文学奖。这部小说呈现了十九世纪晚期至二十世纪初叶中亚地区的基本局势，就是英俄势力的交汇和冲突，俄国在北方，以印度为殖民地的英国势力在南面，两大势力在中亚玩起了"great game"，也吸引了其他国家的加入。西方考古者深入亚洲腹地，沿至新疆、甘肃，也是有这个政治背景的。后来，连刚刚崛起的亚洲国家日本，也觉得自己有责任到这个地方去插一手，因此而派出了大谷探险队。自顾不暇的清政府，当然只好任其来去。就在吉卜林（Kipling）获诺贝尔奖的同一年，英国人斯坦因（Mark Aurel Stein 1862—1943）到了敦煌，从王道士处得到大量遗书，然后到英国皇家学会报告了他的"发现"。1908 年，法国人伯希和（Paul Pelliot，1878—1945）接踵而至。王道士留下的文字中，称斯坦因为"斯大人"，而称伯希和为"伯学士"，似乎对伯希和的学识比较佩服，所以他允许伯希和进入了藏经洞，从容挑取优质的卷子。在他们之前，已经有俄国人到过敦煌，但敦煌遗书为国际学界所重视，应该是从斯坦因的报告开始的，而其引起中国学界的关注，则是通过伯希和的介绍。伯希和获得了一部分遗书后，到北京办了一个小型的展览，罗振玉、王国维等中国学者由此知晓此事，在他们的呼吁下，清政府于 1910 年下令甘肃省政府将剩余遗书押解至京。

敦煌遗书目前散在世界各地，但法国巴黎、英国伦敦、俄罗斯圣彼得堡和中国北京，是比较集中的。就其中标明了写作年份的卷子来看，最早的大概书写于十六国时期，最晚的是北宋景德三年（1006）所书，多数是唐五代的写本。内容自然丰富多样，质量也参差不齐。我们这里关心的是通俗文学的写本，大约有 200 个卷子包含了说唱形式的通俗文本，经过学者们整理之后，得到 80 余件作品。这便是现在所知的白话说唱文学的祖宗了。这些作品，就卷子自标的名目来看，有"讲经文""押座文""解座文""词文""缘起""变文"等类型，由于标了"变文"的卷子较早引起关注，故一段时期内，学界曾以为这样的说唱文本统名"变文"，后来接触资料多了，才知道"变文"只是其中一类的名目。二十世纪五十年代，著名敦煌学家王重民等人整理出版了《敦煌变文集》①，就是把"变文"当作统名用了，实际上他们根据 187 个卷子，校录了说唱文本 78 种，就包含了上述各种类型。现在我们就以《敦煌变文集》为主要参照，逐一介绍这些类型。

二、敦煌遗书中的说唱文学作品

为什么敦煌遗书中会有这么多说唱体的通俗作品？这要从佛教徒的"俗讲"活动说起。

我们知道，中国历史上著名的僧人，多跟士大夫乃至皇室交结，走上层路线，以便获取势力支持。但是作为宗教，毕竟仍须面对更为广大的下层民众，因而也具备其世俗面向。宗教的这种兼具上层路线与世俗面向的特征，使它往往成为雅俗文学沟通的桥梁，佛教对中国文学传统所起的作用，就包含这方面。大约南北朝以来，佛教徒为宣传其教义，经常会给人讲课。某些士大夫在自己的庄园里搞个讲座，请僧人来主讲，邀集有兴趣的朋友来听讲、讨论，这叫"结讲"，延续一段时间后解散，叫"解讲"。谢朓的诗集中，就有一首题目叫《秋夜解讲》，他听完了一期佛学讲座后，写了这首诗。后人看不懂"解讲"是什么意思，觉得不通，就把题目校改成"秋夜讲解"，这样貌似通了，其实错了。类似的讲座在谢朓那个时代，是经常举行的。因为有些士大夫的佛学水平相当高，所以这种讲座的深度大约并不亚于寺院教学。但是，除了士大夫外，僧人也要给普通民众宣讲佛教，这个场合就不能讲得那么深，而要通俗易懂，那便是所谓的"俗讲"了。为了提高吸引力，僧人在"俗讲"上也费了很大工夫，他们培养了一批善于"俗讲"的高手，采用民众乐于接受的通俗说唱形式，把佛经的内容和含义表演、传达出来。可以说，"俗讲"这一活动，很早就走向了专业化。但专业化的结果，却使"俗讲"的内容大量地突破佛教范围，并发展为一般的通俗说唱。敦煌遗书中保存的各类讲唱文本，大致都不妨视为"俗讲"的产物，即便不是原始的脚本，也是其抄录本，或记录本。

1. 讲经文

对于"俗讲"的仪式，敦煌遗书中有专门的记载，大致是由法师、都讲二人，升上高

---

① 王重民、王庆菽、向达、周一良、启功、曾毅公编《敦煌变文集》，人民文学出版社 1957 年。

座（法师之座曰讲座，都讲之座曰唱经座），都讲宣读经文一段，法师以韵散相间的通俗词句解释讲唱这段经文，都讲再读经文一段，法师再予讲唱，如此交替至完毕。所以，法师乃是主讲，都讲则是配合的副手。敦煌讲唱文学中有一部分是以经文和讲解经文之说唱组成的，可以判断为这种俗讲的本子，早先有人称之为"俗文"，现因某些本子题名为"讲经文"，故我们用"讲经文"一名称呼这类作品。《敦煌变文集》中收录十八篇，其敷演的经文，主要是《维摩诘所说经》《太子成道经》《佛说阿弥陀经》等。

　　除了每段前面的经文和后面的韵文唱词外，中间的散文解说部分，是很值得关注的。因为对佛经的理解，在佛教不同宗派之间，早就形成了差异，"俗讲"的法师必须在众说纷纭之中选择一种解释。就现存的"讲经文"来看，法师们多数会采用玄奘弟子窥基（632—682）对佛教经典的注疏，比如《维摩诘经讲经文》《妙法莲花经讲经文》中，就有"若据慈恩解信，理有十般"，"此唱经文，慈恩疏科有二"等文句，这慈恩便是窥基。窥基长着一个很大的脑袋，有"猪头"之称，"猪头"里面满满都是学问。据说他做过一百种佛经的注疏，故又有"百部疏主"之称。他的名气这样大，"俗讲"的法师们采用他的解释，似乎是可以理解的，但如此一来，玄奘、窥基的法相唯识之学，多少也因这一方式而获得传播。在中国佛教史的研究中，我们通常认为，这个宗派的理论太忠实于印度佛学，不够迎合中国传统思想，所以国人不愿接受，致其迅速消亡。然而我们也应该看到另一方面，就是其学说在帝王将相的世界里消亡的同时，有关的知识乃至故事，却深深走入了民间社会，庶民大众虽不能全部理解他们的佛学，却以传诵"西游"故事的方式来追思其万古长存的业绩。敦煌"讲经文"根据窥基经疏而作，也保证了其甚高的水准，做到了真正的通俗，却并不庸俗。

　　2. 押座文、解座文

　　"押座文"一名，亦为敦煌卷子自身所标，如《敦煌变文集》所录《维摩经押座文》，是篇幅不长的七言唱词，给听众唱一些佛理常识和熟闻的佛教故事，说明听经的重要性，最后以"经题名目唱将来"结束。这显然是在开讲《维摩诘经》之前，用来弹压四座的，其作用颇像后世小说起头处的"入话"、楔子之类。有一篇《八相押座文》，共47句唱词，算"押座文"中比较长的，其内容是分八个阶段叙述释迦牟尼的一生，降兜率、托胎、住胎、出生、出家、降魔成道、说法、入灭，称为"八相"。这样的"八相"在壁画中也是常被表现的题材。

　　与此相应的，是"俗讲"终了时所用的致语，篇幅更短，因史籍记载讲经的结束叫作"解座",故现将此种作品称为"解座文"。有的卷子是把押座、解座之词钞在一起的,如 S2440《三身押座文》,于结束处"经题名字唱将来"后还有四句:"今朝法师说其真,坐下听众莫因循。念佛急手归舍去,迟归家中阿婆嗔。"这显然是在俗讲终了时,教大家念声佛,赶快回家,以免回家太晚了被老婆骂。如果这本经的内容还没讲完,法师就可能邀请大家下次再来,那就跟后世章回小说"欲知后事如何,且听下回分解"相似了。

3. 词文、话本

"词文"也是卷子自名,《敦煌变文集》所录《捉季布传文一卷》,尾题"大汉三年楚将季布骂阵汉王羞耻群臣拔马收军词文"①,是只有韵文唱词,没有散文说白的本子。其最后两句道:"具说《汉书》修制了,莫道词人唱不真。"可见这是"词人"所唱的。这内容当然已在佛教之外,但此篇长达 640 余句,堪称巨制。被《敦煌变文集》拟题为《董永变文》的 S2204 一卷,体制上实与此相同,也应该叫作"词文"。还有 P3645 题为"季布诗咏",S3835 和 S5752 题为"百鸟名",都只有开头的一点点说白,后面全篇唱词,不妨也归入此类。

与只有唱词的"词文"相对,还有一种只有说白的文本,如《敦煌变文集》里的《庐山远公话》,篇题为 S2073 卷子原有,叙高僧惠远的故事。与此相同的是 S2144 一卷,叙韩擒虎故事,卷末有"画本既终,并无抄略"之语,"画本"可能是"话本"之讹,故《敦煌变文集》拟题为《韩擒虎话本》。唐宋时期把讲故事叫作"说话",其底稿或记录即是话本。S6836 卷首残缺,卷末题"叶净能诗",其实亦是话本。

词文与话本,很可能只是文本上的差异,记录了说唱表演的不同部分而已。表演的时候,未必是只唱不说,或只说不唱的。

4. 缘起

"缘起"又称"因缘"或"缘",亦出卷子自名。如《敦煌变文集》所录《丑女缘起》一种,有五个写本,P3048 标题"丑女缘起",S2114 题作"丑女金刚缘",而 S4511 尾题则作"金刚丑女因缘";又如 P2193 标题"目连缘起",P3375 尾题"欢喜国王缘",等等。这是一种讲唱佛经之中的故事而不诵读经文的本子,看来是"俗讲"的简化,比较自由

① 王重民等编《敦煌变文集》卷一,人民文学出版社 1957 年,第 51 页。

灵活。其与"讲经文"的差别,就在于没有读解经文的部分,故可由一位僧人表演。内容上,它比"讲经文"更突出故事性,显示了"俗讲"脱离讲经的形式,向纯粹的故事说唱发展的倾向。

值得注意的是,此种"缘起"往往也可称为"变",如 S3491 题为《频婆娑罗王后宫彩女功德意供养塔生天因缘变》,题后紧接押座文,押座文后复出简题,为《功德意供养塔生天缘》,又如 P3048《丑女缘起》的末句,谓"上来所说丑变"。另外,史籍中记载唐代曾流行《目连变》,应该也就是敦煌卷子中的《目连缘起》,而卷子中也另有《大目乾连冥间救母变文》(见下)。所以,缘起与下面讲的"变文",几乎也可以看作同一种东西。

5. 变 文

至于"变文",亦出卷子之自名。在《敦煌变文集》里,许多名为"变文"的作品是编者拟题的,敦煌卷子原来标题为"变"或"变文"的,大概有八个作品:

(1)《汉将王陵变》,S5437 前题如此,P3627(2)尾题"汉八年楚灭汉兴王陵变一铺"。

(2)《舜子变》,S4652 前题如此,P2721 尾题"舜子至孝变文一卷"。

(3)《前汉刘家太子传》,P3645 尾题"刘家太子变一卷"。

(4)《八相变》,北云 24 卷背题如此。

(5)《破魔变文》,P2187 尾题"破魔变一卷",前有"降魔变神押座文"。

(6)《降魔变文一卷》,S5511 前题如此,S4398 前题"降魔变一卷"。

(7)《大目乾连冥间救母变文并图一卷》,S2614、P2319 前题如此,尾题"大目犍连变文一卷"。

(8)《频婆娑罗王后宫彩女功德意供养塔生天因缘变》,S3491 前题如此。

另外,如上述《丑女缘起》似亦可称"丑变"。其他被《敦煌变文集》拟题为"变文"的,便难以断言其拟题之正确与否。

根据这些标明"变"或"变文"的卷子,学者们推断,它演出时须与图卷配合,故文本中讲唱交替的地方,也就是散文说白部分向韵文唱词过渡的地方,每有"……处,若为陈说""当尔之时,道何言语""看……处"之类的话,这里的"处"与"时"皆指某一画面,如莫高窟壁画的榜题,就多作"……处""……时"。所以,这些语句等于是说"现在看下一幅画,讲的又是什么呢……"是用来提示听众观看画面的。一般认为,这就是

"变文"的体式特征,可据以判断一个作品是否"变文"。当然,如果一一核实,则标明"变"或"变文"的卷子,也并不是全部符合此种体式,像《舜子变》《前汉刘家太子传》(刘家太子变)即没有"……处"或"……时"。其实这两种作品连唱词也没有,可以认为是被写本省略了。倒是多数被标为"缘""因缘""缘起"的作品,却符合此种体式,唯P2193《目连缘起》不符。总之,在敦煌所出讲唱文学作品的各种类型中,要以"变文"一类最为复杂,也最受学者的关注。

从各种有关的史料中,我们还可以找到一些相关的名目,如其表演方式叫作"转变",表演者被称为"变家"(僧俗男女皆可),表演的场所叫作"变场",用来相配的画幅可能叫作"变相",而文字脚本就叫"变文"。观其内容,则有佛经故事,如《大目犍连冥间救母变文》《降魔变文》等,也有历史故事或民间故事,如《舜子至孝变文》等,唐诗中还留有"昭君变"一名,当是王昭君的故事。可见"变文"的内容已并不限于佛教。

"变文"只是敦煌说唱文本的一种类型,并非其全部的统名,这一点现在已可确认。但这并不降低"变文"的发现对说唱文学历史考察的意义,而且,上述"转变""变家""变场""变相"等一连串与"变文"相关的名称,也颇能吸引研究者的兴趣。为什么这种东西叫作"变"呢?对于这一点,我们在下一节略作推考。

三、变相与变文

在中国典籍里,将佛经叙述的故事或描述的场面绘成图画,叫作"变相",或简称"变"。李白集中有《金银泥画西方净土变相赞》,《全唐文》卷 376 任华《西方变画赞》亦云:"敬画《妙法莲华变》一铺。"就《历代名画记》《酉阳杂俎》《高僧传》等书所载,有"弥勒变""金刚变""华严变""楞伽变""维摩变""涅槃变""净土变""西方变""地狱变""宝积经变"等多种内容的"变相"。敦煌壁画的榜题也可与此类记载相印证,如第 100窟的榜题中,就有"报恩经变相"五字。大概从六朝时候起,"变"或"变相"的名称就已流行。

今人研究敦煌壁画,为了便于归类,专将根据一部或几部佛经的主要内容组织而成的首尾完整、主次分明的大型画幅称为"经变",与本生故事画、因缘故事画、佛传故事画及单身尊像相区别。其实,若在唐代,这些画也可以称为"变相",如佛传故事画就可以称为"八相变",本生故事中的"睒子本生"也称"睒变",而文殊造像也有称"文殊变"的。自然,将"经变"与上述诸画相区别,也无不可。据统计,敦煌壁画中的"经变"种类甚多,有三十余种,比较常见的是《西方净土变》《东方药师变》《弥勒经变》《法华经变》《维摩诘经变》等。其绘画风格,是铺天盖地、琳琅满目式的,所谓"佛画之灿烂",主要就体现于"经变"。

至于"变文"与"变相"进行配合的表演(即所谓"转变")方式,在某些"变文"的文本中也可以找到根据,如《敦煌变文集》所录的《汉将王陵变》,其尾题为"汉八年楚灭汉兴王陵变一铺",而文中也有"从此一铺,便是变初"之语,其与"变相"配合的痕迹至为明显。又如 P4524 卷子,正面为图画,同于壁画中的"劳度叉斗圣变",卷背则抄有《降魔变文》之唱词,"降魔变"就是"劳度叉斗圣变",这个卷子也许正是"变相""变文"配套的实物。

迄今为止,我们对于"变相"的内容、"变文"的体制,已经可以说完全掌握,也就是说,这两个名称指的是什么样的对象,我们已经很清楚。但对其命名的缘由,即何以称为"变相""变文",却仍无确定的解释。作出这种解释的关键点,当然在于"变"字的含义。自从"变文"被发现以来,学者们为了知道什么叫作"变文",对"变"字的含义作了种种猜测,其结论只有一点是众所公认的:"变文"的"变",必与"变相"之"变"同义。本来,有关"变相"的史料是比"变文"更早见而常见的,但"变文"的问题出现之前,似乎无人关心"变相"一名的含义,所以,对"变"字提供解释的,都是研究"变文"的论文。上海古籍出版社于 1982 年出版了《敦煌变文论文录》,基本上集中了二十世纪最重要的研究成果。

概括起来,对"变"字含义的解释,较有影响的是以下三种:一是以为"变"乃某个梵文词语的翻译,这种看法目前似已被抛弃;二是认为"变"乃神奇变怪之义,"变文"就是表现神奇变怪之内容的;三是认为"变"乃改变体裁之义,"变文"就是将佛教经文或其他史籍上的记载改变成另一种体裁的文字。后两种看法,一从内容着眼,一从文体着眼,都讲得通,由于从文体着眼更易于促进研究的深入,所以"改变体裁"之说似乎稍占上风。通过文体研究,我们已把握了"变文"的特征,而且知道"变文"如何与"变相"配套演出。

不过,对"变文"作文体方面的研究所取得的丰富成果,并不表示从文体角度解释"变"字的含义一定是对的。虽然"变文"确实是以一种通俗文体改编了佛经或其他史籍上记载的内容,但"变文"一名是否即取义于是,仍值得怀疑。

力主"改变体裁"之说的,以周绍良先生最具影响。他先用此说来解释"变相",

然后推出"变文"的含义。关键性的材料,是《隋书·经籍志》里几条关于"变图"的记载:

> 梁有《骑马都格》一卷,《骑马变图》一卷。
>
> 《投壶经》四卷,《投壶变》一卷。
>
> 《九宫变图》一卷。

周先生对这几条材料的解释是:

> 私意以为如《骑马都格》,盖即"骑马总则",是讲骑马规矩的,而《骑马变图》则是一种图谱,是根据《都格》改变成图以使人更容易明了的。《投壶经》则是一种讲解投壶的书,而《投壶变》则是根据《投壶经》编的投壶谱,故名为"变"。《九宫变图》应也如此。[①]

他对"变图"作这样的解释,又认为"变相"和"变文"与此同理,"所谓变相,意即根据文字改变成图像,变文意即把一种记载改变成另一种体裁的文字。"

　　看来,"变图"材料的发现确实有助于理解"变相"的含义,而"变图"也确实是将文字内容改变成图谱形式。但"变"之一字是否即取义于此呢? 把《骑马都格》的内容改变为图谱来表示,只要说"骑马图"就可以了,又何必名为"骑马变图"呢? 比如有人根据曹植的《洛神赋》画了一幅画,就叫"洛神赋图",不会叫"洛神赋变图"吧? 所以,把"变图"解释为改变文字内容而成的图谱,这样的组词方式是令人感到别扭的。其实很明显,这个"变"不是变文字为图谱的意思,而是指图示内容的变化,《骑马变图》即是关于骑马的各种姿势、规则之变化的示意图,《投壶变》当是画出投壶活动中各种可能变化出的情形,《九宫变图》亦然。

　　因此,"变图"材料不足以证明"改变体裁"之说,倒反而提示了我们:"变"是就内容而言,不是就体裁而言的。

　　其实,有关史料本身足以表明"变"字的原初含义。东晋沙门法显的《佛国记》是最早提到"变"的,此书记载师子国(今斯里兰卡)三月中迎佛齿的活动盛况云:

[①]　周绍良《谈唐代民间文学》,《敦煌变文论文录》,上海古籍出版社 1982 年,第 2219 页。

> 王便夹道两边,作菩萨五百身已来种种变现,或作须达挐,或作睒变,或作象王,或作鹿、马,如是形像,皆彩画庄校,状若生人。[①]

国王命人在街上搬演佛本生故事中的种种形相,其中有"睒变",这令我们想起敦煌变文《丑女缘起》中的"丑变"一词,即"睒子变相""丑女变相"之简称。而"种种变现"一语,等于向我们解释了:"变"就是"变现"的意思。如此,则"变相"就是变现之相,即谓所画的内容是佛经记载的诸多变现之场景,而不是变佛经文字为图像的意思。

值得注意的是,义为"变现"的"变"本是一个动词,但将各种"变相"作品称为《××变》(如《西方变》《维摩变》等)时,"变"成为名词。这种动词与名词之间的转化,倒是符合汉语特征的。我们可以找出另一个例子:《隋书·音乐志上》云,梁朝普通年间的"三朝设乐",有"变黄龙、弄龟伎",而《音乐志下》又说,隋炀帝所陈百戏中,"有大鲸鱼,喷雾翳日,倏忽化成黄龙,长七八丈,耸踊而出,名曰《黄龙变》。"看来,"变黄龙"伎就是表演《黄龙变》这一节目的。"变黄龙"的"变"是动词,而《黄龙变》的"变"成了名词。《黄龙变》具有与各种"变相""变文"相同的命名方式,对我们推考"变"之含义,很具参考价值。

作为一个常用字,"变"字在汉语中的用法本极为灵活。因为其用法的灵活,不同含义的"变"字可以拥有相同的形式,如"变现"一义可以转为名词,以"××变"形式出现,而其他含义的"变"也可能借用这个形式,如《黄龙变》的"变"就是"变化"的意思。经过一段时期后,人们就会因其相同的形式而把原来不同的字义混合起来,于是,当他们说"××变"时,"变"的含义就显得普泛,未必固守佛教所谓"变现"之义。敦煌遗书中名为《××变》的作品,其故事内容就不全出于佛经,这些作品都被我们称为"变文",则"变文"之"变"也就不能限于"变现"一义。

即便在佛教高僧的笔下,"变"字也早不限于"变现"一义。稍后于法显的刘宋沙门慧简译有《佛母般泥洹经》,现收录于《大正藏》中,经末附录《佛般泥洹后变记》一篇云:

> 我般泥洹后百岁,我诸弟子沙门,聪明智慧如我无异。我般泥洹后二百岁时,阿育王从八王索八斛四斗舍利,一日中作八万四千佛图。三百岁时,若有出

---

① 法显《佛国记》,文渊阁四库全书本。

家作沙门，一日中便得道。四百岁时……①

此是预记佛灭以后，随着时间的流逝，佛教界将呈现种种不同情形。这一篇文字被名为"变记"，颇堪关注。它跟"变文"的关系如何，是值得探讨的问题。可以肯定的是，这个"变记"决不能解释为"改变体裁"所成的记载。如果释为"变现"之记载，也是比较勉强的。

大概在中古时代，尤其是到了唐代后，"变"的含义越来越普泛化，各种较具复杂性的状态与较具情节性的过程，可以统称为"变"。这样，敦煌"变文"题材之不必出于佛经，民间故事与历史传说之进入"变文"，就是不难理解的现象。不过，无论"变"字的用法如何灵活，有一点是确定不移的，即"变"乃指内容而言，不是指体裁形式而言，否则无法解释《黄龙变》和《佛般泥洹后变记》两条材料。这两条材料皆出于敦煌"变文"之前，为了谨慎起见，我们还得看一下敦煌"变文"之后的有关材料。由于敦煌"变文"自身不能说明它的名称含义，从其前、后的关系来为它定位，是唯一的办法。

我们都认为敦煌"变文"是宋代以后通俗文艺的先驱，但宋人的文字中至今还未发现有关"变文"的明确记载，似乎他们并不知道不久以前有一种叫作"变文"的东西曾经流行。"变文"一名在五代与赵宋之际突然消失，不知去向，这其中的缘故，是令人百思不解的。翻检宋金通俗文艺的史料，只能找到几条与"变"有关的文字，但也可以帮助我们理解"变"字的含义。

南宋周密《武林旧事》卷十，载"官本杂剧段数"，是研究戏剧史的重要材料，内有二种：

《鹘打兔变二郎》《二郎神变二郎神》。

此《鹘打兔》乃是曲调名，金《西厢记诸宫调》中有之。"变二郎"意谓用此曲调来演唱二郎神的故事。《二郎神变二郎神》，如果文字不误，那也就是用《二郎神》一调（宋词中有此调）来演唱二郎神的故事。北宋的赵令畤曾用十阕《蝶恋花》演唱《莺莺传》故事，成为《西厢记》的雏形，就体制来说，与此相去不远。"变"在这里是一个动词，其义为演唱故事。

"变"字的这种动词用法，还见于南宋耐得翁《都城纪胜》的"瓦舍众伎"一条，内中记载了一种叫作"唱赚"的演唱体制：

①　慧简译《佛母般泥洹经》，《大正新修大藏经》第 2 卷阿含部下，第 869 页。

赚者,误赚之义也,令人正堪美听,不觉已至尾声。是不宜为片序也。今又
有复赚,又且变花前月下之情及铁骑之类。凡赚最难,以其兼慢曲、曲破、大
曲……诸家唱谱也。①

这种"唱赚",是一套结构颇为复杂的组曲,而所谓"复赚",当是比"赚"更长,所含曲调
更多的组曲。这条记载也见于吴自牧《梦粱录》卷二十"妓乐"条,王国维先生据此判
断:"是唱赚之中,亦有敷演故事者。"(《宋元戏曲史》)他将"变花前月下之情及铁骑之
类"一句理解为"敷演故事",揆之原文的语境,可以判定是不错的。这里的"变"字,与
《鹘打兔变二郎》的"变"同义,即演唱故事。

我们再看金代的材料,元陶宗仪《南村辍耕录》卷二十五载有金代的"院本名目",
内有两种,是《变二郎爨》与《变柳七爨》。什么叫作"爨"? 文中有解释:"宋徽宗见爨
国人来朝,衣装鞋履巾裹,傅粉墨,举动如此,使优人效之以为戏。"②据此,"爨"乃指扮
戏,且是从北宋留传至金代的。"变二郎""变柳七"当是搬演二郎神、柳永的故事。在
这里,"变"具有表演之义。

以上诸条中的"变"字,都不能释为一般的"变化"之义,而必须如土国维那样,理
解为"敷演故事"。"变"的这种用法,很值得关注,我们可以认为这是唐五代"变文"留
在宋金通俗文艺中的痕迹。参照"变黄龙"与《黄龙变》的转换关系,我们似乎可以把
"变二郎""变柳七"的唱文称为《二郎变》《柳七变》,如果这种动名词转换能够成立,那
么"变文"就不曾完全消亡。

反过来,宋金通俗文艺中有关于"变"的这些材料,也可以帮助我们确认唐五代
"变文"一名的含义。我们似乎可以根据"变"字的以上用法,而将"变文"简单地解释
为"敷演故事"之文。较之《佛国记》所谓"变现","变"字的含义在这里显得更普泛一
些,宗教色彩减弱,而世俗性增强了。此中的缘由,当然不难领会。

四、辩论与斗法

上面谈了我们对"变文"的理解,回头再看敦煌说唱文学的其他几种类型,其中
"词文"和"话本"是记录不完全的讲唱作品,"押座文""解座文"是作开场、散场之用

---

① 耐得翁《都城纪胜》卷二,武林掌故丛编本。
② 陶宗仪《南村辍耕录》,中华书局 1959 年,第 306 页。

的,本身内容也不丰富。其讲唱体制既完备,内容亦极丰富的,是"讲经文""缘起""变文"三种,但"缘起"其实也跟"变文"相近,故最重要的就是"讲经文"与"变文"二种。"讲经文"中存卷最多的是《维摩诘经讲经文》,"变文"中以《降魔变文》的情节最为精彩。下面我们具体介绍这两个有关辩论和斗法的故事。

《维摩诘所说经》三卷,姚秦鸠摩罗什译。此经自东汉以来,有多种译本,但以什译最为流行。维摩诘汉译"无垢"或"净名",是经中所云毗耶离城的一个居士,他实际上是菩萨,为了化导众生,而显世俗之身,酒肆妓院无所不到,世俗行为无所不与,以种种方便,向世人开示"不二"法门。他有两个特点,一个是经常生病,"以一切众生病,是故我病;若一切众生病灭,则我病灭",如此,只要一切众生病不灭,则他常现病身;二是喜好和善于辩论,以其大乘见解斥破小乘观念。所以,《维摩诘所说经》乃是大乘佛教兴起的产物。鸠摩罗什弟子僧肇在译本的序言里说:"此经所明,统万行则以权智为主,树德本则以六度为根,济蒙惑则以慈悲为用,语宗极则以不二为门。"意思高妙得很,但全经的主体内容,实际上是一个故事:维摩诘生病了,佛遣弟子前去问疾,不料大弟子舍利弗等不敢前去,因为他们知道维摩诘好辩,此行必然不免辩论,而自己曾在以往的辩论中失败,故不愿再自取其辱;佛只好遣菩萨去,但弥勒、光严等菩萨也有与舍利弗一样的经历,也不敢受命;问疾的使命最后落到菩萨中"智慧第一"的文殊师利身上,于是,八千菩萨、五百声闻、百千天人都要跟着文殊去看热闹;果然,文殊一到,维摩诘就与他辩论起来,大概二人功力相当,所以精义纷呈,妙不可言,致令天女也来散花助兴。这就叫作"天花乱坠",乃是辩论的极致境界,令清寂的佛门顿然显其缤纷诱人。唐代大诗人王维字摩诘,其名字就取自这位可与文殊菩萨匹敌的居士,而后世的中国文人,也常爱以维摩自居。此经之为世人所爱,肯定不止由于佛教信仰。

敦煌所出《维摩诘经讲经文》,现存 S4571、S3872、P2291、P3079、北光 94 及《西陲秘籍丛残》影印罗振玉旧藏卷等,皆晚唐五代所写,数量较多,但合起来后,仍远未完备。《敦煌变文集》校录六种,比照《维摩诘所说经》,其所讲的内容有经文的开头部分、弥勒菩萨和光严童子推辞问疾的部分,最后讲到文殊率众前往毗耶离城。仅这些片段,总字数已近十万,可见其规模之宏大,如将经文全部讲完,则要数十万字,甚至可能上百万。令我们深感惋惜的是,故事的高潮部分,即文殊与维摩诘辩论的场面,其讲经文没有传下来。这个场面是莫高窟壁画最常见的题材之一,示病的维摩对唐人是很有吸引力的。

相比之下,《降魔变文》则完整地保存了下来,《敦煌变文集》综合六个卷子,校录出其全文。开场白中有云:"伏惟我大唐汉圣主开元天宝圣文神武应道皇帝陛下,化越千古,声超百王……"可知其创作时间犹在盛唐。故事的原型出自《根本说一切有部毗奈耶破僧事》和《贤愚经·须达起精舍品》,讲舍卫国的长者须达,为了邀请释迦牟尼到舍卫城说法,向祇陀太子购买一园,以造精舍,太子要求与园子一样大面积的黄金为代价,须达遂以金子铺地,表达了请佛的决心,城中外道闻讯不服,要与佛比试法力,于是,佛弟子舍利弗与外道代表劳度叉斗法,经过六个回合,舍利弗大获全胜,外道最后归服。变文将此故事铺张渲染,其高潮部分,即在斗法场面之描写。第一个回合,劳度叉化出宝山,被舍利弗化出金刚摧破;第二个回合,劳度叉化出一头水牛,被舍利弗化出师(狮)子咬死;不知何故,劳度叉在第三个回合化出水池,被舍利弗化出白象,一鼻子吸干;然后,劳度叉化出的毒龙被舍利弗化出的金翅鸟啄碎,其化出的二鬼,亦被毗沙门天王收服;最后,劳度叉变出"蔽日干云"的大树,被舍利弗化出风神吹去。莫高窟壁画也有表现这一次斗法场面的,题为"劳度叉斗圣"。

平心而论,六个回合中除了毒龙与金翅鸟之战外,其余的似乎算不得战斗,因为外道所化出的宝山、水牛、水池、大树,只有夸美之用,没有什么厉害,二鬼虽有些厉害,但显是反面角色,平白给舍利弗喂招。所以,从"斗法"的角度看,这样的安排不免拙劣。

然而,这毕竟是中国通俗文学中第一次出现的"斗法"描写,为后世神魔小说如《西游记》《封神演义》等开了先路。更有意思的是,这个《降魔变》后来部分出现在有关道教张天师的小说里,《喻世明言·张道陵七试赵升》叙其与益州八部鬼帅斗法云:

> 其时八部鬼帅大怒,化为八只吊睛老虎,张牙舞爪,来攫真人。真人摇身一变,变成狮子逐之。鬼帅再变八条大龙,欲擒狮子。真人又变成大鹏金翅鸟,张开巨喙,欲啄龙睛。[①]

这显然是《降魔变》的改写。值得注意的是,被金翅鸟打败的龙,其实不是中国本土传说中的龙,而是印度传说中的"那伽",汉译为"龙"。中国的龙是至上无敌的,印度的龙则有天敌,就是金翅鸟,它以龙为食物。大概《降魔变》的六个回合,就以龙鸟之战

---

① 冯梦龙《喻世明言》第十三卷,上海古籍出版社 1998 年,第 157 页。

最为精彩,故被小说吸取。至于"大鹏金翅鸟"这个名称,则是将佛书中的"金翅鸟"与《庄子·逍遥游》中的"大鹏鸟"相结合的产物。佛教徒跟道教徒吵架的时候,会争论"金翅鸟"和"大鹏鸟"哪个更厉害的问题,但争论的结果却使这两种鸟结合为一体。这个结合体后来又出现在小说《说岳全传》里,讲岳飞之前身,本是此"大鹏金翅鸟",因犯错误,被佛逐下凡来,下凡途中,与黄河的铁背虬龙打了一仗,把龙眼啄坏,此龙遂投生世间,就是秦桧,为了报那一啄之仇,将岳飞杀害于风波亭。中国历史上令人扼腕的一段往事,成了《降魔变》的龙鸟之战。这自然是当初演出《降魔变文》的唐代法师没有想到的。

我们举出以上这两个作品,一则显示其篇幅之宏大,超越我们对宋前说唱文学规模的想象,二则显示其影响之深远,即便敦煌"变文"被封闭在藏经洞中,宋以后人看不到,但有些情节仍靠口头流传,在后世的小说中露出部分头角。当然,另有一些作品,如《目连缘起》或《目连救母变文》所讲的故事,是直接被后世的说唱、小说或戏剧继续演绎的。下面简单谈一谈说唱体制在宋元以后的发展情况。

五、说唱体制的发展

1. 诗话、词话

敦煌的说唱文本,长期被封存在莫高窟藏经洞中,不为人们所知。但明代《喻世明言》中的《张道陵七试赵升》小说,居然包含了与上述《降魔变文》相似的斗法情节,也许我们可以理解为这"变文"的故事仍在民间流传。毕竟,在唐代曾经那么繁荣的"俗讲"活动,对宋人不可能毫无影响。南宋杭州的刊本《大唐三藏取经诗话》,是《西游记》小说的前身,就通常被认为是和尚"讲经"的本子。实际上它讲的不是经,而是神化了的佛教史故事,不过总算与佛教相关,猜想为"俗讲"的变异,亦无不可。但从文本形态来看,它的每段叙述只以一首短小的诗为起讫,虽然勉强可说韵散相间(即"诗"与"话"的配合),但已没有较长的唱词。这种形态,跟元代的《全相平话五种》倒有些相似,所以也有学者(如鲁迅)怀疑《大唐三藏取经诗话》是元代的刊物。

与"诗话"的命名方式相似的是"词话",唱词和说白相间的形态在名为"词话"的作品中往往体现得更为完善。最著名的"词话"莫过于《金瓶梅词话》,它的发现,使人们了解这些大名鼎鼎的小说文本,往往以"词话"本为前身。学者们在此启发下,再看明代百回本小说《西游记》,便能发现其叙述之间往往出现类似"词话"的痕迹,如"那大圣见性明心归佛教,这菩萨留情在意访神僧"(第八回)之类[1],所以有的学者认定历史上曾经有过"词话"本的《西游记》[2]。1967 年从上海嘉定墓葬中发现的十六种说唱刻本,为明代成化年间北京永顺堂所刻,现已合编为《明成化说唱词话丛刊》出版,其内容一半是包公案故事,另有三国志、唐五代史故事多种,题名中往往包含"全相说唱"字样,"全相"意谓插图本。这样说唱故事的"词话",跟敦煌遗书中的"词文""缘起""变文"有相似之处,与"讲经文"则有些距离。

2. 宝卷

真正与"讲经文"相似的是早期的宝卷。这宝卷的演出名为"宣卷",其文本以七字句或十字句的韵文为主,间以散文讲说,在民间甚为盛行。

被近代青帮祀为远祖的罗清(1443—1527),曾在明代中叶创立"无为教",而留下了"罗祖五部六册":《苦功悟道卷》《叹世无为卷》《破邪显证钥匙卷》(上、下)、《正信除疑无修证自在宝卷》《巍巍不动泰山深根结果宝卷》。这"五部六册"有正德四年(1509)原刊本,现存宝卷中刊刻时间较早而来历最为可信的,便是这一部分。后来有的版本不称"卷"或"宝卷",而直接称为"经",其内容以阐说教理为主,故事性不强,犹有"讲经文"之遗风。可以想见,它们必然是模仿佛教的早期宝卷而来,如从"五部六册"中引用的,就有《弥陀宝卷》《香山宝卷》《金刚宝卷》《圆觉卷》《目连卷》《心经卷》《法华卷》等,应属"讲经"之嫡派。罗祖的弟子们也分别创作宝卷,清代许多与朝廷作对的秘密"邪教",亦多有此类"教典"性质的宝卷。道光年间任职于河北的地方官黄育楩曾著有《破邪详辩》正续集六卷,作为政府取缔"邪教"的参考书,对此类教门宝卷作了第一次清算。但社会上一般流传的也有故事性、娱乐性的宝卷,并非全与"邪教"相关。

被罗祖引用过的《香山宝卷》,现有清刻本,又名《观世音菩萨本行经简集》,即千手千眼观音菩萨成道的故事,据说是北宋普明禅师作于崇宁二年(1103)八月十五日,但其可靠性尚待证明。《金瓶梅词话》第七十四回几乎全文引录了《黄氏女卷》,有白有唱,唱词还被组织为《一封书》《山坡羊》等当时流行的曲调,故事内容与现存的《黄氏宝卷》相同;第八十二回又提到《红罗宝卷》,现在也仍有留存。此类大抵是佛教故事或与佛教有关的因果报应故事,尚有《达摩祖师宝卷》《目连宝卷》等;道教方面也有

---

① 前文已述,见本书第 50 页。
② 参考竺洪波《四百年〈西游记〉学术史》,复旦大学出版社,2006 年。

《韩祖成仙宝传》《何仙姑宝卷》等；儒教方面虽也有《孔圣宝卷》，但编制拙劣，且仅此而已，涉足甚少。

所以，现存的实物虽以罗祖"五部六册"为较早，但历史上应该是先有佛道宝卷，然后各种"邪教"（未获官方承认的民间教派）宝卷继起。而时至近代，名为"宝卷"的实际上是大量与宗教关系不大的作品，如《孟姜女宝卷》《英台宝卷》《雷峰宝卷》等，几乎纯是民间故事的说唱，题材与戏剧、小说相似，不要说"邪教"，连与佛教的关系也很疏远了。当然，勉强可以说这些宝卷也旨在"劝善"。我们若是要为全部宝卷概括出一个宗旨，那就只有"劝善"二字足以当之，虽然所谓的"善"，其内容、标准并不一致。

只要世上有"恶"，那就终须"劝善"，这便是中国社会源源不绝地出产宝卷的缘故了。

3. 弹词、鼓书

离我们较近的说唱形式，有弹词和鼓书。大抵鼓书流行于北方，弹词流行于南方，而各地又有不同称呼，如福建的"评书"、广东的"木鱼书"，皆属弹词，北京的八旗子弟间流行的"子弟书"，则属鼓书。内容题材多取自流行的戏剧、小说，或者新编故事，演出时只以简单的乐器伴奏。小说的文本以散体叙述为主，是供人阅读的，若付之表演，只说不唱，就很难吸引人，总要改成唱词；传统戏剧以唱段为主，但其演出又需要比较复杂的条件，也须加以简化。所以，同样的故事，往往以见于鼓书、弹词者，最易为百姓所接受。现存的鼓书文本中，以"石派书"最为著名，即咸丰、同治间久居北京，以说唱为业的石玉昆及其弟子、再传弟子所说之书，尚存数十种之多。石玉昆最为擅长的包公案说唱，被人记录下来，经几番改订后，成为小说《七侠五义》。弹词的文本中，如《天雨花》《再生缘》《珍珠塔》等，篇制甚巨，亦堪称洋洋大观。

二十世纪对中国说唱文学的研究来说，可谓天祐福至。首先是敦煌遗书的发现，使人们获睹一批历史上最早成熟的说唱作品；然后是宁夏发掘出来的西夏文经卷里，居然混有一种古抄本《销释真空宝卷》，由于其内容跟《西游记》故事相关，引起了胡适等人的重视，接下来便连带兴起了搜集、研读"宝卷"的风气，千余种宝卷陆续进入人们的视野；到了1967年，上海嘉定的宣氏墓中又出土十六种明代成化年间的说唱刻本；另外，对几部著名小说的源流的追寻，也使《大唐三藏取经诗话》《金瓶梅词话》等留有明显的韵散相间痕迹的作品为人所知；从二十世纪四十年代起，毛主席洞见了"新文学"一味"知识分子"化的倾向，重新呼唤大众化的精神，这虽使创作方面走向了政权意识形态与大众文艺形式的奇特结合，却也使历史上采用"人民大众喜闻乐见的文艺形式"的作品获得了极大关注，而这样的文艺形式，从叙述故事的角度来说，无非就以说唱为主，所以，长期以来流行于南北各地的大鼓书、子弟书、弹词、木鱼书等皆受到了空前的重视。说唱文学的资料之多，早已到了来不及清理、阅读的程度，而如今的民间，也还在发现乃至产生新的作品。总的来说，这是一个需要书面考察与田野调查相结合的研究领域。

第九章　小说

　　"小说"之名出自《庄子》,先秦诸子百家中也有"小说家",所说皆是街谈巷语,其用途则多少带"游说"之意。后来,"说"成了议论文的一种文类,前面加个"小"字,则仍表杂谈。这跟我们现在讲的"小说",意思只有一小部分重合。

　　我们谈论中国小说的时候,几乎首先都要提到鲁迅。不仅因为他是中国现代小说的开山鼻祖,也因为他是中国古典小说史的最早梳理者,其《中国小说史略》奠定了"中国小说史研究"这样一门学问的基本形态。这件事还包含一层重要的意义,就是这里所谓的现代小说和古典小说,就其作为"小说"而言,概念上是一致的。虽然做"中国小说史研究"的人,都不免要去调查一下古人所谓"小说"是什么意思,但自鲁迅以来,被这门学问确定为研究和叙述对象的,实际上总是跟现代"小说"概念符合的或近似的东西,简单来说,就是虚构故事。

　　"虚构"当然是跟"记录事实"相反的意思,但面对具体故事时,我们并不容易判断它是否虚构。首先,你要考证出事实,对比之下才能知其是否虚构。其次,即便与事实不符,也可能出于误传,而不是有意编造。另外还有像原始神话那样的情形,我们看来像是虚构的,但原始人也许不这么看,他们当作真实的事迹来传诵神话。再次,故事有一定的事实依据,但增添了不少出于想象的细节,这种情况非常习见,不能一言断其虚实,只能说虚构的成分发展到了什么程度。更重要的是,"虚构"作为文学手段,也不限在小说中才能使用,它可以被许多文体的作品所拥有。那么,我们从文体角度来梳理文学传统的结果,跟立足于"虚构故事"这一原则梳理"中国小说史"的结果,自然就会有些不同。

　　当我们从"俗文学"发展的角度来考察时,大致认为"说唱"所包含的"说"和"唱"演化出了小说和戏剧,这自然仅指"白话小说"而言,在"中国小说史"的叙述对象里,只占了一部分。另一部分与此相对,被称为"文言小说"。这两个部分,是被现代"小说"概念所统合起来的,其来源、体裁并不相同,主要的作者和受众也有身份差异,基本上可以视为两种东西,分属"雅文学"和"俗文学"。不过,由于观念上确有相通之处,两者在题材上也显示了一定的相关性。"雅"和"俗"原本就并非绝对的,而且无论"雅""俗",当然都可以虚构故事。

　　现在我们尊重"中国小说史"的叙述方式,对"文言小说"也作简单介绍,但主要的考察对象,则仍为"白话小说"。

一、文言小说

　　早期的神话和历史叙述,乃至先秦诸子的许多寓言故事,有的读起来很像小说,也确实对后来的小说产生了影响，但我们并不想把讲述的范围从"小说"再扩大到"叙事文学"，所以这里姑且不论。从体裁上说，文言小说大致有笔记和传奇两种形态。"笔记"是一条一条简短的文字，通常由许多条汇集成一书，自汉至清，写作者不绝；"传奇"则是唐代才有的名称，是单篇成文的文章，大致模仿史传，但内容上有虚构的成分，或全然出于臆想，篇幅上比笔记长，在今人看来是比较标准的"短篇小说"。

1. 笔记

"笔记"这种写作方式，在很大程度上也是中国特有的传统。虽然小说史研究中也曾有"笔记小说"的提法，但那只涉及一部分笔记，就是传统的"笔记"当中比较符合现代"小说"观念的部分。从写作体式而言，我们还是回到"笔记"来谈。最近，《全宋笔记》陆续编辑出版，几百部经过整理的笔记呈现在我们眼前，促使我们重新思考"笔记"这样一种特受传统文人青睐的写作方式。很显然，笔记在宋代的数量剧增，跟印刷术的普及带来的出版业的兴盛有关，但这仅是环境问题，我们还有必要从作者的角度去考察这种表达方式本身。这方面，有一位英国留学生安达（Edward Allen）的工作很值得介绍，他在硕士学位论文中书写了对笔记这一"文体"的思考[①]：他首先为历代中国文人所作笔记的数量之多感到惊异，认定这种"文体"从某个时候起，对于中国文人的自我表达来说，已经成为可以与诗、词、古文并列的体制之一。于是，为了比较说明，他试图在欧洲的写作传统中找到一种可以与中国的笔记相对应的表达体制，结果发现，把这种片段式的杂记编订成书的做法，在欧洲的写作史上虽也偶有出现，却远未成为习惯，更未从"外向"的"记录"发展为"内向"的从而各具个性的"自我表达"。这样一来，在比较的视野里，笔记的写作便呈现为自具特色的中国"传统"。当然，中国的笔记也从"外向"的"记录"起步，至于它何时具备了与诗、词相似的"自我表达"功能，安达找到的关键点是周密，时处晚宋的这位作者显然对笔记倾注了不下于诗、词的热情，在他那里，作为"自我表达"的体制之一，笔记的意义与诗、词可以等量齐观。这个关键点是否准确，当然可以继续讨论，但安达的工作足以对我们有所启示。在可以被视为"小说"的笔记里，从经常被提及的"六朝志怪"到南宋时期体量庞大的《夷坚志》，再到清代最著名的小说集《聊斋志异》，我们不难看到安达所描述的那种进展过程：从"外向"的"记录"到"内向"的"自我表达"，也就是作者的个人性越来越显著的

[①]　安达《宋元之际文坛中的周密及其文学》，复旦大学 2014 年硕士学位论文。

过程。

不过,我们在中国传统的书目里几乎看不到笔记这个类目,它们基本上按其内容的差异而被归入不同的门类。几乎与安达同时,另一位在复旦求学的留学生,韩国人李银珍对这个现象做了考察。她统计了《全宋笔记》前八编的三百二十余种笔记在《四库全书总目》中的著录情况,结果如下[①]:

史部	杂史类	21	子部	儒家类	2			
	传记类	12		艺术类	3			
	载记类	9		杂家类	104			
	地理类	15		类书类	2			
	职官类	3		小说家类	74			
	政书类	1		释家类	1	集部	诗文评类	3
	史评类	2		道家类	1		词曲类	1
	合　计	63		合计	187		合　计	4

经过比对,有254种笔记被著录于《四库全书总目》,主要归属于史部、子部,没有属于经部的,归属集部的也相当稀少。这当然与《全宋笔记》收书的范围有关,不过这一统计依然能告诉我们:子部的杂家类和小说家类,是大部分笔记的归属门类,其次是史部的杂史类。

其实,我们完全可以反过来认为,这几个类目在很大程度上就是为笔记而设的。谈论内容比较集中的笔记被归入地理类、艺术类、诗文评类等含义确定的类目,剩下数量最多的内容芜杂的笔记就由杂史类、杂家类和小说家类收录。"小说家"是个含义模糊的类目,《四库全书总目》把它进一步细分为"杂事""异闻""琐语"三个部分,而以上收入小说家类的74部宋代笔记中,绝大部分(67部)被归入"杂事之属"。至于杂家类,则被进一步细分为杂学、杂考、杂说、杂品、杂纂、杂编六个部分,收入杂家类的104部宋代笔记中,35部被划归"杂考之属",56部被划归"杂说之属",占了绝大部分。那么,这"杂考""杂说"与"杂事"的区别何在呢?大概只因后者偏于叙事吧。至于同样偏于叙事的被归入"杂史类"的笔记,其与"杂事"的区别,按四库馆臣的意见,是在于前者记录的多为军国大事,而且有资考证,故与"小说家"所记的"杂事"不同。要之,254种笔记中,有179种属于"杂史""杂考""杂说""杂事",占70%,详见下表:

[①] 李银珍《宋代笔记研究》第二章《宋代笔记的分类》,复旦大学2014年博士学位论文。

史部 杂史类	子部 杂家类(104)						子部 小说家类(74)		
	杂学 之属	杂考 之属	杂说 之属	杂品 之属	杂纂 之属	杂编 之属	杂事 之属	异闻 之属	琐语 之属
21	8	35	56	1	4	0	67	3	4

这样一看,事情就比较明白了:带有"杂"字的这些门类名称,本身呈现出明显的设计性。可以推想:四库馆臣实际上已经把笔记作为一个整体来考虑,概括其写作特点为"杂",将它们细分为带有"杂"字的这许多门类,然后按照"四部"分类法的传统,不无勉强地分置到各部各类之下。

确实,从内容出发来梳理那么多采用了笔记这一书写方式的书籍,是一件非常困难的事,四库馆臣差不多已竭尽其才力,很值得我们同情。不过他们当然不具备现代"小说"的观念,也缺乏安达那样的比较视野,看不到笔记逐渐从"记录"向"自我表达"发展的态势。这种态势之中,包含了"小说"虚构成分的增强,因为虚构可以被视为有助于"自我表达"的手段之一。

六朝志怪是以"记录"的形态呈现的,比如出于晋代干宝《搜神记》的一个狐狸精故事:

> 后汉建安中,沛国郡陈羡为西海都尉。其部曲王灵孝,无故逃去,羡欲杀之。居无何,孝复逃走。羡久不见,囚其妇,妇以实对。羡曰:"是必魅将去,当求之。"因将步骑数十,领猎犬,周旋于城外求索,果见孝于空冢中。闻人犬声,怪遂避去。羡使人扶孝以归,其形颇象狐矣,略不复与人相应,但啼呼"阿紫"。阿紫,狐字也。后十余日,乃稍稍了悟。云:"狐始来时,于屋曲角鸡栖间,作好妇形,自称'阿紫',招我。如此非一。忽然便随去,即为妻,暮辄与共还其家。遇狗不觉。"云乐无比也。道士云:"此山魅也。"《名山记》曰:"狐者,先古之淫妇也,其名曰'阿紫',化而为狐。故其怪多自称'阿紫'。"①

这位阿紫几乎就是中国小说中众多狐狸精的祖宗了,但我们看这段笔记,交代时地,引证典籍,人物有名有姓,显然是当作真事来记录的。后世的笔记作者,大致也维持这样的记录姿态,不过,当他们连自己也不能保证所记是真事时,便经常把书名标为

---

① 干宝《搜神记》卷十八,中华书局1979年,第222—223页。

"异闻""客谈""丛话""麈余"之类,似乎提醒大家听过而已,不要相信。虽然这些作者还是不肯明说这是编造的故事,但不妨相信他们在这样的姿态下暗暗运用其虚构的能力。《聊斋志异》不少篇目的结尾处会出现"异史氏曰……",即作者蒲松龄自己出面讲话,这使此书的个人性变得非常明显。

2. 传奇

单篇成文的唐传奇,按鲁迅的说法,是从六朝志怪发展而来的,在志怪小说的基础上"富其波澜,施其藻绘"。这两句话非常有名,意思是故事的情节更丰富了,描写的语言很华美了,更重要的是,由此可以判断作者是有意在写小说了。这当然是从"小说"发展的角度梳理的结果。像初唐传奇的名作《古镜记》《白猿传》,确实带有志怪的元素,但从日本传回来的那篇《游仙窟》,却毫无志怪的痕迹。中唐时期的一批"丽情"传奇里,有些女主人公是龙女、狐狸、仙鬼之类,但如《莺莺传》《李娃传》《长恨歌传》等,纯是人间的悲欢离合,跟志怪没有关系。从文体角度来说,这种单篇成文的传奇,大抵是模仿史传的。史传当然要讲真事,但自《左传》《史记》以来,中国的史传就很讲究叙事的生动性,唐人不难发现,这个体裁其实比志怪所用的笔记体更适合讲故事。而且,唐代已经出现了一种"假传",如著名古文家韩愈的《毛颖传》,完全使用史传的体裁,但其传主却是一支毛笔。这篇《毛颖传》在当时很受非议,被指责"以文为戏",但观其文意是很严肃的,实际上是一篇寓言。既然用史传的体裁可以写"假传",那就无法区分其内容为史实还是小说了。

在唐人的观念里,《毛颖传》那样的文章也可以叫作"小说"。实际上,在韩愈的同时,传奇小说使用"某某传"这样的标题,已极为常见。"传"是来自史传的一种文类,"传奇"的意思无非是内容奇特的"传",《白猿传》《霍小玉传》《莺莺传》《李娃传》《柳毅传》《南柯太守传》《虬髯客传》等著名的唐传奇,就都标名为"传"。另一种比较多见的命名方式是"某某记",如《古镜记》《枕中记》等。"记"也是与历史记载相关的一种文类,而且我们不妨说,笔记也是"记",六朝志怪的名著《搜神记》,宋初馆阁所编大型小说集《太平广记》(此书收罗了现存的几乎全部唐传奇作品),书名就是"记",乃至《聊斋志异》的"志",也是"记"的意思。所以,若从体裁方面讲,唐人传奇基本上是采用"传"和"记"这两种文类的文章。

我们一般把唐传奇视为中国文言小说的高峰,但其大抵以"传""记"自名,归入这两个带有浓厚"历史"意味的文类,而不肯承认自己是"小说"。不过,从这两个以追求真实为宗旨的文类,确实也发展出了一个虚构的世界,真是一件饶有意趣之事。就连后来的白话小说,也多以"传""记"命名,如《水浒传》《西游记》《儿女英雄传》《石头记》(即《红楼梦》)等,直至鲁迅的《阿Q正传》《狂人日记》,犹有此遗风余韵。

就像韩愈不会把他的文章题作"毛颖假传",而要直接称"传";笔记作者编造故事,也不肯明说,而用"异闻""客谈"的名义来开脱,中国传统的作者大抵喜欢把小说收纳在固有的文类系统之内。还有一个更加不可思议的现象,就是明清时期的许多"公案"小说,有白话的,也有文言的。"公案"本是官方审讯的记录,那应该是比正式的"传""记"还要严肃的,按理必须一丝不苟地追求真实,而且不容有一点含糊的。然而,禅僧们一些莫名其妙的对白也被叫作"公案",这还可以解释为表面含糊而内涵深刻严肃,小说之名为"公案",则仅仅因其题材涉及破案,但它不叫"公案小说"或"虚拟公案"之类,而直接混称为"公案"。像《龙图公案》那样的书,固然早就被大家所知,是关于包公破案的小说,可是,如果你看到《新刊皇明诸司廉明奇判公案》这样的书名,未读之前,怎能知其为小说,而不是真实的"法制报道"? 而且,"皇明"政府对于这样捏造的不实报道似乎并不干预。虚构的世界极力追求与真实的世界混同,而真实的世界一般也无意排斥之。真真假假混在一起,诚如《红楼梦》所设的"甄""贾"结构一般,所谓"真作假时假亦真"。这里面蕴含着一种世界观和人生观,现在我们本着"虚构"原则努力地把文言小说从原来的文类系统中割离出来,另立一体,固然是"小说史"研究的需要,却也失去了许多意趣。

二、白话小说

白话小说并不是从文言小说直接发展出来的,它可以被看作从说唱文本中削除了韵文唱词后的文本形态,当然也不排除很早就有以说为主的文本的可能性,比如敦煌遗书中的《庐山远公话》,一般就被定性为"话本",而且是现存的宋代以前最长的话本。所谓"话本",字面意思是"说话"的脚本,"说话"就是讲故事,隋唐时已有此语。不过我们现在不宜把"话本"这个词理解得太过狭窄,因为实际上无法确定一个文本是表演前预制的脚本,还是表演后的记录本,只好把记录本也归入"话本"。

《庐山远公话》只有散语,没有韵语,似乎只说不唱。不过这也可能是记录时省略唱词,不必据此断定"说话"一定不能包含唱。实际上,许多"话本"是说唱的本子经过改编后,成为以散体叙述为主的小说文本,如《西游记》《金瓶梅》乃至《七侠五义》,俱是如此。这样的改编也表明，这些文本离真实的表演越来越远，主要供人案头阅读了。按书籍出版的一般规则，这些"话本"小说也往往标了一个作者名，如《三国演义》之罗贯中、《水浒传》之施耐庵、《西游记》之丘处机、《金瓶梅》之兰陵笑笑生等，此类或出附会，或是子虚乌有之假名，最多是对长期流传的故事、说唱的文本做过一些记录、编订工作，不能算真正的"作者"。有的学者发明了"世代累积型小说"这样的名称，来称呼这些"话本"或以"话本"为基础的小说，它们实际上包括了中国最有名的几部古典小说。

然而，在"话本"小说受到欢迎，其文本被广泛阅读的时代，也有文人会模仿"话本"的章回形态，编制故事，自创小说。有时候，我们把这种自创的小说叫作"拟话本"，但其性质当然与"话本"不同。所以，白话小说必须被区分为两类：一是"话本"，二是文人的创作。

由于文人创作的白话小说，也总是模仿"话本"的形态，所以在资料缺乏时，我们不易判断其为编订抑或自创。大概至清代中期以后，文人创作呈现出比较显著的趋势，《红楼梦》的作者对这些小说有过严厉的指责：它们多以才子佳人的私通为题材，故事粗糙，目的旨在通过主人公的情书往返，而显示作者写作文言诗文的才能；或者夹杂大量"污秽笔墨"即性交场面的描写，以为浅薄的娱乐。确实，过于详细的性描写一般不能在大庭广众说唱，只能满足个人视觉方面的需求，自非"话本"所长，而应多属无聊文人的创作，以求取销售量。至于才子佳人小说，则有的也以说唱故事为本，有的属于文人创作，情况并不一律。与"话本"相比，文人独立的创作，可以预先设定一个完整的结构，也可寄寓作者的志趣，具备较强的思想性，与现代"新文学"的小说观念更为接近。这方面公推《红楼梦》为杰作，另外尚有《儿女英雄传》《镜花缘》等较为著名的作品。至近代以后，文人独立创作成为白话小说的主流，大抵都明确地主张个人的著作权了，但就传统来说，"话本"的分量要更重一些，而面对"话本"小说时，我们不建议对其"作者"关注过多。

与其关注个体化的"作者"，我们认为，不如对"说话人"的群体进行一些考察。"说话"的繁荣，从宋代的《醉翁谈录》《都城纪胜》等笔记中就可窥见，那早已成为城市的必备景观。值得注意的是，有关记载已经对"说话人"群体进行分类。它们根据所说故事的不同类型，分别了"说话人"的专长，有哪些人特别擅长讲说哪类故事。这反映出，从宋代开始就逐渐形成了该行业内分门别类的专业化倾向，此种专业化倾向无疑是创作发达的标志，而且也影响到后来的文人创作，除了《儒林外史》《红楼梦》等少数作品涉及民间说书人不太熟悉的"知识分子题材"或者豪门内的真情实态外，多数文人自创的故事也不突破"说话"行业已经形成的题材分类。这个现象也提示我们，对传统白话小说的整理，宜采取按故事类型进行分别归纳的方式。近人编订的小说书目，大致就采用这样的方式，主要有以下几类：

公案侠客小说，如《施公案》《七侠五义》之类，后世的武侠小说当以此为先驱。

才子佳人小说，数量上可能是最多的，虽然被《红楼梦》的作者所指责，但近代的鸳鸯蝴蝶派小说、狎邪小说等，却都由此演变而来，按鲁迅的说法，把才子佳人置换为流氓婊子，就是狎邪小说了。

世情小说，多带讽刺，如《儒林外史》之类，近代的谴责小说便继承其遗风。

历史演义，亦较多，除最出色的《三国演义》外，大抵以唐、五代、宋史为主，而且多以武将为主角，如秦琼、薛仁贵、杨家将、岳飞等，还包括一批脍炙人口的女将，如武艺超过她们丈夫的樊梨花、陶三春、穆桂英之类。至近代后，几乎每个朝代的历史都有了演义，但文人所作的演义，其精彩程度远远比不上从前的"话本"。

神魔小说，除《西游记》外，以《封神演义》最为著名。"神魔小说"一名是鲁迅所创，颇为得当，比通常称呼的"神话小说"要合适得多。"神话"虽然也可以被我们当作小说来读，但其性质跟小说差得太远。早期人类把"神话"当真实的事迹来传诵，不可以虚构，而"神魔小说"，则无论说者听者，大抵都能意识到其故事出于编造。当然也不排除有些人很"迷信"，竟然信以为真，而且"迷信"也可能构成这类小说盛产的环境，至近代"破除迷信"后，此类小说数量便趋锐减。

除此以外，近人整理小说书目时，往往为"猥亵小说"专列一类，即指故事粗糙，大部分篇幅专描写性交的小说。此是小说的商品化所致，无时无之，历代政府屡有禁止，但现存的数量仍然不小。上文已提到过，它们多是文人的创作。"话本"中虽也不无类似描写，但只是偶为"佐料"而已，且也可能是编订者添上去的。除非有个半秘密的俱乐部，专门雇个人去讲，否则不能设想一个"说话人"每天对听众这样讲。

以现代的小说体制衡量，以上举出的都是长篇小说，至于短篇小说，则往往被汇成集子刊行，以"三言两拍"（《警世通言》《醒世恒言》《喻世明言》《初刻拍案惊奇》《二刻拍案惊奇》）最著盛名。

三、"四大奇书"的世界

二十世纪以来，评论界逐渐确定，古典小说中以《三国演义》《西游记》《水浒传》和

《红楼梦》的成就为最高,于是"四大名著"之说广为流传。但按我们上文的梳理,这"四大名著"中的前三部,性质上与《红楼梦》有所不同。后者是文人创作,实际上已属于精英文学,而前三部却是以"话本"为基础的"世代累积型小说",主要是庶民文化的产物。就此而言,明代以来所谓"四大奇书",即以《金瓶梅》与前三部并列,倒显出更强的一致性。虽然《金瓶梅》是否为"话本"还可以存疑,但它至少有一个说唱形态的"词话"本,其庶民色彩比《红楼梦》要浓厚得多。

我们把庶民文化的兴起看作历史上"唐宋转型"的一个重要内容,或者说是"近世"文化的重要部分。这种庶民文化的存在方式,以群体性为特征,而讨论这种群体性的文化,最好的材料就是被历代的民间说书人反复演绎、修订,经历代听众反复抉择、淘汰而形成的"话本"小说,在这样具有群体性的形成过程中,广大庶民的世界观、宗教信仰、伦理意识、历史知识、审美趣味、处世态度乃至日常生活的技巧等,都展现、叠加、渗透其中,成为我们可以不断开掘的宝藏。"四大奇书"就是其代表。我们不妨通过对庶民文化的考察,从这一途径走入"四大奇书"的世界。

1. 从"英雄"到"好汉"

前文介绍过日本史家内藤湖南、宫崎市定关于"唐宋转型"或中国"近世"的学说,在这种史观的启发下,我们不难发现,《西游记》的形成过程是对"唐宋转型"的很好说明。目前多数读者认定这部小说的主人公是孙悟空,此是就明代的百回本而言,如果把唐代以来所有相关的笔记、话本、戏剧、章回体小说都纳入视野,得到一个历史总揽式的《西游记》,那就不得不说,它是具备双重主人公的,即唐三藏和孙悟空,而且它的成长史正是其主角从唐三藏转变成孙悟空的过程。

取经故事本以唐三藏为核心,唐人就开始神化玄奘大师,南宋的话本《大唐三藏取经诗话》出现了"猴行者",但显然是个配角,而那时的主角唐三藏似乎还颇有神通。元明杂剧《西游记》是从唐三藏的故事开始的,孙行者到半途才出场。但百回本小说则相反,故事从孙悟空开始,唐僧变成半途出场,而且生世不明。后来清人觉得不妥,添进了叙述唐僧身世的一回,但那也只是唐僧出生后的事,关于他原来是佛弟子金蝉子,前生九世往西天取经失败的事,都只一笔带过,并不展开。更重要的是,唐僧变得毫无用处,所有困难都要靠孙悟空来解决。杂剧中的唐僧曾在长安祈雨成功,而在百回本小说中,车迟国斗法时,他已失去作为一个高僧最基本的祈雨神通,不得不靠孙悟空去招呼龙王来帮忙。孙悟空被我们称为"英雄",其实他的形象并不很像"英雄",

他爱吹牛,要出名,没礼貌,经常说谎,胡搅蛮缠,打仗大抵先摆资格吓唬人,打不赢就去偷盗敌人的宝贝,再不行就逃跑。好处是敢作敢为、有勇气,而且头脑灵活、不迂腐。但最为有效的是他路头宽,面子大,"到处人熟",能找来天上地下许多神仙菩萨帮忙。那么,对这种缺乏"英雄"气质的英雄人物,该如何看待呢? 小说中原本自有合适的称呼,如猪八戒对他的评价:"他是个钻天入地,斧砍火烧,下油锅都不怕的好汉。"(三十二回)他自己也认为:"我为人做了一场好汉。"(三十四回)这个"好汉",才是对庶民色彩浓烈的英雄形象的概括。

相比之下,"英雄"总有些贵族气质,这样的气质更多地表现在唐僧身上。他虽是一个和尚,却经常能向我们展示什么是高贵、正直、善良、忠诚,而且他风度优雅、仪态端正、知识渊博、意志坚强、善于自制,又不乏勇气。小说中的他虽然家世不幸,但历史上的玄奘实是士族出身,所以他的形象具备贵族"英雄"的许多优点并不奇怪。但他有一个致命的弱点,便是"不济事",也就是没用。只有天上的神仙菩萨们认得他是金蝉子,一到充满妖怪的世俗社会,他就举步维艰。他的行为是为了救世,为此他作出巨大的牺牲,忍受种种磨难,但他的人格对妖怪们毫无感化力,这个世界完全不吃他那一套——这实际上不是一个中国高僧的西行历险记,这里几乎毫无异国情调,不如说是一个贵族"英雄"的世俗历险记,其信仰、品质、知识、才华都显得全无用处,而那位庶民的"好汉"才大有用武之地。《西游记》是在庶民社会讲述贵族时代的故事,反复讲述之中,庶民的"好汉"不断成长,而贵族"英雄"渐被淘汰。从唐三藏到孙悟空,是"唐宋转型"的一个活泼泼的见证。

从词义上说,我们甄别"英雄"和"好汉"或许有些勉强,但词语产生的时代和被使用的历史,会使某些社会观念附着其上,"英雄"一词在贵族社会被使用甚久,令我们心目中的"英雄"形象大抵颇具贵族气质,而"好汉"一词始自唐代,其被大量使用,则在宋代以后的庶民社会,所以"好汉"便有相当浓厚的庶民色彩。

如果说《西游记》还有一位"英雄"、一条"好汉"的话,《水浒传》就完全是一百单八条"好汉"的世界了。不妨注意,绝不会用在"英雄"头上的量词"条",成为"好汉"的最常用的量词。这个量词原本适用于棒状物件,人的体形固然也勉强可算棒状,但这个量词在强调生硬质感的同时,还意味着"好汉"倾向于放弃其作为"人"的属性。从一定的角度看,这可以被视为一种反社会性,因为梁山"好汉"的社会身份多数属于胥吏、低级武官或绿林强盗,这些"好汉"们无视那个以士大夫为领导的社会秩序,以及出于士大夫立场的意识形态对"人"的要求。但问题并不到此为止,有些啸聚山林的

"好汉",其观念和行为不仅仅是憎恨和破坏社会秩序而已,他们确实轻视"人"的生命,包括自己和他人。《水浒传》中的不少"好汉"有吃人恶习,而且专吃心肝,连主人公宋江的心脏也屡次面临被吃的危险。这本是《西游记》里妖魔所做的事,但鉴于猪八戒和沙和尚归正以前也曾吃人为生,而且唐三藏前九世都是被沙和尚吃掉的,所以"好汉"跟妖魔的区别,如果有的话也只是一念之间。市井庶民虽乐于传诵这些"好汉"的故事,但真正行走于《水浒传》的世界,其实是相当危险的,要不是因为本事高,武松也差点被孙二娘做成了人肉馒头。如此看来,这个世界跟《西游记》的世界竟然没有什么区别。妙处在于,主人公宋江居然也是另一个孙悟空,他的本事倒只平平,但靠的就是交游广、面子大、人缘好,一听他的名头,要挖他心肝的"好汉"竟也会改口叫他哥哥。

庶民社会当然也并不完全隔绝于士大夫社会,孙悟空最后成了正果,宋江也企图带着他的"好汉"集团返回社会,为朝廷所用。但对于"好汉"来说,佛教的正果似乎比儒教的正果更合适,人们对孙悟空归正大抵没有疑义,对宋江归正却议论纷纭。这大概是因为"好汉"的行为与儒教的冲突更为正面而激烈吧,无论如何,宋江走的是一条比孙悟空远为艰难的道路,而且等待他的似乎只能是失败。

士大夫文化对通俗小说的较为成功的影响,可能是新儒学的"正统"观念对《三国演义》"尊刘抑曹"倾向的推动。这个倾向基本上由宋代的说书人奠定,而就在同一个时代,欧阳修开始在史学上大谈"正统";接下来司马光编《资治通鉴》,在南北朝部分用南朝系年,表示认南朝的汉族政权为中国的"正统"皇朝,但三国部分仍用曹魏系年;到了南宋朱熹编《资治通鉴纲目》,便将司马光原书中三国部分的曹魏系年改成了蜀汉系年,这被视为士大夫史学的辉煌之举,恰恰契合民间三国故事"尊刘抑曹"的倾向。《水浒传》中难以交融的士大夫文化与庶民文化,在这里倒显示了统一的走向。应该说,"尊刘抑曹"确实是《三国演义》在文学上成功的关键,由于小说并不改变三国归晋的历史结局,故上述倾向等于是对失败者的凭吊,远胜于《说唐》那样站在成功者一边从而歌颂之,或者像《说岳》那样改变历史结局,让岳飞的儿子直捣黄龙府。"正统"观念本身有无问题,那是另一回事,但它确实使这部小说在众多讲史书中脱颖而出,并与士大夫文化的进展保持了同步。

然而,不要以为接受了"正统"观念便万事大吉,因为那对于三国史来说,等于宣称历史上的胜利者皆不"正统",也就是不合法。于是,士大夫们敏锐地发现,这部小说的大量内容是在说"奸",以曹操、司马懿为代表的"奸雄"如何以其奸智取得节节胜利,直至掌控政权,这些成为说书人和听众都容易沉迷其中的情节。"奸"似乎被认作获取胜利的必要前提,这使许多士大夫觉得有必要提醒朝廷去禁止这部小说的流行。与《西游记》一样,《三国演义》也是在庶民社会讲述贵族时代的故事,本来也该大力宣扬和描写"英雄",但"英雄"不是被"好汉"代替,就是被"奸雄"战胜。

比起儒学"正统"观念对《三国演义》的作用,佛教"色空"观念对《金瓶梅》的作用更大,而且对其文学性的展开更为有利。"色即是空"的"色"指一切世间现象,但世俗化的理解往往专指男女性事,《金瓶梅》便以奔放恣肆的性描写著称。男主人公西门庆颇有资产,也交结官府,可以仗势欺人,但这些只因为情节的展开需要主人公具备较高的物质条件,其实他身上毫无士大夫的气质,对于小说中的女性来说,关键在于他惊人的性能力,以及对性的近乎迷狂执拗的追求。在这个方面,他也是一条不折不扣的"好汉",最后因精尽而身亡。同样,女主人公潘金莲也并不计较性交对象的地位、财产、身份,丈夫的弟弟、小厮、名义上的女婿等,她在所不计,真是视富贵如浮云,只要满足性欲,直至穷途末路,决不迷途知返。假如忽略性别,可以说她的"好汉"性格比西门庆有过之而无不及,或者也跟《西游记》里的女妖精相似,她们即便明知唐僧是金蝉子,惹不得,也依然不能克制性诱唐僧的欲望。从《金瓶梅》小说本身提供的"色空"观念来看,主人公如此偏执的性情,犹如"盲人骑瞎马,夜半临深池",却还要一个劲地往前赶,等待他(她)的当然是悲剧的结局。不过,若再进一步讲,即便他们稍知节制,也不过延长几年寿命,"色"之为"空"终于依然——这才是人生的真实写照,"色空"在此只是个不变的结论,并不能拯救人类。《金瓶梅》的世界与《水浒传》相联结,我们应该记得,从《水浒传》里很难找到行为规矩的妻子。也就是说,从《水浒》的许多段落,都可以引出类似《金瓶梅》的世界。小说当然建议人们接受佛教对人生的提醒,但提醒并不是拯救,人生的真相是无可救药,西门庆和潘金莲只是走得极端而已。这彻底而浓重的虚无意识,发生于庶民社会,虽然仍表述为佛教的"色空"观,却决不如其哲学含义那样简明抽象,其精神内涵几乎已经超越"近世"而走向"现代"。

"四大奇书"的世界曾被概括为四个字:奸盗邪淫。《三国》说曹操之"奸",《水浒》为"盗"的传奇,《西游记》充满"邪"魔,而《金瓶梅》渲染"淫"事。这当然成为一部分士大夫排斥此类小说的理由,但同时也有另一部分士大夫视之为"奇书",而且它们在庶民社会广泛传播,说明这奸盗邪淫的世界,在相当大的程度上代表了时人对社会实况的认识。为了不受妨碍地描写这危险的生存环境、堕落的社会风气,其背景时代大致被置定于"末世"(汉末、北宋末),或者如《西游记》那样处理为外国。但是,这里呈现的世相、人生观乃至社会伦理方面的问题，并不专属"末世"，更不属于外国，这实则是中国的"近世"。所谓"好汉"也罢，"妖精"也罢，"奸雄"也罢，乃至性交无度的西门庆、潘金莲，便都是"近世"人生的极端形相，这些形相的共同点在于：他们都不是传统意义上"正常"的"人"。社会形态的变化迫使"英雄"成为"奸雄"或者"好汉"，再进一步便成"妖精"，吃人为生，追求欲望满足而死。

正如《西游记》里如来所说：

> 那南赡部洲者，贪淫乐祸，多杀多争，正所谓口舌凶场，是非恶海。①（第八回）

在这里，我们看到了庶民眼里的"近世"社会，而士大夫们想用古典儒学来治理之。可是"四大奇书"告诉我们，在这个世界，一味崇信古典经论，只会成为毫无用处的唐三藏，那拯救世道的伟大情怀未必能起多少作用；树立"正统"观念，也不过引得人们对历史上失败者的同情而已，反过来却也等于告诉百姓，获得胜利的都是"奸"人；貌似强大的帝国秩序把一批"好汉"收罗在胥吏和低级武官的位置上，但他们却与山林强盗具备更多的共同话语；包括儒教、佛教、道教乃至"三教归一"之类的哲学，也并不能引导《金瓶梅》的主人公走出人生的困境。总之，这是一个本质上无可救药的世界，用后来流行一时的词语来说，便是"万恶的旧社会"。或许，如《西游记》暗示的那样，只有大慈大悲的观世音菩萨能为这个世界偶尔抚平一点伤痛吧。那丧失了宗教含义的、没有条件的、毫无原则的、无所不容的慈悲，才是"近世"中国人渴求的甘霖。

那么，生活在"近世"的人们能有怎样的作为？"英雄"已无用武之地，我们只能寄希望于"好汉"了。

2. "好汉"的行动准则

"四大奇书"的世界是庶民对其所处"近世"社会的认识，由此反顾帝国士大夫的思想史，可见其开列的种种救世药方大抵一厢情愿，离题甚远，勉强付诸实践，最后也会以"人心不古"为由，终致无能为力的慨叹。人心确实早已"不古"，"近世"社会哪里会有"古"的人心？在"口舌凶场，是非恶海"上建立起精美的帝国大厦，而又身处上

---

① 《西游记》，人民文学出版社 2010 年，第 87 页。

层,翻读古书,时而望着楼下的"奸盗邪淫"叹息几声,岂能挽救大厦崩溃的命运?但是,身处"口舌凶场,是非恶海"中的那许多"不古"的人心,亦自有其应处环境的办法。这些办法不曾获得学说化的表述,很难被思想史所记录,但与"近世"社会相应的观念、意识,却端在其中,而成为庶民文化的精粹。

上面提到,庶民的英雄叫作"好汉",而其量词往往是用来指称棒状物件的"条"。这个量词也适用于生命,如"一条人命"等。实际上,"好汉"之以"条"来计数,也包含"好汉"除了一条命外什么都没有的意思。这是从最彻底的意义上打量人生,而"好汉"之所以为"好汉",在于他敢于轻视这条命,简单地说,就是不怕死。这种对生命的贱视,很难说没有佛教的影响,但更本质的原因在于实际境遇,因为对于帝国来说,庶民只有群体价值,其作为个体是毫无价值的。所以,贱视生命是"好汉"人生观的根本出发点,这是庶民对其实际社会地位的彻底觉醒,也极具危险性和颠覆性,因为一个不怕死的人,是无视一切秩序的,什么事都敢做,任何价值都会被他破坏。这是洪水猛兽,或者说也是革命力量,但本身没有方向,只图烈烈轰轰的一场审美效果,成为市井间的传说,结局也总是悲剧性的。"四大奇书"中,代表"正统"(这"正统"也大抵只是不"奸"之意)的刘备、"智慧的化身"诸葛亮、想为梁山"好汉"们寻求正果的宋江,以及在性欲追求上一往无前的西门庆、潘金莲,无一不以悲剧收场,只有孙悟空是个例外,但他大闹天宫也曾失败,其结果是成了佛,倘若我们把孙悟空成佛与鲁智深圆寂等类齐观,则也未尝没有悲剧色彩。以成佛为成功,与绝望何异?

这样说来,"好汉"们所引领的庶民人生观,竟是以绝望为底色的。庶民文学往往采用佛教的话语来表达他们对绝望的领悟,但我们若返回佛教哲学体系去学究化地理解这些表达,那只会跟真正的含义交臂错过。绝望是一种精神上的洗礼,经过这一番洗礼的庶民,才能摆脱一切,不受蒙骗,以自己的眼睛去认识世界、认识历史,并且敢作敢为。在此基础上,他们终将觉悟到自己在这个世界的生存权利,而展开自己的生活追求,并形成行动准则。我们以"四大奇书"中难得获得了"正果"的"好汉"孙悟空为例,来作简单的考察。

由于百回本《西游记》面世的时代,大约与士大夫思想史上的"心学"思潮相前后,而经过道教徒之手的这个百回本又把孙悟空叫作什么"心猿",所以人们往往错以为那就是在"心学"思想指导下行动的猴子。其实,孙悟空并不懂"心学",他的行动准则在百回本中交代得很清楚。我们且看第三回中龙宫讨宝的一段:

老龙王一发害怕道："上仙，我宫中只有这根戟重，再没甚么兵器了。"悟空笑道："古人云：'愁海龙王没宝哩！'你再去寻寻看。若有可意的，一一奉价。"……悟空道："这块铁虽然好用，还有一说。"龙王道："上仙还有甚说？"悟空道："当时若无此铁，倒也罢了；如今手中既拿着他，身上无衣服相趁，奈何？你这里若有披挂，索性送我一副，一总奉谢。"龙王道："这个却是没有。"悟空道："'一客不犯二主。'若没有，我也定不出此门。"龙王道："烦上仙再转一海，或者有之。"悟空又道："'走三家不如坐一家。'千万告求一副。"龙王道："委的没有；如有即当奉承。"悟空道："真个没有，就和你试试此铁！"龙王慌了道："上仙，切莫动手！切莫动手！待我看舍弟处可有，当送一副。"悟空道："令弟何在？"龙王道："舍弟乃南海龙王敖钦、北海龙王敖顺、西海龙王敖闰是也。"悟空道："我老孙不去！不去！俗语谓'赊三不跌见二'，只望你随高就低的送一副便了。"①

这一段比较集中地从孙悟空的口中冒出四句俗语："愁海龙王没宝哩""一客不犯二主""走三家不如坐一家""赊三不敌见二"。这些成为他向东海龙王坚索兵器、披挂的理由。需要说明的是，这并不只为描写他的无赖作风，实际上，在整部《西游记》中，孙悟空一直用这样的"古人云""常言道""俗语谓"为自己的行动提供理由，仅就前七回来看，除上引四句外，还有不少，如"人而无信，不知其可""为人须为彻""亲不亲，故乡人""今朝有酒今朝醉，莫管门前是与非""诗酒且图今日乐，功名休问几时成""胜负乃兵家之常""杀人一万，自损三千""皇帝轮流做，明年到我家"等。

不光是孙悟空，《西游记》里的其他人物，也往往引述此类话语为自己的行为准则，下面列举一些：

第二回，菩提祖师说："自古道：'神仙朝游北海暮苍梧。'""世上无难事，只怕有心人。"

第五回，崩、芭二将说："常言道：'美不美，乡中水。'"

第八回，观音说："古人云：'若要有前程，莫做没前程。'"八戒说："常言道：'依着官法打杀，依着佛法饿杀。'"

第九回，水族说："常言道：'过耳之言，不可听信。'"

第二十四回，清风明月说："孔子云：'道不同，不相为谋。'"唐僧说："常言道：'鹭

---

① 《西游记》，人民文学出版社 2010 年，第 32—33 页。

鸶不吃鹭鸶肉。'"

第二十六回,黑熊说:"古人云:'君子不念旧恶。'"

第二十八回,黄袍怪说:"常言道:'上门的买卖好做。'"

第二十九回,宝象国众臣说:"自古道:'来说是非者,就是是非人。'"

第三十回,沙僧说:"古人云:'与人方便,自己方便。'"

第三十六回,僧官说:"古人云:'老虎进了城,家家都闭门。虽然不咬人,日前坏了名。'"①

如此直到第九十九回,唐僧已经取得真经,走上归程,在陈家庄被挽留供养,却要说服徒弟们不辞而别,其理由仍是:"自古道,真人不露相,露相不真人。"

把《西游记》中此类常言俗语集中起来,几乎可以编成一个小手册了。其他几部源自"话本"的小说,多少也具备这样的特征,但《西游记》更显著地把它们表述为众多人物的行为理由,或说行动准则。

表面看去,这样的理由具有很大的随机性,而且虽然都是常言俗语,或古人名句,但其间夹杂矛盾,并无一致的理论基础,作为理由经常显得无赖,难以成为一种准则。然而,从确定的一家学说推导出"合理性"准则,是那些"知书识礼"的士大夫才具备的本事,庶民大众当然缺乏统一的理论武器,若不做唯命是从的奴才、神情木然的看客,则难免要自己找些做事的道理。就此而言,《西游记》对人物行动理由的表述中呈现的这种高度一致化现象,就很值得关注。几乎所有人物都在常言俗语的指导下行动,这一点贯穿全书,行文上也生动自然。对"古人云""常言道""俗语谓"等的引用经常能够推进故事情节,也可以解释出现在故事世界中的一些事物、现象、知识,而且也意味着能被对话双方共同接受的,乃至能被那个世界一致认可的某些观念,使看上去无赖的理由却显示了它的有效性。

这样的常言俗语、古人名句,有指导人物("知书识礼"者除外)行动的功能,那么我们对其总体面貌,自须有个把握。此事可能需要专门研究,先搞个数据库,再一一考证源流,分析类别,加以概括,这需要较长的时日。现在可以肯定的是,它们都是经过世俗社会的长期洗濯,大浪淘沙后凝练起来的,几乎每一句都意味着认识某类现象、对处某种问题时的最佳选择。它们的思想史意义,跟儒释道都不同,它们不是从某个确定的思想体系生发出来的统一原则,而是汇集了许多具体的经验,综合了所有

① 以上分别见:《西游记》,人民文学出版社 2010 年,第 21、22、57、92、113、292、295、323、347、356、363、444 页。

前人的智慧,以朗朗上口的语句表述出来。其间不必加以有条理的编织,也不必顾及相互矛盾之处,数量极多,而且始终如水银泻地一般结合着具体的生活场景,随处涌出。你掌握得越多,便越能在日常生活中所向披靡。虽然只求当下有理,前后并无统一性,却也有别于极端投机的功利主义,因为经过世俗社会的长期洗练而为大众所接受者,基本上符合"大众"的立场,纯粹损人利己的东西终将被排除。可以说,这是"大众"化的智慧。

归根结底,这还是体现出庶民文化的群体性特征。所有思想性的因素,不管它出自哪家哪派,都经"大众"这一层网的过滤,仿佛全民投票产生的合宜取向,都凝结在这些"常言道""古人云""俗语谓"中,可以随机取用,把它们作为行动准则。考究这些常言俗语的来历,或许也出自经史典籍,但我们不必返回原典去寻求其含义,因为真实的含义蕴含在被使用的具体场景之中。既然它们是大众筛选的产物,那便是对大众社会有说服力的道理,容易被接受,而且通行无阻。反过来,大众社会传诵这些常言俗语,本来也旨在总结生活经验。在百回本《西游记》形成的时代,《四书集注》教读书人学会了应举投考,而这些常言俗语则教会庶民们如何生活。对此掌握得越多、越有心得的人,他的"生活力"也就越强。据说,《周易》总结了"百姓日用而不知"的道理,那也许是上古时代的事。对于"近世"庶民社会来说,《西游记》才是把那么多蕴涵着"百姓日用而不知"的道理的常言俗语集合起来的,而且它为每一条俗语提供了应用的范例,几乎可做庶民生活的教科书。《西游记》的思想史价值,其实不下于《周易》。

3. 庶民对"生活力"的向往

由于百回本《西游记》以孙悟空为贯穿全书的主人公,所以他成了那个世界里掌握常言俗语最多,把这一行动准则运用得最为熟练灵活的人物。由此,我们可以重新考察孙悟空所拥有的力量,也就是他自己常说的"本事"。这"本事"呈现为两个方面:七十二般变化、筋斗云、火眼金睛之类,是超人的"神通力";而交游广泛,"处处人熟"[①],能灵活运用大量饱含人情世故的常言俗语来指导行动,才是他真正适应人世的"生活力"。前者只能令孙悟空能战、敢战,后者才能造就他战无不胜的功勋。也许,唐僧成佛后,可以获得相应的"神通力",但他似乎永远不会具备孙悟空的"生活力"。

---

① 《西游记》第三十二回,孙悟空自云:"我老孙到处里人熟。"第三十四回,金角大王云:"那猴头神通广大,处处人熟。"见人民文学出版社 2010 年版,第 391、416 页。

或者说，为了描写这种"生活力"，选择孙悟空为核心主人公，确实比唐僧要理想得多。成为庶民大众人生理想的，不是为一种特定目标而九死一生的献身精神，而是如金箍棒一般屈伸自如的"生活力"。同时，如果"常言道，依着官法打杀，依着佛法饿杀"才是被《西游记》的世界所认同的人生格言，那么一本正经的佛教哲学，其实还不如这样的诙谐之谈对人生的指导作用大，掌握这些俗语而不是教义，才能提高普通人的"生活力"。大众文化对高度"生活力"的向往，在百回本《西游记》中可以说相当灿烂地绽放着。

在此基础上，当我们把目光从《西游记》再扩展到"四大奇书"的世界时，我们就能看到宋江、刘备与孙悟空相似的人缘，看到诸葛亮、吴用的奇思妙计，西门庆的财富和性能力，以及众多"好汉"的武功或者特技，当然也包括文士们的知识和辩才，但前提是这些知识须有益于提高"生活力"，才能获得肯定。

上面说过，以"条"计数、贱视生命的"好汉"们所引领的庶民人生观，本是以绝望为底色的，这当然是对他们在帝国中所处社会地位、无权无势的实际生活状态的觉悟。然而，我们在"四大奇书"中也能看到，经此绝望意识的洗礼后，他们居然也绽开了对高度"生活力"的向往，这真是"近世"庶民文化中最让人感到兴味盎然之处。这种向往并不只是个体性的"过上好日子"而已，实际上依然具备群体性特征。作为行动准则的常言俗语，本来就是一个丰富的共享库藏，而"好汉"的精神特征中还有一项使他们可以超越个体、互相联结的重要内容："义"。这种"义"或者"义气"，经常从字面上被联系到孟子的哲学去解释，其实这本来跟孟子没有什么关系。孟子的"义"是他的学说所阐明的"合理性"原则，而"好汉"们讲"义"，本出于"同气相求"的愿望，就是跟相似处境的其他"好汉"，即同类之间的认同。事实上我们很难分析这个"义"的哲理性内涵，但它的功能很明确，即把"好汉"从个体粘合为群体，这在《水浒传》的前半部表现得最为酣畅。等到宋江打出"替天行道"的旗号，要带领"好汉"集团为朝廷效命时，我们才仿佛看到用孟子之"义"塑造"好汉"之"义"的倾向，但这并不符合众多"好汉"本来的愿望。《三国演义》中关羽与刘备的兄弟之"义"，也被引向君臣大"义"，但这两者的一致性，是借了题材的特殊性或者说刘备身份的特殊性才实现的。兄弟之"义"本身未必靠得住，《金瓶梅》中西门庆的十兄弟就是明证。不过"好汉"之所以"好"，似乎很大程度上也在于他们对这种本身并不可靠的"义"的坚持守护。那么，为什么要守护这个"义"？难道是因为从这个"义"可以有机会被带向孟子之"义"？不是。从功能来看，"义"的根本作用就是维系"好汉"之间的关系，使他们形成一个共同体。简单来说,"好汉"之"义"无非就是寻找同类,在一起生活,群体性地"过上好日子"。当然"天下无不散的筵席","好汉们"在一起生活未免是个乌托邦,但即便分散各处,乃至不曾相识,天下的"好汉"也被"义"隐然联结着。通过"义"而拥有了众多同类朋友,无疑也是提高"生活力"的实际途径。

在安土重迁的农耕社会,除了读书应举做了官的士大夫能够走出故乡,迁转于宦途之外,流动性比较强的,还有贩货的行商、换防的军人和行脚僧,此外就是一部分"好汉"了。《西游记》和《水浒传》显示出"好汉"的流动性之强,甚至可以超过官员、行商和军人。更重要的是,其实不需要乌托邦式的梁山泊,"好汉"们通过"义"也可以到处找到兄弟,有一种四海为家的感觉。这个不稳定的"家"也有名称,唤作"江湖",它是比梁山泊更为实际的"好汉"生活空间。或者也可以说,梁山泊只是"江湖"这种流动空间偶然的凝缩状态,更多的时候如其字面所示,流动不居,而且范围非常广大。相对来说,士大夫们所服务的"朝廷"倒是个更特定而狭小的空间。"江湖"与"朝廷"共同构成了"近世"社会,但具有各自的认同、维系方式,各自的"义"。一般人当然很难走进"朝廷"中去,于是在面朝黄土背朝天之外,庶民的生活空间只能向"江湖"延展,他们的生活观念,与其说是被士大夫所教导,不如说是被"好汉"所引领。处于底层,无权无势,经常缺乏生活资源的人,既与"好汉"们一般绝望,也容易在有关"好汉"故事的传诵中,被带起对高度"生活力"的向往。在这样热切的向往里,包含着一种可能的觉悟:每一个活在这世上的人,都有一份基本的生存权利。由此出发,走向独立人格的彻底觉醒,乃至对更为合理的社会结构的主张,似乎只等一个呼唤的声音。我们在鲁迅先生的《呐喊》中听得到这声音,而中国小说史也因此揭开了新的一页。

第十章 戏 剧

中国传统的戏剧,现在更流行的称呼是"戏曲"。但这个名称着眼于"曲",意思大致等于"歌剧",是戏剧的一种。我们着眼于体裁时,选择"戏剧"一名更合适。

据查,"戏曲"的说法最早出现在宋末元初人刘埙的笔下,他写了一篇《词人吴用章传》,说南宋人吴康(字用章)精通音律,其雅词原甚流行,"至咸淳,永嘉戏曲出,泼少年化之,而后淫哇盛,正音歇,然州里遗老犹歌用章词不置也。"①此处所谓"永嘉戏曲",宋元人也称为"戏文"(浙江人至今如此称呼传统戏剧),就是现在一般戏剧史所讲的"南戏"。但刘埙之所以用"戏曲"一词,明显是从"曲"的方面而言,这种"曲"的特征大致是两点:一是民间戏剧中用之,二是不够高雅。此后明清两代文献中出现的"戏曲",也大多是同样的用法,如明《文渊阁书目》卷二著录"《戏曲大全》一部一册",与《烟波渔隐词》《阳春白雪》等并列,意谓用于"戏"之"曲";清修《皇朝文献通考》卷一百七十四,"乾隆七年,更定和声署乐员、乐工名目,并奏乐,旧用戏曲者,均改撰乐章",亦指用于"戏"而不够高雅之乐曲。大概自近人王国维撰《宋元戏曲史》后,大家才较多地用"戏曲"来称呼传统戏剧。不过王氏此书,原来也叫"宋元大曲考",可见他也是着眼于"曲"来称名的。当我们着眼于"曲"的时候,以"散曲""戏曲"并称,自然也是合理的。

然而,如果讲到戏剧,则至少在理论上,曲并不是戏剧的必要因素。更核心的因素是扮演,而扮演当然有一个从偶然的模仿、片段的代入,到演出一个完整故事,这样逐步发展的过程。所以,若着眼于扮演这个要素进行考察,则中国戏剧史的起源会被追溯到相当古老的时期,从先秦以来就有若干记载,此后汉代的"百戏",唐代的"参军戏""傀儡戏"等都曾流行。大概到唐宋之际,正好跟说唱故事和曲的发展结合起来,遂产生了我们也可以称之为"戏曲"的这种传统戏剧。

一、传统戏剧的演变历史

按照元人的追记,宋代似乎已有"戏曲"一名,陶宗仪《南村辍耕录》卷二十五云:"唐有传奇,宋有戏曲、唱诨、词说,金有院本、杂剧。"卷二十七又云:"稗官废而传奇作,传奇作而戏曲继。金季国初,乐府犹宋词之流,传奇犹宋戏曲之变,世传谓之杂剧。"②他将宋"戏曲"置于小说(唐传奇)和戏剧(元杂剧)之间,大概跟说唱相似,或者

---

① 刘埙《水云村稿》卷四《词人吴用章传》,文渊阁四库全书本。
② 陶宗仪《南村辍耕录》,中华书局 1959 年,第 306 页、332 页。

由说唱而进一步到达代言体的程度，那就具备戏剧的性质了。妙处在于，我们现在正好拥有一个说唱和戏剧结合的早期作品，就是从《永乐大典》残卷中发现的《张协状元》。在戏剧史上，这正是"南戏"的开场。

1. 南戏

一般认为，《张协状元》是南宋早期的作品，载于明人类书《永乐大典》第 13991 卷，讲书生张协赴考遇盗，得贫女相救而结为夫妇，中状元后一度有嫌弃贫女之意，但最后竟因贫女被大人物收为义女，而终于重圆。科举制度对士大夫来说是发迹的起点，对于底层民众来说却也是个产生负心男子的温床，相似的题材在后世戏剧舞台上屡被表现。当然更获赞赏的是科举发迹以后，能够拒绝诱惑、不忘初心的男子。从体裁上看，《张协状元》的开头部分是由一个演员以局外人身份进行说唱，等后来男主人公遇到强盗，情节复杂起来，这才进入由演员扮演角色的戏剧性演出。如果陶宗仪说的宋"戏曲"就指这样的形态，那么这种"戏曲"恰恰便是刘埙说的"永嘉戏曲"，也就是"戏文"。因其产生于南方，用南曲曲调演唱，故后来又称"南戏"，与北曲演唱的"杂剧"相对。

《张协状元》是今天可见的第一个完整的南戏剧本。据说，此种"南戏"形成于北宋末年，则由宋至元，二百年间当有许多剧目，但它们大部分都已失传。除《张协状元》外，《永乐大典》残卷中发现的还有《错立身》《小孙屠》二剧，其出于宋人还是元人之手，迄今尚无定论，其余只剩些残编断简而已。不过宋元南戏是明传奇的来源，这一点非常重要。实际上南戏与传奇的界线很难分划，史料中经常把早期的传奇也称为南戏，我们只能大致按文本产生的朝代来区分，把明代以后的都划归传奇。

2. 北剧

中国戏剧史上灿烂一时的元杂剧，是随着北曲的成熟而兴起的。在前面的"散曲"部分，我们已经提到北曲的特点在于"套数"，而元杂剧恰恰就是用"套数"来唱的戏剧。从体制方面说，元杂剧的特点通常被概括为：一本四折的基本结构，以唱为主，以说白为副，每一折的唱词用同一宫调的一套曲子组成，一韵到底，每一本通常限定由一个角色主唱。可见，一本元杂剧实际上就是四个"套数"。相对来说，"南戏"就没有这么严谨的音乐结构，这当然使它更少地被程式化，到明朝以后反而拥有更为广阔的发展前景，但元代，其光辉远不如北曲杂剧，因为杂剧吸收了当时最先进的音乐形式。其实,若综合"南戏""北剧"这两个来源而言,对中国传统戏剧最合适的称呼恰恰便是"戏剧"二字,只因"戏剧"一名已成为通称,为了与外来的戏剧形式相区别,我们才把传统戏剧叫作"戏曲"。当然,"曲"的演唱在传统戏剧中确实占据了相当重要的地位,这是事实。

"杂剧"一名,宋代也已经使用,但从现存资料来看,宋代的"杂剧"主要是类似今日滑稽小品的短戏,或者以音乐贯穿始终的歌舞戏,还不是正式的代言体故事剧。不过,宋"杂剧"所拥有的"付净"(发呆装傻的丑角)、"付末"(以付净为对象打趣逗乐)、"孤"(扮官吏)、"装旦"(扮女性)等角色名称,却基本上被元杂剧所吸收,并形成了"旦、末、净、外、杂"五类角色。金代占据中国北方后,将宋"杂剧"发展为"院本",故事性有所增强,终于在金元之际形成了所谓元杂剧。元代的统治者大多不能欣赏高雅的文化,汉族的知识人又因为做不了士大夫而多以编剧来谋生,故元代的大都(今北京)几乎成为通俗文学的天下,元杂剧得到了极其适合它生长的土壤,繁荣一时。就编剧来说,历史上称关汉卿、马致远、白朴、郑光祖为"四大家",代表作分别有《单刀赴会》《汉宫秋》《梧桐雨》《倩女幽魂》等。另外,王实甫的《西厢记》是五本二十折的"连台本",与金代董解元的《西厢记诸宫调》分别称为"王西厢"和"董西厢"。

很多人喜欢把中国的关汉卿跟欧洲的莎士比亚相提并论,而关汉卿的生平也跟莎翁一样扑朔迷离。到现在为止,我们只知道他生活在十三世纪,大约是由金入元的人物。浩如烟海的中国古籍之所以对这位伟大的戏剧家记载寥寥,主要是因为他不属于士大夫文化,他的戏剧是通俗文化孕育出的奇葩。与士大夫相比,他的生活缺少保障,看来是一个以编剧和演出为生的职业戏剧人,但身份之低也使他可以跟演员们打成一片,与实际演出的舞台之间更少隔阂。在这种状态下,他不可能把每一个作品都打造得很精美,但那种不加雕琢、酣畅淋漓的生气,恰恰是当时的士大夫文学所缺乏的。用王国维的话说,这是"活文学"。

3. 传奇

"南戏"在元代虽不如北剧之盛,但到明代则演为"传奇",影响越来越大。"传奇"原是唐代文言小说的名称,但明清两代以唱南曲为主的长篇戏剧,也被称为"传奇"。因为"南戏"没有北杂剧那样严谨的结构,反而适合于敷演复杂的长篇故事。早期的明传奇有"荆刘蔡拜杀"之称,即《荆钗记》《白兔记》(主角为刘知远)、《琵琶记》(主角为蔡邕)、《拜月亭》《杀狗记》。这几出戏大抵都从宋元"南戏"演化而来,明人加以改编,其特点是宣扬一种与儒家夫妇、兄弟之"伦常"相适应的家庭道德,以呼唤社会的安定团结,其结尾都是苦尽甘来的"大团圆",表示邪不胜正。若与元杂剧相对照,明"传奇"的编剧们显然恢复了士大夫的身份,以及与此身份相适应的"教化"社会之责任感。这当然是士大夫意识向俗文学渗透的一种表现,但通过编剧、演出、欣赏的全过程,戏剧仍然具备着将士大夫与庶民联络在一起的社会功能,不至于完全丧失元代编剧与演员间的亲密关系。而且,正是这种编剧与演员、观众之间身份既已不同,却又极须互相配合的"尴尬"情形,左右着明清戏剧的发展方向。

大约到明代中期,撰写剧本的文人与主持演出的伶工戏班及普通观众之间,由于身份、责任感、审美爱好之不同而产生的矛盾,已经非常显著。文人撰写的剧本主题明确,词句雅丽,适于案头欣赏,却未必合乎观众口味,而且自以为精通宫调音律,一味按照宋元以来流传的曲牌去填入词句,这对戏班来说反而成为演唱上的障碍。文人的剧本始终保留着将几个固定的曲牌连缀起来的状态,每个曲牌意味着一支曲调,但戏曲的实际唱法,早已按照演员自己习惯的某种声腔来处理任何样式的词句,曲牌逐渐失去意义。于是,"联曲体"的戏曲就向"板腔体"演变。为了呼应观众的口味,各地戏班纷纷形成各自的地方腔调,见于记载的就有海盐腔、余姚腔、弋阳腔、昆山腔等。不过,地方腔调也有缺点,换个地方,观众又听不懂了。相比之下,似乎昆山腔处于雅俗之间,易于为各方面所接受,故明代后期昆曲独盛。

4. 昆曲和京剧

据记载,昆山腔的创始人叫魏良辅,较早的剧本有梁辰鱼的《浣纱记》,演西施、范蠡的故事。明清传奇的一系列名著,如汤显祖的"临川四梦"(《紫钗记》《南柯记》《还魂记》即《牡丹亭》《邯郸记》),孔尚任的《桃花扇》,洪升的《长生殿》等,便产生于昆曲流行期间。这些作品的存在也壮大了昆曲的生命力,清代中叶后昆曲渐衰,但到近代又得以复兴,主要便依托于国人观赏这几个名剧的持久热情。它们篇制宏大,故从产生时起,就很少被整本搬演,几乎一向以精彩片断即所谓"折子戏"的形式存在于实际舞台。"折子戏"可以被视为真正的"戏曲",因为此时"剧"的因素即故事情节已经不重要了。

昆曲流行的局面也并不意味着各种地方腔调停止了发展,实际上,多姿多彩的地方剧种正在形成。据李斗《扬州画舫录》记载,乾隆皇帝南巡时,两淮盐务所备大戏,已有花、雅两部,雅部为昆山腔,花部有京腔、秦腔、弋阳腔、梆子腔、罗罗腔、二黄调等。这花部就与地方剧种关系密切。可以注意的是"京腔",亦谓之"高腔",乃弋阳腔流传至北方后,改江西土音为北京字音而成。作为首都的北京,自是拥有实力的戏班所要夺取的阵地,而只有以北京字音来演唱,才有希望成为将来的"国剧"。

乾隆五十五年(1790),皇帝八十大寿,浙江盐务大臣征集安徽的三庆班入都祝寿,此后徽班在京师站住了脚,不断进京,形成所谓四大徽班:三庆、四喜、和春、春台。其唱腔以二黄调(源出湖北省的黄冈、黄陂,故称)为主,而兼收各种声腔、戏目,武工卓绝,极受欢迎,在京时久,结合北京语音,演变为京剧。辛亥革命后,因著名旦角梅兰芳赴日本、美国、苏联演出,获得成功,遂使京剧享有国际声誉。此后中华人民共和国定都北京,京剧便为"国剧"。

二、俗文学的"互文性"

从戏剧文学的角度讲,每出戏的剧本是一个作品,犹如某作家的一首诗或一篇古文,我们可以单独地加以欣赏、分析。这是文学批评的一般情况。但实际上,出于汤显祖、孔尚任、李渔等知名文人之手的剧本,被演出时不能保证毫不走样,而现存的多数与演出情况更为一致的剧本,却经常找不到一个可以全面承担著作权的编剧。同时,这剧本的独立性也并不充分。比如《单刀赴会》,固然是个相对独立的故事,但不了解《三国演义》,没看过更多"三国戏"的观众就会茫无头绪。当然重要角色出场的时候一般会有一段唱词自叙来历,这在一定程度上给观众提供了背景知识,不过,他们未必都能听清、听懂,戏场经营者提供的相关服务,比如把唱词印出来发给观众,是很晚才有的事,把唱词打在屏幕上自然更晚了。所以从接受效果来说,以前大家看完一出戏,尤其是故事出于新编的戏,看完后多是糊里糊涂、一知半解的。相比之下,若是以观众对人物、情节已有所了解的故事为题材,则演出效果就会好得多。这就使传统的戏剧往往跟小说、说唱等俗文学作品共享同样的故事,而形成很高的"互文性"(Intertextuality,又译"文本间性"或"互文本性")。

严格来说,所有文学文本都具有"互文性",但就文本内容互相交织的密度来说,雅、俗分别依然可以成立,戏台上的关羽不会是《三国志》史书里的形象,而一定跟《三国演义》小说里的关羽相近。形貌、武器跟关羽都完全一致的,是《水浒传》里的大刀关胜,可以说关胜就是关羽的一个复制品。如果我们记得林冲的绰号是"豹子头",则其形象最初怕也是张飞的复制品,只是后来故事衍生、不断丰富,林冲离张飞的形象就越来越远了，但"五虎将"的说法，依然是《三国演义》和《水浒传》共有的。看来，这些俗文学作品所展开的世界，经常互相混同、互相联结。在《水浒传》小说文本尚未成熟的时候，元杂剧就已有不少搬演水浒故事的作品，传到今天的还有《黑旋风双献功》《梁山泊李逵负荆》《争报恩三虎下山》《鲁智深喜赏黄花峪》，以及可能产生于元明之间的《王矮虎大闹东平府》《宋公明排九宫八卦阵》等，它们跟小说的相关章节所述相似，但并不完全相同。可以说，戏剧跟小说共同建构着"水浒"这个世界。今天的京剧依然拥有一批脍炙人口的水浒剧，如《野猪林》《十字坡》《石秀探庄》《时迁盗甲》之类。这使得许多不识字的乡人，即便没读过《水浒传》，也依然能通过看戏而了解其大致内容。

相比之下，现存有关《西游记》故事的戏剧，则与百回本小说《西游记》的世界更显示出错落有致的情形，在今人所编的《西游记戏曲集》[①]中，我们能读到残本宋元戏文《鬼子母揭钵记》《陈光蕊江流和尚》，以及元明杂剧《猛烈那吒三变化》《灌口二郎斩健蛟》《二郎神醉射锁魔镜》《二郎神锁齐天大圣》《观音菩萨鱼篮记》等，与小说所述有一定联系或部分重合，但主要内容却溢出小说之外。其实，以二郎神、哪吒或观音为主角的故事，都另成系列，它们与《西游记》故事相联结，开辟出一个更为宽广的世界。众所周知，这些形象也出现在《封神演义》中，故事设定的时间比《西游记》要早，仿佛提供了《西游记》中这些形象的"来历"。

当然，戏剧与小说、说唱拥有"互文性"最为显著的，要数演史题材的作品。仅就《三国演义》故事而言，现在京剧中还有《捉放曹》《虎牢关》《白门楼》《击鼓骂曹》《三顾茅庐》《群英会》《战长沙》《空城计》《哭祖庙》等，估计有上百本戏，加上地方剧种所演，就多不胜计。人物形象和情节概要都是一致的，细节则更为丰富。在一定程度上，《封神演义》和《水浒传》其实也有演史的成分。我们说过，演史题材的小说，几乎可以联结成一部重构的"中国通史"，尤其是唐宋史部分，从《隋唐演义》《说唐征东传》《征西传》《反唐演义》《残唐五代史演义》，到《飞龙传》《杨家将》《说岳全传》等，可以前后联结，而相关故事，也都在戏剧舞台上搬演，且小说早期版本中与戏剧不太一致的情节，在后来的版本中往往就变得一致了。

演史题材的俗文学作品"互文性"之高，应该是不难理解的，因为同一历史时期内发生的故事，本来就被确定在同一时空、同样一群人物的互相关联之中。不过，不同

---

① 胡胜《西游记戏曲集》，辽海出版社 2009 年。

历史时期的故事和人物,也往往可以发生某种联系,除了像关羽、关胜那样的形象复制模式外,还有如薛仁贵、薛丁山、薛刚这种主人公被设为祖孙三代的血缘连贯模式,另外更有一种可以称为"中国特色"的模式,即转世模式。这当然与佛教观念相关,它可以把没有血缘关系的人物也前后联结起来,且借以说明因果。比如《说岳全传》讲金兀朮是宋太祖转世,来讨还被宋太宗夺去、由太宗后代继承的江山。宋太祖和金兀朮原本都是天上的赤须火龙,通过此龙两次入世,《飞龙传》和《说岳全传》的世界就被联结起来。另外,此书说岳飞是大鹏金翅鸟下凡,而此鸟在《西游记》中曾为妖怪。

转世之说虽然来自佛教,但什么龙虎、星君下凡,却属于民间传说。这种民俗因素对俗文学的渗透大大提升了俗文学作品的"互文性"。各时代都有文才出众的人物,他们都是文曲星下凡,而武将则因为故事更多,所以除了相应的武曲星外,还可以是白虎星或黑虎星下凡,大抵能全面负责军事行动的统帅是白虎星,而冲锋在前的猛将是黑虎星。这些星君不断下凡,给不同历史时期的故事主角提供了相同的"来历",且其前世、后世之间,多少会有一些联系。在这样的观念下理解"二十四史",跟儒生们真正去读"二十四史"的结果,自是全然异趣。不过对看戏剧、听说书的庶民们来说,大抵不会关心那些故事与历史真相的差异,如果那么多故事主角本来就是一位星君下凡,那么这位星君就像一名演员,到人世的舞台来演几出戏,演毕归去。在这个意义上,历史故事本来就是一场戏。看戏的体会,就是人生如戏。

三、人生如戏

旧时的戏台,经常会在两侧挂起一副"戏台小世界,世界大戏台"之类的对联,直接提示观众,戏如人生,人生如戏。这个意思,除了我们通常所说"艺术是生活的反映"外,还要翻过来再加一层:生活也就是一场戏剧。相比之下,后一层意思其实更重要一些,因为写这对联的目的,主要不是教人如何看戏,而是教人如何看待生活。

戏剧的情节确如人生的缩影,尤其是演史的题材,直接缩叙前人的人生。不过一般情况下,戏剧与人生也有根本的区别:戏有剧本、有导演,情节变化皆已预定,演员们即便很投入角色地扮演,心里却早已清楚这角色的结局如何;人生却不是这样,即便你是天上的白虎星下凡,到人间大戏台来演一出已经预定结局的戏,可是你投胎凡身后,一般不知道自己是白虎星,也不了解这出戏预定的结局。这出戏也有个大导演,就是"天意",可演员大抵不了解导演的意图。

然而妙处在于，传统的戏剧中，时而也会出现了解导演意图的角色。戏台上的诸葛亮经常预知"天意"，一般"军师"类的角色都具有"夜观星象"，预知结局的能力。这样一来，他的人生便真正是在演戏了。这一点很耐人寻味，既然他预知后事，似乎就不必在当时枉费心机，但看来他还是很努力，去做力所能及的事。相比之下，武将中有这种能力的不多。《高平关》里的高行周是个例外，他明知自己是白虎星。这出戏，现在京剧大概已经不演了，某些地方剧种如浙江的绍剧、河南的豫剧中还有，河北的威县乱弹也有此剧，濒临失传。此戏又名"借头"，讲五代后周之时，赵匡胤奉命攻打高平关，守将高行周是他旧识的父辈，他知道打是打不过高的，只好论交情，所以单骑入关，去向高"借头"；高行周因为预知赵是将来的宋太祖，故遵从"天意"，自刎身亡，助赵成功。

残唐五代至宋初，有关这段历史的演义故事和戏剧作品，原来很多，形成一个系列，现在似乎不太流行。这也是一段秩序从崩坏到重建的过程，包含了与《三国演义》和《隋唐演义》相似的"群雄并起"局面，但总体而言，这个系列的戏剧既不如"三国"戏那样把观众的同情心引到失败的蜀汉一方，也不似"说唐"戏那样歌颂成功的唐朝开国者。走马灯一般旋起旋灭的政权更迭，是非难明，使编剧们难得地放弃了"正邪"对立的思路，而让并起的群雄们尽情发挥，并不"以正克邪"，最后的结局如何，亦不过顺从"天意"而已。以高行周为重要角色的戏，有《苟家滩》《高平关》两出。《苟家滩》是陕西秦腔的传统名戏，它可能是五代戏中最热闹的一出，十三岁的高行周为父报仇，勇斗后梁名将铁枪王彦章，把他引入伏击圈，就是所谓"五龙二虎锁彦章"的故事。这个故事在《高平关》中，被老年高行周以回顾当年之勇来鼓励儿子的方式，用长篇唱词加以复述。这也可以成为上面所说"互文性"的一例，而且传统戏曲以长篇唱词来充分地展现"互文性"，是现代电影里仿真的对话所难以企及的。不过《高平关》的看点不在高行周如何英武，而在于一个违反常理的"借头"行为要被合理地实现。头怎么可以借？借了又没法还。除了赵匡胤拥有"天命"外，须是这个高行周自己认命，自行了结。所以，《高平关》的主角突破了一般武将的局限，他曾经勇武，现在还能占梦观星，看相识人，预知将来。他破例地知道自己是白虎星下凡，明白他来人世演出的这一人生之戏，不得不如此收场。所以，"借头"是演员对导演意图完全掌握的结果。

我们看戏的时候，高行周是个戏里的角色，是由演员来扮演的。但这个角色本身也是演员，是白虎星遵从导演的意图即"天意"，而在人世演出的。无论这出人生大戏曾经怎样地波澜壮阔，最后都要走向预定的结局；无论这结局怎样地违反常理，也必须实现。那么高行周能够做些什么？在认命同意"借头"之余，他向赵匡胤提出要跟儿子或者夫人告别一下，也被对方阻止了。他听到天上"声声叫着白虎星"，知道"归位"的时刻不能耽误，只好抛妻弃子，无奈上路。在人情与天命的冲突中，任何英雄都将落败。戏里的高行周所能做到的，是逼赵匡胤立下了文书，将赵的妹妹许配给高家儿子，保证其子孙能安全生活在即将到来的宋朝。然而，这是不是导演允许的呢？我们暂时不得而知。那要去看另外的戏才能知晓这个悬案，眼前是白虎星君的高行周之戏，就此落幕了。

后　记

　　"中国文学传统"是复旦大学的通识教育课程之一,面向文、理、医各类本科学生。记得最初设置的时候,是不建议中文系学生选修的,所以当时拟定的讲授内容,深度上要超过一般"大学语文",但比中文系的"中国文学史"要简单,也不妨说是"中国文学史"课程的一种简明版。后来中文系新生也大都修习此课,这就使它必须具备两种功能:对于非中文专业的学生来说,在其有关传统文化的"通识"形成过程中,要提供文学的部分;而对于中文专业的学生而言,讲授内容要成为"中国文学史"的一个导论,为他们接下来学习"中国文学史"作一点准备,但同时须避免重复。换句话说,它已不能是"中国文学史"的简明版了。我在复旦开讲此课十几年,就包含了内容上的这个调整过程。

　　调整的结果是,把全部中国文学置于传统文化整体之中,视为一种"表达",概括介绍"表达者"的身份特征,以及承载"表达"功能的各种体裁。所以,课程大纲由作者论和作品体裁论两部分构成,虽然看上去也不过是把有关"作家"的介绍和有关"文体"的罗列拼接起来而已,但这样至少避免了按时代顺序叙述"文学史"的模式,并且便于把具体史实与所谓"传统"的总体特征相联系。也因为讲的是"传统",故范围大致断在清末以前,但仍关注"传统"与"现代"的关系,故文言文学(雅文学)和白话文学(俗文学)各居其半。事实上,这样的大纲对我个人能力是个很大的考验,因为自求学阶段直到现在从事科研,我的主要精力都限在断代,即宋代文学的研究。好在宋代在中国通史中正处中段,在语言文学方面也属雅俗交替期,根据自己已经掌握的知识,"上蹿下跳"还算方便。我在讲授的内容里加入了一些个人治学的心得,但更大的部分当然是取用了学界前辈、同仁的成果,起初组织教材的时候,不必一一记明来历,课上讲过即罢,现在出版此书,按理需要寻检注明,但时日既久,不能尽记所有掠美之处,只能请求包涵,拢总道谢了。

　　我的研究生先后担任过这门课程的助教,他们帮助我修订内容、批改考卷,有的还做了比较详细的听课笔记,当我必须把口授内容形成文字时,这些笔记成为全稿的坯胎。除此之外,研究生们还热心地催促我尽快成稿,当然促成最力的,是毕业后担任了高等教育出版社编辑工作的刘晓旭女士。我服膺朱熹的两句诗:"旧学商量加邃密,新知培养转深沉。"而这个"加"和"转"的过程,通常是在跟同学们一起探讨中,共同推进的。作为教师,最为享受的,无非是与学生共度的商量旧学、培养新知的美好时光。谨以这一册教材,纪念流年之美好。